La maison aux trois jasmins

Janine Montupet

La maison aux trois jasmins

ROMAN

Albin Michel

Pour Anne et ses amis tunisiens
qui m'ont tant aidée.

« La paix et la joie cela ne se goûte,
Dieu merci, qu'en se partageant. »

Gilbert Cesbron

Tunis, à la Hâra, quartier juif.

La pièce est exiguë. La longue table de bois l'occupe presque tout entière. Lui, assis dessus – en tailleur comme il se doit –, trône là parmi tissus, ciseaux, bobines de fil et verre de thé. Elle, on l'installe dessous, sur un morceau de couverture qui atténue le dur et le froid du sol.

Lorsqu'elle est en âge de comprendre comment son père replie et croise ses jambes, elle essaye d'en faire autant. Elle y parvient peu à peu. Et, un matin où il descend du premier étage pour aller à sa machine à coudre, elle lui dit, du rez-de-chaussée :

– *Regarde ! Je sais faire comme toi.*

Il lui parle peu. Mais parfois demande : « Es-tu sage ? » Il arrive qu'elle ne réponde pas, elle dort.

Il pense qu'elle peut s'ennuyer. Il lui donne un compagnon. Un chaudron de cuivre, réformé parce que troué, inapte à transporter désormais l'eau de la fontaine publique et promu conservateur de vieux boutons de métal d'uniformes militaires.

Elle ne sait pas que lui arrive là un condensé d'histoire sous la forme de ces petites choses rondes, un peu ternies, mais encore dorées ou argentées par endroits. Et, lorsqu'elle plonge sa main dans la panse rebondie de son nouvel ami, elle y puise des témoins qui pourraient lui dire : « J'étais au débarquement à Sidi Ferruch, en 1830, ou au siège de Sébastopol, en 1855 », ou encore : « Dans l'enfer de Verdun, en 1916 ».

Elle ignore aussi que trois générations de tailleurs militaires, parcourant l'Europe et l'Afrique, ont précédé celle de son père.

Isaac s'attarde un jour auprès de sa fille. Un, deux, trois... dix boutons. Elle sait, très vite, en compter cent, il y en a tant dans le chaudron !

À quelque temps de là, le tailleur enseigne l'addition. Lorsqu'il veut passer à la soustraction, l'enfant y est déjà parvenue seule.

Cette petite fille, qui apprend à calculer sous une table, s'appelle Myriam.

Tunis, à la Médina, quartier arabe.

Dans le même temps, une autre enfant, de cinq ans elle aussi, aide sa mère chargée du nettoyage des classes d'une école.

On lui donne un chiffon pour frotter ces tables à sa taille, avec des bancs tout pareils où il lui arrive de s'asseoir, comme celles qui viennent ici, « pour apprendre », lui dit-on.

Puis, elle veut trier les petits bouts de craie dont les

dames-maîtresses ne veulent plus et qu'il faut jeter dans le seau à ordures… et ne les jette pas. Là où il y a encore un peu de place sur une grande planche de bois peinte en noir, elle s'applique à imiter ce qu'on ne lui a pas encore dit être les lettres de l'alphabet français.

Ce qu'elle a ainsi eu tant de peine et de plaisir à tracer, sa mère l'oblige à l'effacer avec l'éponge pendue au bout d'une longue ficelle.

La directrice de cette école survient un jour avant la disparition d'une ligne de O, *une famille de petits ballons !*

– Messaouda, dit-elle, tu devrais laisser ta fille apprendre à lire et à écrire ici.

Cette enfant, fascinée par ce que peut faire sa main avec un morceau de craie blanche sur un tableau noir, s'appelle Meryem.

Paris, boulevard du Montparnasse.

Bien avant que Myriam s'initie au calcul avec de vieux boutons et que Meryem apprenne à écrire grâce à de petits bouts de craie, Marie, de treize ans leur aînée, accède à l'encre rouge des corrections et notations, la pourpre des enseignants. Son père vient de l'associer aux leçons particulières infligées à quelques élèves de la classe qu'il dirige. Comme en un reflet, cette encre écarlate farde de fierté les joues de sa fille.

Et si ces moments de vie de celles qui portent le même prénom – bien qu'il soit, en apparence, différent chez chacune – avaient été quelque part assemblés pour rappeler aux anges, gardiens de ces trois existences terrestres, qu'elles doivent se rencontrer ?

On peut penser qu'il n'est pas raisonnable de croire tout à fait au rôle des anges ; et s'il l'était encore moins de ne pas y croire du tout ?

Journal de Marie

L'idée que ma mère se faisait d'une institutrice d'enseignement primaire nommée outre-mer atténuait le chagrin que lui causait mon départ pour la Tunisie.

Elle m'imaginait semblable à l'élégante dame illustrant, dans un catalogue des *Magasins du Bon Marché* à Paris, l'une des pages réservées aux « Vêtements pour pays chaud ». Elle me voyait habillée de toile blanche et coiffée de ce qu'on appelait un casque colonial.

J'étais, à la rigueur, d'accord pour le costume tailleur de coutil clair. Mais pas, surtout pas, pour le couvre-chef exotique. Un dimanche, pourtant, j'en vis un exposé au beau milieu de la table de notre salle à manger qu'il illuminait de sa blancheur agressive. Ma mère l'avait acheté quelques jours auparavant et n'avait pas encore osé me le montrer. Revenue de sa messe matinale qui la fortifiait toujours, elle se sentit le courage de l'exhiber et de me dire :

– Tu ne te rends pas compte, Marie, du climat de là-bas. Crois-moi, je n'ai pas fait cette dépense inconsidérément. J'ai pris conseil du chef de rayon du magasin que j'ai fait appeler. Il a été formel, seul le casque colonial permet une longue exposition au soleil le plus ardent sans risque d'insolation. Sous la toile qui le recouvre, il est fait du liège le plus fin, ce qui assure légèreté et isolation.

L'opinion de mon père fut sollicitée. Il se garda de mettre en doute les affirmations d'un spécialiste. Il avait trop à se faire pardonner : il était à l'origine de ma demande d'affectation à Tunis ; ma mère n'était pas prête à l'oublier.

J'avais douze ans lorsqu'il fit partie d'une délégation d'enseignants à qui l'Instruction publique offrait la découverte de l'Afrique du Nord. Maroc, Algérie, Tunisie l'enthousiasmèrent. Surtout cette dernière. Il aurait volontiers planté sa tente dans ce paradis. Mais il savait combien sa femme serait désespérée – à en mourir, disait-elle – de quitter son Montparnasse natal et ses non moins chers boulanger, crémier et boucher attitrés.

Il m'avait rapporté, de Kairouan, une paire de babouches de velours vert brodé de fils d'argent. Babouches de sept lieues. Avec elles aux pieds, je suivais dans l'allégresse ses récits sur le pays dont elles venaient.

Le 15 septembre 1930, départ pour Marseille. Mes parents m'accompagnèrent gare de Lyon. Étouffante journée de fin d'été avec éclosion d'ombrelles multicolores sur champ de chapeaux de paille et de canotiers. Au milieu de tout ça, unique en son genre et incongru, mon casque colonial ! Ma mère m'avait dit : « Je veux garder de toi l'image de ce que tu seras là-bas. » Comment refuser ce petit plaisir à celle qui avait passé la nuit à pleurer et, au matin, était allée prier, dès la première messe, pour que ni mon train ne déraille, ni mon bateau ne coule ? Celle qui, maintenant, en m'embrassant une dernière fois, me murmurait : « Ce qui me console de ton départ, c'est que Dieu doit avoir besoin de toi dans cette Afrique. »

Mon père devait lui offrir – nous avions comploté ça ensemble – une petite fête. Il l'emmènerait, avenue de l'Opéra, dans un restaurant qui avait l'originalité de ne servir que des hors-d'œuvre. « Je me demande comment on arrive à en inventer plus de cent », disait ma mère, dévorée de curiosité, mais affolée aussi par la dépense. Je suis à peu près sûre de ce qui accompagna, outre le vin rosé, sa découverte émerveillée de tant d'astuces culinaires : ce fut le non moins astucieux rappel, par mon père, de ce « quart colonial » qui s'ajouterait à mes appointements. Supplément de salaire octroyé à tout fonctionnaire nommé outre-mer. Je pense aussi que ma mère murmura, les yeux embués : « Marie le mettra de côté pour s'occuper de son trousseau, dès qu'elle reviendra. »

Autre sujet de conversation, entre céleri rémoulade et champignons à la grecque, la disparition de ma longue chevelure. Affaire qui avait transpercé le cœur maternel presque autant que mon départ. J'avais, deux semaines auparavant, dû être vaccinée à l'Institut Pasteur. On m'y apprit que le typhus se propageait par les poux du corps. Et ceux de la tête ? Par précaution, je condamnai dès lors les deux tresses blondes enroulées sur mes oreilles. Et j'étais revenue, un soir, à la maison, nattes à la main et nuque rasée. Même mon père, pourtant dans le secret, fut stupéfait du résultat : j'étais autre.

Ma mère, trop saisie, fut d'abord sans voix. Puis, toute

pâle, elle parvint à murmurer « Seigneur ! C'était ce que tu avais de plus beau ! »

En m'obligeant à porter son précieux casque, avait-elle voulu, pendant quelques instants, ne pas voir ce qu'elle appelait ma mutilation attribuée à une subite envie de modernisme ? Ou tenter d'oublier que je n'étais pas jolie ?

À bord du *Général Chanzy*, j'eus la chance d'être seule dans ma cabine de seconde classe. Cela me permit de dissimuler ce casque inutile sous la deuxième couchette inoccupée pour l'y abandonner. J'avais interrogé plusieurs passagères tunisiennes, aucune ne s'affublait de cette coiffure.

Nous arrivions, longeant la côte. Un vieux monsieur-je-sais-tout – costume élégant d'alpaga sombre, panama, guêtres et gants gris perle – avait décidé de m'expliquer le paysage. Il me gâcha la blondeur de longs rubans de sable où je me voyais déjà somnoler après un bain dans une eau couleur de turquoise qu'il me décrivit rouge, jadis, du sang des Croisés et des Sarrasins.

– Le roi Saint Louis est mort, là, mademoiselle, en 1270, martyr de sa foi.

Les quais de La Goulette inspirèrent aussi mon trouble-joie.

– De là partaient les courses des Barbaresques, mademoiselle. Ces bandits rançonnaient, pillaient, égorgeaient dans toute la Méditerranée. C'était terrible !

Accoudée au bastingage, j'écoutais à peine. J'admirais une fleur blanche qui m'apparaissait étonnée d'avoir poussé sur une falaise d'un rouge si vif.

– C'est le village de Sidi Bou-Saïd, mademoiselle ! Je vais vous raconter…

La fleur blanche avait disparu et monsieur-je-sais-tout

parlait toujours. Silence enfin devant les ruines de Carthage ? Non ! On ne s'est tu que pour se remémorer quelques bribes de latin. Je n'évite pas le *Delenda Carthago* et le salage qui suivit.

– Tant de sel, mademoiselle, tant de sel jeté là par les Romains, pour que rien n'y repousse jamais… Ah ! je suis sûr que vous irez vous asseoir, sur un tronçon de colonne punique, pour lire là *Salammbô* à haute voix !

Comme si ces malheureuses ruines avaient besoin d'entendre, une fois de plus, la prose de M. Flaubert dont elles doivent être sursaturées !

C'est alors que se produisit la merveille. Pas monsieur-je-sais-tout soudain aphone, non, mais l'apparition des flamants roses.

Combien pouvait-il y en avoir ? Deux, trois cents, posés sur le miroitement des eaux du lac de Tunis ? Sur une seule patte, l'œil mi-clos, ils semblaient indifférents à notre passage.

– Monsieur, étaient-ils déjà là… je veux dire leurs aïeux, contemporains de l'échec de la dernière croisade ? Si oui, dans le tumulte des armes, à voir sabres, épées, cimeterres et yatagans s'entrechoquer, à entendre les cris de guerre des combattants, ou les râles des mourants, se sont-ils enfuis vers des terres plus pacifiques ? Si cela a été, Saint Louis, agonisant sur son lit de cendres, a vu leur envol. Il l'aura pris pour celui d'anges aux ailes roses venus le chercher afin de le conduire à la Maison de Dieu.

Mon vieux monsieur m'a demandé si je venais ici en touriste.

– Non. Je vais enseigner.

– Ah !

Un « ah » gonflé de consternation et qui disait, j'en jurerais : « Il est beau l'enseignement de la République française ! Des rêveurs, voilà ce qu'on nous envoie maintenant de la métropole pour instruire nos enfants ! »

J'avais gagné, à la foire du Trône, en jouant à abattre des marionnettes avec une balle de son, une ombrelle japonaise, bouquet de chrysanthèmes multicolores peint sur papier huilé. C'est avec elle, grande ouverte, au-dessus de mes cheveux courts, que j'ai posé le pied en terre tunisienne… Mais aussi avec le casque colonial enfoui dans ma valise. Prête à débarquer, déjà sur le pont, j'avais couru jusqu'à ma cabine le récupérer. J'avais, tout à coup, ressenti qu'il me fallait pouvoir penser à ma mère sans remords supplémentaires. J'en avais déjà tant de l'avoir quittée pour partir si loin et si longtemps. Mon père lui disait bien que, nommée dans quelque trou perdu de France, je ne l'aurais pas vue beaucoup plus souvent. « Tout de même, avait-elle répondu, là-bas, c'est un autre continent. »

Deux impressions ressenties dès ma descente du paquebot : l'une de gaieté lumineuse ; l'autre, plus grave, et empreinte d'un certain mystère dû aux échanges de regards avec les Tunisois. Quels contacts s'établissaient entre mes yeux éblouis et ceux que je croisais, placides, indifférents, et qui disaient, sans doute : « Cette femme en blanc avec une ombrelle fleurie ? Une Française de plus. »

Aimait-on la France ici ? Allais-je faire partie de ce pays ? Peut-être pas. Mais je sentais qu'il faisait déjà partie de moi.

Un soleil à faire éclore tous mes rêves d'Orient, des couleurs à croire qu'il en existe que l'on n'avait jamais vues, mille bruits en fanfare. Et, dans ce flot de lumière et de vie, plantée devant la maison qui doit désormais m'abriter, assombrissant soudain le paysage : une vieille femme, haute, maigre et solennelle, en noir de la tête aux pieds.

On pourrait penser à une religieuse, mais mon cocher de fiacre m'a prévenue, la signora Roncaldi est veuve, d'où la longue robe noire, et maltaise, d'où la *faldetta*, sorte de mantille en tissu opaque encadrant le visage et retombant sur les épaules.

Apparemment, rien ne semble lui plaire en moi, ni le costume blanc, ni l'ombrelle japonaise aux chrysanthèmes.

Le cocher demande : « Patronne, je mets les bagages de la demoiselle dans la cour ? »

Il a parlé en italien. Avec plus de gestes que de mots. Un signe de tête affirmatif lui répond.

Avant que nous ne suivions malle et valises, ma logeuse et moi, j'ai le temps de voir que la maison est grande, vieille elle aussi, encastrée entre la boutique d'un marchand de fruits et légumes, et celle d'un bourrelier. À gauche, ça sent la campagne, à droite le vieux cuir.

Le patio où nous entrons, après avoir franchi la grille, est vaste et habité par un énorme figuier. Celui-ci me fait l'offrande d'une figue. Elle rate de peu mon épaule avant de s'écraser sur de gros pavés disjoints. Je la ramasse. Et je la mange. La dame en noir a un bref sourire. Si blanc ! Je crois comprendre pourquoi il est rare : on ne se permet que brièvement cette blancheur pour garder le grand deuil. C'est là tout ce que j'imagine pour tenter de me rassurer sur mon avenir ici.

Et la visite du petit appartement qui m'est réservé se fait en silence. Deux pièces en rez-de-chaussée. Par la porte-fenêtre, je vois que le figuier généreux me tiendra compagnie. Ce que je dois admirer dans la chambre, outre le majestueux lit de cuivre, c'est le lavabo *à eau courante*. On me l'indique d'un geste noble. Dans la cuisine-salle-à-manger-salon, un réchaud appelé « Primus », premier mot prononcé, semble avoir droit à des égards.

Et la signora Victoria Roncaldi va me quitter, sur un signe de tête ponctué d'un léger envol de la *faldetta*.

Bon, j'ai raté mon entrée Casa Roncaldi ! Le casque colonial aurait peut-être plu davantage que l'ombrelle aux chrysanthèmes à cette dame à la démarche lente, majestueuse, style Louis XIV faisant l'honneur de ses jardins à Versailles. Une intuition me pousse alors à dire, en anglais, que mon appartement me ravit.

Un large sourire abolit tout le noir de la dame. J'aurais dû penser plus tôt que Malte appartient à l'Angleterre. Ses ressortissants – même émigrés ici –, s'ils parlent italien, ne maîtrisent pas tous forcément le français. Dès lors, on m'énumère, en détail, ce dont je serai gratifiée, outre le lit de cuivre, le lavabo à eau courante et le Primus, une armoire à glace, une table, deux chaises, un fauteuil. La buanderie-salle de douche me sera réservée le jeudi et le dimanche matin de 7 à 9 heures. Une nommée Rosario pourra faire, de temps à autre, mon petit ménage pour quelques francs et Belkacem, le marchand de fruits et légumes, qui a loué les anciennes écuries de la maison, a des produits de qualité à des prix avantageux. Quant aux autres locataires, au nombre de trois, ce sont « des gens très bien ».

Fait évidemment partie des qualités de ces « gens très bien » la courtoisie de souhaiter la bienvenue à celle qui va habiter sous le même toit qu'eux.

Sur un « Je ne dérange pas ? », plus affirmatif qu'interrogatif, est arrivée Mme Hippolyta Cecaldi. À l'évidence, elle sait qu'elle ne dérange jamais, ne peut pas déranger. Toutes attendent avec impatience celle qu'on s'arrache. Toutes ? Ces dames de la meilleure société tunisoise qu'elle, Hippolyta, habille.

Hippolyta est couturière à la journée. Mais *ne devrait pas l'être*. Elle est d'une famille qui « a compté », elle n'était pas née pour travailler « chez les autres ». Son arrière-grand-père, l'illustre signor Alessandro Morelli, avait un monopole de pêche. D'accord, ça faisait vivre dans le poisson, mais l'or n'a pas d'odeur, n'est-ce pas ? Hélas, voilà le protectorat de la France qui s'installe et, avec lui, arrive un Français pour s'approprier, tout de suite, le droit d'exploitation. Comme un malheur ne survient jamais seul, il y a autant d'héritiers Morelli que de poissons dans la mer. Alors, qu'est-ce qui lui est resté à son arrière-petite-fille, à la mort d'Alessandro ? Même pas une arête ! Je vous le dis, même pas une.

On me pria de concevoir que pour une jeune fille, élevée dans la soie et la dentelle, la chute fut sévère. Et où il était le bon Dieu dans cette tragédie ? Eh bien, Il était là, tout près ! Il rappela à Hippolyta qu'Il lui avait donné des doigts de fée. On m'incita alors à admirer le courage d'une femme qui sut réagir et actionner avec ténacité ces doigts-là.

Hippolyta a conscience de ses vertus. Ce qui la rend généreuse. « Je trouverai toujours, entre deux clientes, des petits moments pour vous. Si jeune que vous êtes, vous devez l'aimer la toilette. Et vous l'avez joli, le sourire. J'avais une tante comme vous, pas très belle, mais chaque fois qu'elle nous le donnait, son sourire, des yeux et de la bouche… hé ! je sais pas très bien dire, je parle mieux l'italien que le français… oui, dès qu'elle nous regardait avec plein de gentillesse, comme vous, on avait envie de chanter, si vous voyez ce que je veux dire. »

Signes particuliers de la signora Cecaldi : âge incertain, petite, frêle, juchée sur des talons de dix centimètres, tête haut dressée : ne perdons pas un millimètre ! Petits aussi, les yeux d'un noir d'olive mûre, assorti à celui des cheveux… Teints ?

Elle a croisé, sur le pas de ma porte, celui qui arrive vers moi en second, fleurs à la main, lui a demandé des nouvelles de sa bronchite et s'est éloignée sans attendre la réponse.

Étienne Landelle – peut-être la cinquantaine ? – enseigne l'histoire de France au collège Sadiki, établissement franco-arabe. Je vais savoir, tout de suite, que là se forme l'élite tunisienne masculine. Auparavant j'ai remercié pour le petit bouquet de jasmin qui semble l'emblème de la ville. J'en ai déjà vu beaucoup ajouter leur blancheur odorante à une chéchia rouge, au niveau de l'oreille.

Le nez plongé dans les fleurs, j'écoute. Mon visiteur est normand, né à Giverny. Son père était au service du peintre Claude Monet.

Bien gris, le professeur. Cheveux, moustaches, costume, et même le teint. Mais il parle maintenant jardins, arbres, plantes, qu'aimait tant le Maître, et voilà que la grisaille de ce long monsieur maigre et sec disparaît. Vrai, on voit alors voler des papillons de toutes les couleurs.

– Savez-vous, mademoiselle, que M. Monet, qui élevait poules et dindes, avait mis, dans l'entrée de sa maison, une sorte de boîte aux lettres sur laquelle on lisait : *œufs du jour* ? Nous devions y déposer la ponte quotidienne. Eh bien, j'ai fait comme lui ! Pour que Belkacem, le marchand de légumes, qui ne sait pas lire, pense à y mettre chaque matin, les deux œufs de mon dîner, j'en ai peint un sur la boîte accrochée à ma porte. Un gros, au moins d'autruche. Il se voit de loin, vous ne pourrez pas le manquer… Hé oui, je suis un tout petit peintre du dimanche.

Et il est parti, faire cuire ses œufs. À la coque, m'a-t-il dit, parce que c'est facile et que ça ne salit pas.

Le professeur ne croise pas l'Américain qui arrivera une heure plus tard. J'ai eu, enfin, le temps de sortir draps et couvertures de ma malle. Mme Roncaldi ne fournit pas le linge, l'institutrice que je vais remplacer à l'école et ici me l'a spécifié.

David Darmon, New-Yorkais, très jeune médecin, travaille – ou fait un stage ? – à l'Institut Pasteur de Tunis. En guise de fleurs, il m'apporte un fascicule intitulé :

Précautions personnelles à prendre
contre les maladies virulentes du bled nord-africain
(prophylaxie individuelle)

Si ma pauvre mère lisait ça !

Mon troisième visiteur, beau garçon brun au sourire généreux, paraît pressé. Il n'accepte pas de s'asseoir. Il prend tout de même le temps de me conseiller de remplacer les savonnettes parfumées par du pur savon de Marseille à 72 % d'huile, plus désinfectant. Son accent agite des clochettes dans « savonnettes », ce qui me fait sourire.

– Je ne plaisante pas, mademoiselle !

Et il va partir, sans doute persuadé que je suis une écervelée, lorsqu'il se ravise et me demande, d'un air complice, ce que je pense de Mme Roncaldi, Victoria Regina pour ses locataires.

– Ne trouvez-vous pas qu'elle a de la majesté ? D'ailleurs, elle a sa cour : Doigts-de-Fée, Monsieur-le-Professeur et moi, Matamosca, autrement dit Tue-mouches, parce que je suis en guerre contre ces porteuses de tant de maladies virulentes. On adore les surnoms ici. Vous ne tarderez pas à savoir le vôtre. Notre reine Victoria rend la justice sous son figuier lorsqu'il y a réclamation, manquement à l'ordre établi, ou friction entre ses courtisans-locataires. À propos, je suis aussi son seul demi-pensionnaire. Une histoire de sardines qui a mal tourné : j'en avais acheté, puis je les ai oubliées et fourrées je ne sais où. Pensez à l'odeur ! J'ai été jugé incapable de me nourrir et condamné à avoir mon couvert mis à la table royale à l'heure du dîner. Ce qui est plutôt une récompense, Rosario cuisine comme un ange. Elle vous le dira souvent, « Dieu est aussi dans les marmites [1]. » Vous jugerez de ses talents un de ces jours. Victoria Regina vous conviera sûrement à un goûter ou à un apéritif avec *tapas*, ces délicieux amuse-gueules, comme vous dites en France.

Je n'aurai pas à attendre cette invitation. Rosario, jeune, pas belle, boiteuse et cordon-bleu espagnol, bonne à tout faire, dame de compagnie et confidente – d'après la signora Hippolyta – m'est arrivée avec un bol de bouillon en présent de bienvenue. Il y nage d'appétissantes boulettes de viande.

– Vous remercierez Mme Roncaldi de ma part.

– Hé ! J'ai pas besoin de l'autorisation de la patronne pour donner de *ma* soupe à qui je veux ! Et elle aurait pu vous inviter à dîner, elle est si riche ! Elle a de quoi parce que son mari il est parti, dans son cercueil, les mains jointes sans rien dedans, comme on s'en va tous, pauvres de nous. Et elle, croyez-moi, elle a plus de pièces de cinq francs qu'y a de pois chiches dans un sac de cent kilos de Belkacem, le marchand de légumes frais et secs. Il était

1. Sainte Thérèse d'Avila.

d'abord cocher son Vincenzo, ils le sont tous ici, les Maltais. Et puis, il est devenu patron avec trois fiacres et trois cochers à son service. Ah ! du bien, il en avait ! Il a pu acheter cette maison. Et elle, Mme Victoria, elle l'a transformée en appartements meublés à louer. Et quand je dis un sac de pois chiches de cent kilos, peut-être que c'est deux ou trois, allez savoir !

Devant ma porte, que Rosario ouvre pour s'en aller, il y a une petite plante verte enveloppée dans une feuille de journal.

– C'est Belkacem. Il n'aura pas voulu vous déranger. Lui, c'en est un qui a de la discrétion, ça, on peut pas dire le contraire… C'est un jasmin qu'il a mis là pour vous. Ici, on dit que ça porte bonheur. Il faudra le planter, juste sous la fenêtre de votre chambre, pour qu'il vous régale de sa bonne odeur.

J'ai rouvert mon guide de la Tunisie et relu un passage qui m'avait fait rêver : « Entre l'Orient et l'Occident, à la pointe de l'Afrique du Nord vers l'Arabie, au bord de la montagne de l'Atlas, au centre même, cependant, des pays méditerranéens, à un rendez-vous unique en son genre, où Français, Italiens, Arabes et Berbères, Espagnols, Turcs, Syriens, Juifs et Maltais coudoient des Noirs d'Abyssinie ou du Soudan… [1] » et vont me côtoyer, moi aussi, Parisienne du quartier de Montparnasse.

J'ai déjà eu, aujourd'hui un échantillonnage de tous ces gens, ou presque, avec un Américain en plus. Et en plus,

1. *L'Afrique du Nord*, de Marcel Sauvage, éditions Odé.

surtout, la présence des étoiles, non mentionnées dans le guide. C'est leur tour de me souhaiter la bienvenue par ma fenêtre ouverte. Tant et tant d'astres qui étincellent de toute leur vie de lumière lorsque la nôtre s'atténue. Mon père me l'avait dit, au temps des petites babouches de velours vert brodé d'argent, le ciel ici est aussi beau que la terre. Je riais en l'écoutant me raconter qu'il avait passé une nuit entière sur une plage, sous la splendeur de ce ciel. J'irai un de ces soirs en faire autant.

J'ai commencé à m'initier à l'arabe de la plus jolie manière qui soit, par les noms des fruits et des légumes. Belkacem, que je suis allée remercier de son jasmin, m'a déjà appris à dire tout ce que contient sa boutique-jardin.

Il est vieux, vieux, mon nouvel ami, mais il a un regard jeune, plein de malice et de complicité. Ce que je peux voir de ses jambes, sortant de pantalons bouffants, ressemble à deux secs sarments de vigne, avec, au bout, de bien belles babouches jaune citron.

À propos de babouches...

Je me suis perdue dans les souks, comme dans une forêt enchantée. Et, tout à coup, qu'est-ce que je vois ? *Mes* babouches de velours vert brodé d'argent, et celles-là, à ma taille d'aujourd'hui ! Elles étaient là pour moi, elles m'attendaient. Je les ai gardées aux pieds et, mes chaussures dans mon sac, j'ai immédiatement retrouvé mon chemin. Elles sont magiques !

Victoria Regina était dans sa cour et m'a vue passer. Elle a ri. C'est bien ce que je pensais, lorsqu'elle montre ses belles dents si blanches, elle n'est plus qu'en demi-deuil. Elle m'a dit, toujours riant : « Je m'en doutais, vous n'êtes qu'une enfant ! »

Une semaine avant la rentrée scolaire, visite de mon école.

Elle date, au moins, du temps de Jules Ferry, cette vieille dame décatie. Mais ne nous y trompons pas, elle a encore la force de cacher dans son dos une règle qui s'abattra sur nos doigts si nécessaire. Nous, élèves et maîtresses.

Ma classe est semblable à celles de mon enfance. Même odeur, mélange incertain d'humidité de vieux papiers et de fumée, celle d'un poêle identique à ceux de France. Ici, en plus, relents de grésil désinfectant.

Comme partout, pupitres outragés au canif ou à l'encre violette. Le portemanteau, au fond de la pièce, est la copie conforme de ses frères de la métropole.

Déception ? Croyais-je que j'écrirais ici sur un tableau bleu de ciel et que les enfants accrocheraient leurs vêtements à des rayons de soleil ?

Ma directrice n'était pas là à mon arrivée. Elle me rejoint alors que je caresse le bois poli – par combien de prédécesseurs ? – de ce qui va être mon premier bureau d'enseignante.

Elle ressemble à ma grand-mère, directrice elle aussi d'école primaire. Sous deux chignons gris et frères jumeaux, même rigueur dans les regards et l'attitude. Debout devant une carte muette de la France, elle m'a paru en être la gardienne sévère. J'ai cru avoir ouvert la porte de notre appartement de Paris à la mère de mon père, lorsqu'elle venait de son Limousin natal, toujours en juillet, passer deux semaines chez nous. Ennemie des jouets, elle déposait, en cadeau d'arrivée, vingt francs sur mon livret de Caisse d'épargne. De ma septième à ma quinzième année, elle me traîna au Louvre. Au musée, pas au magasin. Elle ignora toujours que sur son « comprends, petite, que ce qu'il y a d'œuvres d'art ici est incalculable », j'avais entrepris, pour passer le temps, de les compter. Gros travail. En récompense de ma bonne tenue et de ma sagesse, nous finissions l'après-midi dans le jardin des Tuileries où une « douceur » m'était proposée : une crème glacée fournie par le kiosque-buvette peint en vert. J'ai toujours pensé que ma grand-mère en avait envie aussi. Elle ne succomba pourtant jamais. Elle prétextait : « Le trop froid m'agace les dents. »

Et je me demandais, face à ma directrice, si elle m'accorderait elle aussi une douceur, ne serait-ce que dans le regard, si je me tenais aussi bien ici qu'au musée du Louvre.

Pour l'heure, elle m'étudiait. Longuement. J'avais bien fait de résister au plaisir de venir ici avec mon ombrelle japonaise aux chrysanthèmes ; ça n'aurait pas plu.

Il y a un rite Casa Roncaldi. Le dimanche soir, réunion sous le figuier. Surchauffé tout le jour, il nous diffuse son parfum sucré. Les étoiles, empêchées par l'arbre de nous éclabousser de leur splendeur, se contentent de risquer un œil étincelant, par endroits, entre les larges feuilles.

Chacun apporte son siège. Monsieur-le-Professeur, son

fauteuil directoire qui pèse son poids d'acajou, heureusement nanti de roulettes. Mme Hippolyta trône sur un pouf de vieux satin, jadis jaune d'or, qu'elle accole au tronc du figuier. David, que je ne peux me résoudre à appeler Tue-mouches, même sous la forme espagnole de Matamosca, n'a qu'un pliant. Et moi l'une des deux chaises paillées de mon mobilier.

Victoria Regina ne vient jamais jouir de ces moments de fraîcheur avec ses gens très bien. Rosario nous rejoint parfois, sa vaisselle finie. Quant à Belkacem, il paraît qu'il a offert à tous, un soir, un verre de thé à la menthe. C'était l'exception, il se couche tôt pour se lever dès trois heures du matin et aller, en carriole traînée par son âne, hors de la ville, chercher ses légumes.

Et on se raconte sa semaine.

Mme Hippolyta a le bonheur d'avoir certaines de ses clientes qui fréquentent, à Paris, les grands couturiers. Chacune d'elles revient à Tunis avec un ou deux modèles de leurs collections et les fait copier par Doigts-de-Fée, qui m'affirme : « Et vous savez, c'est du point sur point, du kif-kif. Je vous jure qu'on peut pas savoir de qui est quoi ! »

Monsieur-le-Professeur qualifie l'exaltation qui s'empare de Mme Hippolyta lorsqu'elle œuvre, en quelque sorte dans le même élan que le créateur, de « parfaite communion avec le Maître ».

– Et avec qui, cette semaine, avez-vous eu l'honneur de communier ? Non ! laissez-nous deviner, est-ce le Cher Lucien ? La Grande Elsa ? J'y suis ! Je parie pour la Sublime Jeanne.

Pour les non-initiés, il faut traduire Lucien Lelong, Elsa

Schiaparelli et Jeanne Lanvin. On pourrait s'étonner de cette familiarité affectueuse, si l'on oublie que Doigts-de-Fée est, à sa manière, une grande artiste elle aussi.

Monsieur-le-Professeur n'a pas lancé, ce soir, Mme Hippolyta dans la farandole des dithyrambes quotidiens qui lui sont offerts par ses pratiques. Il semblait avoir hâte de se raconter :

– Je prête, vous le savez, pour le temps des vacances, des livres français à ceux de mes garçons qui le souhaitent. L'un d'eux, un certain Mansour, n'en est jamais rassasié, et aujourd'hui, il est venu me les rendre. Et imaginez-vous...

Nous devons imaginer que maître et élève ont longuement bavardé. Et qu'a-t-il appris, Monsieur-le-Professeur ? Que Mansour aime, lorsqu'un roman lui a plu, inventer une suite. Ou bien, s'il n'est pas satisfait de la fin choisie par l'auteur, en imaginer une autre. Il écrit, dans un cahier, ces prolongements littéraires aux œuvres illustres.

– Le croiriez-vous, c'est exactement ce que je faisais au même âge que Mansour, moi en Normandie, à Giverny, lui ici, à Tunis, moi petit chrétien, qui a été enfant de chœur jadis, et lui, jeune musulman ? Ah ! ça m'a fait le soleil de ma journée. Que dites-vous de ça ?

Pour ma part, je n'ai rien dit. J'avais moi aussi prolongé les livres que j'aimais, ou inventé des fins me convenant mieux. Je me souviens en avoir longtemps voulu à Flaubert. Je n'appréciais pas du tout les trois dernières lignes de son roman où il condamne la fille de *Madame Bovary*, devenue orpheline, à gagner sa vie dans une filature de coton. J'avais imaginé pour la petite Berthe un destin fabuleux. Mais je ne voulais pas ternir le soleil de notre professeur.

David n'était pas bavard ce soir. Il se souciait de la santé de son grand patron, le Docteur Charles Nicolle [1], directeur de l'Institut Pasteur de Tunis. « On ne s'inocule pas des virus pour en étudier leur évolution sur l'être humain impunément », m'avait-il dit. J'aurais aimé en savoir plus mais il paraissait déjà regretter cette confidence.

– Et vous, Mlle Marie ?

Allais-je raconter ma journée ? Comprendrait-on mes états d'âme pendant ce coucher de soleil vécu dans le parc du Belvédère surplombant Tunis, après une matinée passée dans la splendeur des mosaïques romaines du musée du Bardo ? J'avais été grisée de beauté, jetée dans cette exaltation qui donne envie de faire de grandes choses, d'accomplir je ne sais quoi, mais d'admirable. Et j'avais rêvé, en regardant la ville couler, là en bas, rosée, dorée. Parfumée aussi ? Pas vraiment. La senteur de jasmin venait du bouquet tendu vers moi par un petit garçon en guenilles, aussi beau que ses fleurs, aussi beau que ce qui nous entourait. J'avais pris le cadeau et donné quelque monnaie. L'enfant me désigna alors l'ombrelle japonaise, sans sourire, avec gravité même. Voulait-il que je la lui prête ? Je la lui tendis. Il s'en empara, le regard ébloui. Il la fit tournoyer au-dessus de sa tête. Puis la cala sur son épaule, comme il me l'avait vu faire, et partit avec elle !

Je ne l'ai pas poursuivi. J'ai regardé, en souriant, mes

1. Illustre médecin qui a reçu le prix Nobel en 1928.

chrysanthèmes sur papier huilé s'éloigner, s'éloigner de plus en plus dans le couchant.

Je me suis contentée, sous le figuier, de parler des mosaïques romaines.

Si un inspecteur d'académie était venu vérifier que j'avais bien pris possession de ma classe et réussi à m'y reconnaître entre toutes les nationalités qui la composent, je m'en serais tirée avec honneur. Quatre jours après la rentrée scolaire, je savais qui étaient mes trente-trois filles : treize Tunisoises, huit Françaises, six Espagnoles, quatre Maltaises et seulement deux Italiennes, parce qu'il existe ici des écoles créées par leur pays d'origine.

Mais nous ne sommes pas visitées si tôt dans l'année scolaire. Heureusement. Prête la veille, je ne l'étais plus le lendemain. J'avais buté sur mon premier obstacle et chuté au plus profond de la perplexité.

Qu'on imagine la chose. Un devoir donné à rédiger à la maison, exercice nº 7 du Livre du maître : « Faites le portrait d'un chien. » Puis, cueillette, au matin, des copies entre les rangs des pupitres, l'esprit ailleurs, tant le geste est machinal. J'étais même un peu endormie, c'est normal, c'est le premier quart d'heure de classe. Quand tout à coup, réveil complet ! Sur les trente-trois devoirs, trente et un étaient des rédactions, les deux autres des dessins !

Et si Mme la directrice avait cornaqué, à cet instant, M. l'inspecteur sanglé dans sa jaquette noire et l'œil sévère, et s'il avait demandé à examiner le travail de mes élèves ? J'entendais déjà : « Et qui sont ces deux fantaisistes ? »

J'aurais dû les désigner. Et comment les défendre ? Par chance, pas d'inquisition. Restait à trouver ce que je devais dire à mes deux dessinatrices.

Et dimanche soir sous le figuier, j'ai demandé :

– Qu'auriez-vous fait, Monsieur-le-Professeur ?

Il riait.

– J'aurais ri pardi ! voilà le genre de distraction qui nous relève le moral. Du soleil quoi. Toujours être sérieux, le métier veut ça, mais avec de petites récréations pour nous aussi. Oui, j'aurais ri, sous cape, bien sûr.

– Et à elles, qu'auriez-vous dit ?

– J'aimerais d'abord savoir ce que vous leur avez dit, vous.

– J'ai réfléchi vite, vite et je me suis souvenue d'une règle de mon père : ne jamais humilier. Était-ce grave d'avoir dessiné au lieu d'écrire ? Pas trop, après tout. J'ai pris dans une main une rédaction, dans l'autre un dessin, je les ai montrés, du haut de mon estrade, en disant : « Voici les deux manières de faire un portrait. Celles qui ont écrit dessineront maintenant, les autres feront le contraire. »

– Une pirouette en quelque sorte !

– Mais ce n'était pas fini.

– Ah bah !

– Avant d'aller en récréation, mes dessinatrices sont venues me trouver. Pas intimidées. Et même, l'air résolu.

Celle qui s'appelle Meryem Ben Djelloul, m'a dit : « On n'est pas d'accord elle et moi. » *Elle*, c'était Myriam Benzimra. Eh bien ! elles n'étaient pas d'accord parce que l'une prétendait savoir plus que l'autre comment était un *vrai* portrait. Il devait être « entouré de doré ». Meryem, qui accompagnait parfois sa mère lorsqu'elle allait « rouler » le couscous, dans une grande maison française, en avait vu un *vrai* au salon où la demoiselle lui avait montré celui de son grand-père, dans un cadre brillant comme le soleil. Et elle, Meryem « avait fait pareil » pour son chien, pas en doré, parce qu'il n'y en a pas dans la boîte de crayons de couleur, mais avec du jaune. Donc, c'était son travail le meilleur.

– De quelle façon vous en êtes-vous tirée, cette fois ?

– J'ai tenté de les calmer, parce qu'elles argumentaient ferme. Je ne sais pas si j'y ai réussi. Je les ai regardées partir en récréation, elles discutaient encore âprement. Et tout à coup, j'ai vu Myriam extraire une orange de sa poche et la partager avec Meryem ! Sur quoi s'étaient-elles soudain accordées ? J'aimerais bien le savoir.

Jusqu'à l'affaire des portraits du chien, elles m'avaient paru s'ignorer. En classe, elles étaient assises loin l'une de l'autre. Maintenant, elles se rejoignaient à chaque récréation. Elles y discutaient, toujours, comme si elles avaient de graves problèmes à résoudre. Je les avais, par deux fois, approchées d'assez près pour les entendre s'exprimer dans ce judéo-arabe dont je ne connaissais encore que les noms des fruits et des légumes. À la sortie de l'école, le matin comme le soir, elles s'éloignaient ensemble.

Un lundi en fin de journée, avant de partir, elles s'attardèrent, laissèrent s'écouler le flot puis, la dernière élève ayant quitté la classe, elles s'avancèrent toutes deux vers moi, portant chacune, avec précaution, un drôle de paquet. Conique et attaché à son extrémité par une ficelle, on aurait pu le croire un emballage de gâteaux, sortant de chez le pâtissier. On aurait pu… s'il n'avait été fait de papier journal.

Me tendant le sien, Myriam me dit :

– C'est des escargots, parce que vous, les chrétiens, vous les mangez.

Et Meryem :

– Oui, les Roumis ils les aiment, c'est pour ça qu'on a été vous en ramasser.

Elles m'apprirent qu'elles se promenaient, après la pluie, hors la ville, parce que « ça sent frais et bon dans les champs ».

– Et comme les escargots, ils aiment ça aussi.

– Ils aiment le mouillé.

Ce que disait l'une, l'autre le reprenait, comme si elle le traduisait avec une petite variante. Leurs temps de parole étaient à peu près identiques. Elles y veillaient.

Je les regardais. Deux petites filles de sept ans aux longs cheveux nattés. Ni jolies ni laides. Leurs corps maigres flottaient dans des robes de cotonnade élimée et passée de couleur. Elles étaient chaussées d'espadrilles fatiguées. Mais malgré cette misérable apparence, tout comme le soleil, ici, magnifie le moindre caillou, leurs regards, quêtant des signes de contentement chez moi, étincelaient dans cette attente.

Il me fallait maintenant dépapilloter ces architectures de papier journal. Dans deux boîtes de conserve vieilles et rouillées, l'une ayant contenu des petits pois, l'autre de la confiture d'abricot, grouillaient et bavaient une centaine d'escargots. Et je m'extasiais, tout en me demandant ce que j'allais en faire. Myriam me conseilla de les remballer, Meryem me le répéta, me faisant remarquer qu'ils s'évadaient déjà. Sans doute me jugèrent-elles incapable de refaire ce pliage savant en forme de cône. Elles s'en chargèrent, avec habileté.

Comment allais-je emporter jusqu'à la Casa Roncaldi ces encombrants cadeaux ? Cela m'amena à m'interroger aussi sur la manière dont ils avaient été introduits ici sans faire souffler sur toute la classe une tempête de curiosité. On attendait ma question. Les réponses étaient prêtes. Mais on tenait à raconter en détail ce qui m'apparut alors comme une véritable opération escargots. Les ex-boîtes de conserve venaient de cette grande maison française où la mère de Meryem travaillait parfois. Le journal et les ficelles avaient été fournis par le père de Myriam. Enfin, la grande astuce dont elles étaient assez fières, mes deux élèves, était le transport des paquets dans son couffin par la femme de ménage de l'école qui les avait ensuite cachés dans le bas du placard de notre classe.

Ainsi, cette Messaouda, souvent rencontrée agenouillée frottant son « parterre » était la maman de Meryem ! J'appris qu'elles arrivaient toutes deux ici dès cinq heures du matin, afin que le nettoyage de l'école fût terminé au coup de cloche sonnant la rentrée de huit heures.

– Que fais-tu, petite, pendant que ta mère travaille ?

– Je l'aide. Et après je repasse mes leçons.

Myriam intervint :

– Mon père, il est tailleur, il se lève à cinq heures aussi et il me réveille pour que je l'aide au ménage, moi aussi, parce qu'il tousse beaucoup. Moi aussi je repasse mes leçons, après.

Assis sur son pliant, David me disait en riant :

– En somme, l'opération escargots vous a introduite dans les vies de famille de vos dessinatrices !

– Famille, si on peut dire. Meryem est orpheline de père. Il était pêcheur d'éponges à Sfax. Myriam a perdu sa mère, experte, paraît-il, en boutonnières de dolmans, tuniques et vareuses militaires.

Le figuier, chaque dimanche, m'entendait parler de mes élèves.

Monsieur-le-Professeur écoutait avec attention. Il dit un soir, doucement, comme en confidence : « Les pays musulmans ont les plus beaux enfants du ciel, ils sont semblables aux étoiles, illuminés par le sourire... [1] »

Je savais par David que Monsieur-le-Professeur est veuf. Il a perdu sa femme à l'accouchement de son fils mort-né. Ce sont ces grands chagrins, plus encore que sa bronchite chronique, qui l'ont conduit ici.

J'ai parlé alors de mon ombrelle japonaise donnée à ce beau petit garçon en guenilles et au sourire d'ange heureux. Et nous avons supposé ce qu'il avait bien pu faire de mes chrysanthèmes peints sur papier huilé. David penchait

---

1. *Le Sel de la mer*, de Gabriel Audisio, éditions Gallimard.

pour un essai de vol en parachute, comme il l'avait fait lui-même du premier étage de leur maison, avec l'ombrelle de sa mère. Avant que nous nous séparions, Monsieur-le-Professeur m'a demandé :

– Vos dessinatrices vous intéressent ?

– Elles sont intelligentes, avides d'apprendre. Elles m'amusent aussi. Elles paraissent très jalouses l'une de l'autre, ou, plus exactement, désireuses, avec passion, d'être toujours à égalité.

– Elles s'ignoraient avant le portrait du chien ?

– Je suppose qu'il les a rapprochées. Se sont-elles alors senties solidaires, face au reste de la classe ?

– Ou supérieures ?

C'était bien possible. Elles sont les plus misérables, les plus mal vêtues et mal chaussées, les seules aussi à n'avoir comme corde à sauter que la corde elle-même sans les embouts et poignées de bois colorié des autres enfants. Je suis certaine qu'elles envient leurs compagnes. Je suis sûre aussi qu'elles ne l'avoueront jamais.

– Comment réagissent-elles si leurs notes, en classe, ne sont pas à égalité ?

– Ce doit être là le sujet d'éternelles discussions aux récréations.

Il n'y avait qu'une seule chose à faire : apporter mes escargots à Rosario.

Elle était dans sa cuisine. David y était aussi. Il revenait d'une partie de tennis. Sa raquette était posée sur la table et lui perché sur une chaise. Il remplaçait, par des neufs, les vieux serpentins de papier tue-mouches, noirs de cadavres, et accrochés aux branches de la suspension. Il soupirait :

– Je reviens de Kairouan. Il y en a encore plus qu'ici, ce qui n'est pas peu dire ! C'est, vraiment, la ville des mouches... Dégoûtants ces papiers. Il serait temps d'inventer autre chose.

Rosario riait, ce qui faisait se trémousser son opulent corsage.

– Hé ! M. David, vous et tous vos savants avec qui vous travaillez, qu'est-ce que vous attendez pour l'inventer l'invention ?

C'était la première fois que je voyais David vêtu de blanc dans sa tenue de tennis. Son visage, vu de trois quarts, me rappela tout à coup quelqu'un. Qui ?

Je connaissais peu de jeunes gens, frères ou cousins de compagnes à l'école normale d'institutrices. Rien de ce côté-là. Où avais-je donc vu quelqu'un si semblable à cet Américain ? Je cherchais, en écoutant Rosario me déclarer qu'il y avait escargots et escargots. Comme il y avait paella et paella. Si seulement ceux que je lui apportais avaient été de la race des *baqueta*, qui donnent au riz son arôme divin !

– Vous savez, M. David, les *baqueta* ils vivent dans les montagnes de chez moi, où le bon Dieu Il leur sert, comme à des seigneurs, les herbes les plus parfumées et que ça leur parfume la chair à nous régaler d'un goût de paradis. Mais ceux-là, si vous voulez mon avis, Mlle Marie, ceux-là c'est des rien-du-tout. Hé ! je vais les mettre à dégorger et à baver quand même dans du vinaigre et du sel, pauvres d'eux.

Je n'écoutais plus, je savais à qui ressemblait David. À *L'Homme au gant* du Louvre.

Et la bizarrerie, dans cette affaire, était que David était tout de blanc vêtu, alors que le personnage peint par Titien l'était de noir.

Si je le connaissais, ce tableau !

Il était celui qui, l'année de mes douze ans, m'avait fait renoncer à compter les chefs-d'œuvre du musée et incitée à les regarder.

Comment cela s'était-il fait ? Je crois me souvenir que le gant m'avait tout d'abord attirée. Ils en avaient donc déjà à cette époque ? De là, j'étais passée au port de tête altier, puis au visage. Et sans bien m'en rendre compte, j'avais été sensible à la pose élégante, à l'allure noble du modèle. Je découvrais qu'un homme peut être beau. Dès lors, je m'étais intéressée à ce que je voyais dans le sillage de ma grand-mère. Comme si ce personnage m'avait apostrophée : « Sotte, admire au lieu de compter ! »

Bien qu'il s'occupât de cadavres de mouches, David me parut le faire avec la distinction de *L'Homme au gant*.

Descendu de sa chaise, il suggérait maintenant à Rosario de donner leur chance aux escargots tunisiens. Pourquoi, avant de les supplicier dans le vinaigre salé, ne pas les laisser se délecter d'herbes odorantes, ce serait une expérience à tenter. Qui sait s'ils n'allaient pas se transformer en gastéropodes Grands d'Espagne.

– Tontico que vous êtes ! Et d'abord les herbes d'ici, c'est pas celles de chez moi. Et l'air ? L'air pur de la montagne, c'est pas celui de ma cuisine.

Il était pourtant savoureux cet air parfumé aux vapeurs

du *puchero*[1] de Rosario, et dans lequel se mouvait David, en allant jeter à la poubelle les vieux serpentins couverts de mouches mortes, avec ce même air un peu dédaigneux du modèle de Titien.

1. « Pot-au-feu ».

Mon père avait raison. Ce pays est un paradis. Je consacre mes jours de repos à découvrir Tunis ou Carthage. Ma mère avait tort : mon petit deux-pièces n'est pas un capharnaüm. Je l'entretiens au mieux. J'ai acheté quatre poteries tunisiennes, trois coupes et un vase. Je leur ai offert, comme présentoir, la surface énergiquement cirée à glace de mon unique table. Il y a des jasmins dans le vase, des raisins, des grenades et des jujubes dans les coupes. Ici et là, mes livres favoris. Et, dans tout ça, moi, en jupe plissée bleu marine et corsage blanc.

La sérénité, quelque chose de moins prétentieux que le bonheur, mais qui n'en est pas loin, flotte ici en permanence. Je me sens bien.

Nous sommes dimanche soir. Je vais savourer mes deux œufs à la coque – j'ai adopté le dîner frugal et pratique de Monsieur-le-Professeur – puis je rejoindrai mes amis sous le figuier et sous les étoiles, et nous parlerons. Cette habitude de faire le point de la semaine enrobe notre amitié d'une confiance qui nous fait livrer un peu plus de nous-mêmes chaque fois.

Nous aimons écouter David parler de son cher et grand patron, le docteur Charles Nicolle. Il ne se passe pas de soirée dominicale, sans qu'il demande si nous avons vécu nos journées dans l'enthousiasme. En fidèle disciple de son maître, il répète : « Apprenez à cultiver en vous l'enthousiasme. Lorsque enfin il vous possédera, ses joies vous paieront au centuple de votre effort. »

– L'avez-vous bien entretenu votre enthousiasme, cette semaine ?

J'avais envie de citer tout ce que Mme de Staël en dit « qu'il est Dieu en nous, que les orages des passions s'apaisent, les plaisirs de l'amour-propre se flétrissent et que l'enthousiasme seul est inaltérable » et plus encore ; mais je n'ai pas osé de peur que, sous le figuier, on me prenne pour un bas-bleu. Je craignais le regard ironique de Monsieur-le-Professeur et celui, assez moqueur, de David Darmon. Ces deux hommes, le vieux et le jeune, m'intimident.

Hippolyta se lança alors dans ses communions avec de grands confrères. Et son enthousiasme était tel qu'arriva précisément Rosario porteuse d'un ultimatum de Victoria Regina : « Moins de bruit. »

La patronne avait sa migraine et nous la fatiguions. En silence, Rosario nous distribua des *yemas de San Leonardo* [1]. Ce qui, en quelque sorte, nous cloua le bec. J'ai demandé comment s'élaboraient ces délicieuses petites boules jaunes. Réaction du clan : « Innocente enfant ! Les recettes conventuelles ne se divulguent jamais ! »

Alors Rosario, à mi-voix, m'expliqua tenir sa science de

1. « Friandise à base de jaunes d'œuf et de sucre ».

sa grand-tante, religieuse au couvent de Safra, en Estrémadure, mais avait dû jurer, sur la croix, de ne jamais rien en révéler à personne. Elle voulait bien, toutefois, m'énumérer les célèbres pâtisseries et friandises dont elle détenait la mystérieuse élaboration. Nous en étions à l'*espuma de chocolate* (écume de chocolat), lorsque la grille grinça et qu'une fillette fut soudain catapultée sous le figuier et parmi nous.

Myriam ! Elle haletait et tentait de parler sans y parvenir.

– Faites-la donc asseoir et donnez-lui à boire, a dit David. Et il ajouta : Calme-toi, petite, reprends ta respiration et tu nous diras tout après.

Elle ne parut pas entendre et balbutia :

– Mademoiselle ! Ah ! Mademoiselle, il faut vite aller là-bas parce qu'ils veulent l'emmener.

– Qui donc ?

– Meryem, parce que sa mère elle est morte et ils ont pris d'abord ses *khol-khals*[1] et maintenant ils vont prendre aussi Meryem, ils veulent qu'elle travaille aux chéchias comme eux…

– Qui, eux ?

– Ceux-là qu'ils disent qu'ils sont des cousins et que c'est pas vrai, c'est des voisins qui habitent à côté et si vous venez pas ils vont l'emmener et elle pourra plus venir à l'école parce qu'ils veulent qu'elle fasse la laine pour les chéchias.

– Vous ne pouvez pas aller seule, en pleine nuit là-bas, a dit Monsieur-le-Professeur.

1. « Anneaux de cheville ».

Et David :

– J'irai avec elle.

Nous sommes partis. Conduits par Myriam, admirant qu'elle s'y retrouve si bien dans les ruelles tortueuses qui nous paraissaient toutes semblables.

David était resté devant la porte et parlait avec celui qui semblait être le chef du petit troupeau de femmes entourant la natte, à même le sol de terre battue, où reposait Messaouda.

Myriam avait mis sa main dans la mienne et m'entraînait vers les pleureuses. Lamentations, gémissements et cris emplissaient ce trou sombre à peine éclairé par la courte flamme d'une bougie.

Recroquevillée dans un angle de la pièce, Meryem, dès qu'elle me vit, s'élança et s'accrocha à ma jupe. Je murmurai :

– Dis que je suis la maîtresse d'école. Je viens m'occuper de Messaouda qui travaillait chez nous. Et je vais t'emmener. Il faut que tu continues à apprendre parce que c'est la loi française et qu'on doit lui obéir.

La force des lamentations avait diminué. Les femmes écoutaient.

– J'ai dit aussi, Mademoiselle, que vous voulez les *khol-khals* pour me les donner quand je serai grande et pourrai les mettre.

On vit alors l'une des femmes prendre dans son couffin deux gros anneaux d'argent et me les tendre. Commentaire, à mi-voix, de Myriam :

– Elle ment la voisine, parce que c'est pas vrai que

quelqu'un allait voler les *khol-khals* et c'est pas vrai qu'elle les aurait rendus après à Meryem, et elle dit plus qu'elle est cousine parce qu'elle a peur de vous et du monsieur qui est venu aussi.

Je poussai les deux enfants dehors. David connaissait-il les rites et Meryem devait-elle embrasser sa mère avant de partir avec nous ? Il n'en savait rien mais trouvait que la petite fille avait vécu vingt-quatre heures auprès de la morte et qu'il était temps de l'éloigner d'ici. Il ajouta avoir parlé avec le Tunisois. D'après lui, c'était un brave père de famille. Ils avaient fumé une cigarette ensemble et l'homme lui avait affirmé que les femmes parlent toujours trop et sans savoir ce qu'elles disent. Il pensait que Meryem serait mieux avec nous qu'à filer de la laine pour les chéchias. Un peu inquiet, David ajouta :

– Je me suis peut-être trop avancé en parlant d'emmener cette petite ?

Comme si elle avait entendu ce que nous disions, Myriam, levant son pâle visage vers nous, affirma :

– Mon père, il veut qu'elle habite avec nous. Elle va prendre ses affaires et on partira nous deux.

Les enfants marchaient devant, nous montrant le chemin. Nous portions le petit bagage de Meryem. À l'exception de son cartable qu'elle n'avait voulu confier à personne.

– David, de quoi est morte cette pauvre femme ?

– Si cela s'est passé comme le dit le voisin, sans doute d'une rupture d'anévrisme. Je demanderai demain à un médecin français de l'Institut de venir le certifier. Et de nous dire si le logement du tailleur, dans cette sordide Hâra, est salubre.

Qu'aurais-je fait sans David ?

On enterra Messaouda. Et Meryem fut recueillie par le père de Myriam. Dès lors, ce fut un déferlement d'événements : l'ami médecin de David se rendit chez Isaac Benzimra. Le local était, dit-il, à peu près sain, mais pas le tailleur, rongé de tuberculose. Il était dangereux de laisser les deux fillettes sous son toit et urgent de faire entrer l'homme à l'hôpital.

– Et les enfants ? me demanda David.

– Je vais les prendre chez moi, en attendant.

– En attendant quoi ?

Oui, en attendant quoi ?

Nous étions seuls, sous l'un des gros ficus qui bordent l'avenue de France. Que partagions-nous dans le silence qui suivit ? Une familiarité complice ? Je regardais son beau visage aux traits si nets, quand un léger parfum de lavande – si léger qu'il n'était pas toujours perceptible – vint de lui à moi, apporté par une brise douce. C'était là comme un fil fragile tendu entre nous. J'aurais dû répondre : « En attendant la mort de ce pauvre homme. » J'y renonçai, pour ne pas ternir cet instant.

Le jeudi, j'étais allée voir le tailleur Isaac.

La porte de l'hôpital se referma sur une matinée de lumière et de joie qui n'entraient pas ici. Mes paroles de réconfort, bien que j'y misse tout l'enthousiasme possible, me parurent se dissoudre dans la tristesse de la grande salle commune et dans celle des yeux du malade.

L'intensité du ciel, la gaieté de la rue me récupérèrent en proie à l'incompréhension. Pourquoi cette offre exubérante de beauté et de bonheur face à tant de détresse ?

Les deux petites filles m'attendaient dans l'impatience. Avaient-elles cru que je ne reviendrais pas ? Et quel accueil du cœur ! Peu de mots, tout était dans les regards.

Ce fut ce jour-là que je pris ma décision. Si le tailleur mourait, je veillerais sur Myriam et Meryem. Et pendant des années s'il le fallait.

Je devais informer ma directrice, ne serait-ce que de la nouvelle adresse de mes deux élèves. Elle m'accorda, le lendemain matin, quelques minutes d'entretien, de 7 h 45 à 8 h. C'est là, paraît-il, une astuce de sa part, au coup de cloche qui annonce la rentrée en classe, vous êtes priée, non par elle, mais par la stricte observance de la règle, de vous retirer. Et tant pis si vous n'avez pas su exposer votre affaire.

Eh bien, moi, j'ai su !

Et je l'ai eue, ma douceur. Mme la directrice ne me l'a pas proposée, comme le faisait ma grand-mère après nos périples au Louvre, elle me l'a offerte, d'elle-même et accompagnée d'un regard presque chaleureux : « Après tout, vous êtes une brave petite. »

Je venais de lui exposer, assez clairement espérais-je, le déroulement complet des événements. De l'incident du portrait du chien jusqu'au départ d'Isaac Benzimra pour l'hôpital et l'aboutissement de tout ça : deux enfants désormais sans ressources, sans toit et sans protection.

Bien sûr, avant le coup de cloche de huit heures, il y eut la question que je prévoyais :

– Dès que M. Benzimra sera rétabli, les fillettes reviendront chez lui, évidemment ?

– Évidemment, madame.

Ouf ! Parce qu'il faut la voir, Mme Fleury – malgré son joli nom – lorsqu'elle est assise derrière son bureau, droite, digne et plus directrice que jamais. Vous vous trouvez en face du buste rigide comme le marbre d'une vieille Marianne de l'Instruction publique, laïque, gratuite et obligatoire.

Bon ! J'avais gagné la première manche !

En longeant le couloir qui mène à ma classe où j'apercevais parfois Messaouda genoux rivés au sol et frottant son parterre, je me suis dit que la pauvre femme était sûrement contente.

Juchée sur mon estrade, écrivant au tableau l'énoncé d'un problème de robinets, je me demandai ce que voulait dire au juste cet « après tout » précédant le « vous êtes une brave petite ». Je ne m'y attardai pas. Après tout, pour parler comme Mme la directrice, je m'en fichais un peu.

Réaction de Myriam et de Meryem à l'annonce de leur venue chez moi : leurs yeux, dès cet instant, furent plus étincelants encore que les étoiles du ciel de Tunis. Et, pour une fois, elles étaient muettes. Et ensemble ! Muettes de stupéfaction, d'incrédulité, de ravissement.

Restait à apposer le sceau royal de Victoria Regina sur

tout ça. Rosario s'en chargea et obtint même, en prime, le prêt de deux petits matelas et d'une troisième chaise. Très provisoirement, bien entendu.

David nous aida à installer la chambre de mes pensionnaires dans un coin de la cuisine-salle-à-manger-salon. Il riait en me disant :

– Vous le savez que ce fourbi est définitif, n'est-ce pas ? Ne me dites pas le contraire. Je vous vois venir. Vous commencez par donner votre ombrelle à un enfant et vous continuez en offrant votre protection à deux petites filles misérables. Vous savez comment ça s'appelle, ça ? Ça s'appelle avoir le cœur enthousiaste... Je les connais ces cœurs-là, à commencer par celui de mon cher et vénéré grand patron.

Là-dessus, il me chipa une poignée de jujubes et s'en fut.

Meryem avait emporté, de son trou sombre creusé dans une ruelle de la Médina, le petit trésor de sa mère : un couffin plein d'éponges, les plus belles pêchées jadis par son mari. Elle disait à sa fille : « Je les vendrai pour t'acheter un *haïk*[1] quand tu seras en âge de le porter. » Avec les *khol-khals* d'argent, c'était toute la fortune de l'enfant. Celle de Myriam était inattendue : un vieux chaudron de cuivre, troué par-ci par-là, et plein de boutons d'uniformes militaires, pas très jeunes eux non plus, pesant leur poids de métal... et d'histoire.

---

1. Pièce de lainage tissé à la main dans lequel se drapent les femmes d'Afrique du Nord.

Un lavabo à eau courante, un réchaud Primus, tant et tant de livres ! Et des fleurs et des fruits, que c'est beau tout ça, disaient leurs regards.

Elles visitèrent ma chambre avec respect, se figèrent face à mon lit de cuivre, éblouies. Elles découvrirent aussi les œufs à la coque et les mouillettes de pain beurré. Plus tard, malgré ma porte fermée, je les entendis actionner plusieurs fois les robinets du lavabo. Elles adoreraient David dès qu'il leur conseillerait de se laver souvent les mains.

Nous avions appris en classe la signification du mot *magie*, la semaine précédente. Recette de celle de ce matin-là : prenez trois bols d'eau bouillante. Ajoutez dans chacun une bonne cuillerée à soupe de cette crème jaune pâle et brillante extraite d'une petite boîte ronde en fer-blanc étiquetée *Lait condensé sucré Nestlé*. Remuez et c'est le lait magique !

– Oh ! Mademoiselle ! Et il s'est sucré tout seul !

Place, plus tard, à la complicité suprême entre la maîtresse de la classe et deux de ses élèves. « Écoutez bien, vous allez partir les premières. Vous arriverez à l'école avant moi. Les autres ne doivent pas savoir déjà que vous habitez ici. »

Meryem : Pourquoi mademoiselle ?

Myriam : Moi, je le sais !

Meryem : Moi aussi, je le sais !

Myriam : Alors pourquoi tu le demandes, dis-le.

Meryem : Non, toi d'abord.

Pas tout le même jour ! Je leur expliquerai demain que cette éternelle compétition doit cesser.

Il y avait des plans de jasmin sur le pas de ma porte. Sûrement de la part, encore une fois, de Belkacem. Et sans doute, l'un pour souhaiter bienvenue et bonheur à Myriam, l'autre à Meryem. J'étais heureuse d'être approuvée par mon vieil ami qui me parlait peu mais savait me faire comprendre tant de choses.

Le tailleur mourut dans la nuit du 4 décembre. Nous avons, selon le rite, posé toutes trois des cailloux sur sa tombe. Meryem tenait, bien serrée, la main de Myriam dans la sienne, comme celle-ci l'avait fait à l'enterrement de Messaouda.

Hippolyta ne rata pas l'occasion de se taire :

– Eh bien maintenant, elles sont à égalité les deux petites ! Plus de famille, plus de ressources, pas question d'être jalouse l'une de l'autre !

Il ne faut pas croire Doigts-de-Fée insensible. Elle a, dit Rosario, « un cœur grand comme la Casa Roncaldi ». Mais guère plus de cervelle qu'un hanneton. Elle s'est beaucoup agitée, elle proposait des vêtements de deuil. J'ai refusé. Et là encore, elle n'a pu retenir son cri :

– C'est moi qui paye aussi le tissu, et les souliers, et les chapeaux !

Carafe de vin d'orange maison en main, pour nous « changer ce goût de malheur », Rosario s'est élancée à mon secours :

– Signora Cecaldi, c'est pas assez triste ces morts pour

ces pauvres chiquitas ? Et comment vous voulez que pendant un an, à se voir tout en noir dans l'armoire à glace, elles oublient de pleurer ? C'est pas le bon Dieu qu'Il demande des choses comme ça, Lui, là-haut, Il aime que le bleu du ciel et le doré du soleil.

– Alors le deuil en blanc, c'est beau ça ! Mme Jeanne Lanvin a sa fille, elle a…

– C'est ça ! Et Mlle Marie, elle passera ses dimanches en lessives !

À la mort de Messaouda, Myriam avait donné à son amie l'unique ruban qu'elle possédait, celui qui attachait l'extrémité de sa natte, remplacé dès lors par un bout de ficelle.

Meryem, elle, après le décès du tailleur, est allée voir ceux de la grande maison française appartenant à la famille d'un officier supérieur. Elle a demandé si, « des fois, on n'aurait pas un vieil uniforme du colonel qui servait plus ». Facile d'imaginer l'étonnement de ces gens. La petite a ajouté, paraît-il : « C'est pour la collection », et on a dû être plus surpris encore. Il faut croire, pourtant, que davantage d'explications ont convaincu. Meryem est revenue Casa Roncaldi avec deux boutons de l'infanterie coloniale.

Je me suis endormie ce soir-là en souriant. J'imaginais la famille de l'officier, assise dans son grand salon où est accroché le « vrai » portrait du grand-père au cadre doré, en proie à la perplexité. Pourquoi donc la fille de leur « rouleuse de couscous » désirait-elle tant deux boutons d'uniforme militaire ?

Restait à obtenir la garde définitive de celles que j'appelais déjà mes filles.

Entrevue directoriale. J'ai eu droit à tout : engagement pris à la légère sans penser aux responsabilités d'un tel acte, décision sans réflexion sérieuse. Et si, demain, je changeais d'avis sur un autre coup de tête ? Et les croyances, mœurs, habitudes de deux enfants de religions différentes ? Y avais-je pensé dans mon enthousiasme inconsidéré ?

Ça, l'enthousiasme, c'était ce à quoi il ne fallait pas toucher. C'était sacré. Immédiatement je ne me suis plus sentie seule. David, Monsieur-le-Professeur et même Doigts-de-Fée étaient avec moi et nous tous sous l'égide du bienfaiteur de Tunis, le directeur de l'Institut Pasteur.

– Vous êtes catholique ? m'a demandé Mme Fleury.

– À ce jour, je n'en suis pas encore vraiment sûre... Ma mère l'est, très profondément. Pas mon père. Il n'est pas athée, non. Il croit en Dieu, mais à la manière de Victor Hugo qu'il vénère. Il n'admet pas les religions révélées. D'où la décision de mes parents de me laisser mon libre choix à ma majorité.

– Vous l'avez fait, ce choix ?

– Pas encore... je n'ai que vingt ans.

– Et pour Meryem et Myriam, musulmane et juive ?

– D'après ce que j'ai appris, ni d'un côté, ni de l'autre on n'était très pratiquant.

– Alors ?

– Eh bien ! je les élèverai comme je l'ai été. Plus tard, si elles le désirent, elles iront vers la croyance de leurs aïeux. Dès après le certificat d'études, elles apprendront à lire et à écrire l'hébreu et l'arabe pour connaître leurs Livres sacrés respectifs.

– Un métier manuel sera préférable au certificat d'études, en admettant qu'elles puissent aller jusque-là.

– À deux élèves intelligentes, avides d'apprendre, on refuserait alors la possibilité de s'instruire ?

La cloche sonna la rentrée. Fin de l'entretien.

Dans le couloir qui mène à ma classe, j'ai *vu* Messaouda tête levée vers moi par-dessus son seau d'eau additionné de grésil et, serpillière en main, en attente. Alors, j'ai décidé d'attaquer : j'ai appelé Myriam et Meryem et leur ai dit de me suivre.

8 h 10 ! Tant pis si j'encourais un blâme. Prenant les enfants par la main, nous sommes entrées dans le bureau directorial. Là, j'ai clamé fortissimo :

– Dites-leur donc vous-même votre décision, Madame.

Et je suis partie, jambes tremblantes, tête en feu, et cœur en déroute.

Un quart d'heure d'entretien entre elles trois. Saurai-je jamais ce qu'elles se sont dit ?

Les filles sont ressorties, apparemment calmes, sereines. La directrice les suivait. C'est elle qui semblait épuisée. Alors est tombé : « Essayez. Nous verrons bien. Regagnez votre classe. »

Messaouda nous a sûrement vues passer toutes trois. Nous dansions. Elle était contente. Le pauvre tailleur, veuf et tuberculeux, devait l'être aussi.

Ce soir-là, j'ai eu du mal à m'endormir. J'entendais mon père qui m'avait dit, si souvent : « Tu vas, tu vas… et sans trop savoir vers quoi. » Peut-être était-il, cette fois encore, dans le vrai. Peut-être m'étais-je trop avancée ?

Depuis qu'à notre école on savait mon adoption de Myriam et Meryem, une petite Élissa, assise au premier rang de ma classe et face à mon bureau, ne me quittait pas des yeux. Mes élèves me regardaient plus ou moins, mais cette enfant-là concentrait, sans cesse, l'intensité de ses noires prunelles sur moi. Il n'y avait pas que de l'intérêt chez elle. Il me semblait lire, sur son petit visage si attentif, une sorte d'appel. C'était comme si elle tentait, de toutes ses forces, de me faire comprendre quelque chose. Mais quoi ? Je savais qu'avec ses deux frères, l'un de dix ans, l'autre de deux, elle avait été recueillie par un oncle et une tante à la mort de ses parents et vivait à la Hâra. Déjà nantis de cinq enfants, ce couple, de condition très modeste, devrait, pour nourrir son petit troupeau, faire travailler les plus âgés. Notre directrice craignait qu'Élissa, dès qu'elle saurait lire, écrire et compter, ne nous soit retirée avant d'en arriver au certificat d'études.

Aux récréations, je voyais Élissa essayer de se rapprocher de mes filles qui ne paraissaient pas, elles, désireuses de bavarder à trois plutôt qu'à deux. Pourtant, un matin, je la vis s'asseoir sur un banc à leurs côtés. Ce soir-là, je demandai :

– Qu'est-ce qu'Élissa vous a dit ?

– Rien du tout. Elle voulait juste savoir comment c'était ici, si on avait chacune un lit avec des draps et ce qu'on mangeait, parce qu'elle, chez sa tante, elle doit coucher avec ses trois cousines qui prennent toute la place sur le matelas, et tirent la couverture rien que pour elles, alors il lui reste plus qu'à dormir par terre pour pas recevoir des coups de pied.

Myriam et Meryem ajoutèrent qu'elles avaient seulement parlé de notre lait magique. Élissa aurait dit que ça, c'était sûrement pas vrai, parce que jamais on n'avait entendu parler de vaches qui avaient du lait sucré.

J'ai suggéré que nous pourrions peut-être l'inviter à venir goûter, un jeudi, avec nous. Ma proposition n'a pas eu grand succès, mes filles paraissant voir plus loin que moi : « Si on fait ça, mademoiselle, toute la classe va vouloir visiter la Casa Roncaldi ! »

Je sens que certains de mes collègues n'approuvent pas ma prise en charge de mes deux petites élèves orphelines. L'une m'a traitée de donneuse de leçons – ni de calcul ni d'orthographe, bien sûr. Une autre a qualifié mon adoption d'« inconscience totale ». Une troisième m'a dit en riant : « J'attends avec impatience de voir tous les ennuis qui vont vous tomber dessus ! »

Le reste de l'année fut calme, serein. Heureux.

À Noël, Victoria Regina daigna, avec majesté, offrir des boules de gomme à mes filles qui eurent de moi les cordes à sauter les plus belles de la ville. Monsieur-le-Professeur avait écrit, en caractères gothiques, sur les deux manches de bois coloriés, de superbes *Meryem* et *Myriam.* Il regretta de n'avoir pas à tracer un *Marie* sur un troisième. Il était sûr, me dit-il, que j'adorais, moi aussi, sauter à la corde. C'était vrai.

Aux petites, j'ai demandé, comme cadeau, de me promettre de cesser leurs discussions et compétitions infinies : « Vous me jurez cela et pour l'année entière ? »

Meryem : Je le jure, mademoiselle.

Myriam : Je le jure… et pour plus loin que l'année !

Meryem : Pourquoi tu ajoutes ça ?

Myriam : Pour faire le cadeau plus beau.

Meryem : Moi aussi, je jure pour plus loin que l'année.

Myriam : C'est moi qui ai eu l'idée la première ! C'est moi qui a fait le plus beau cadeau !

Meryem : Moi aussi, j'ai fait le plus beau !

Les réunions sous le figuier étaient maintenant des soirées dans le bureau de Monsieur-le-Professeur. Mais, sans David, ce n'était plus ça. Il était rentré aux États-Unis pour passer les fêtes en famille et devait y rester trois semaines.

Il a confié, aux petites et à moi, les opérations papier tue-mouches dans la cuisine de Rosario. Nous en sommes récompensées par des *espuma de chocolate.*

Nous avons écouté sonner les douze coups de minuit annonçant la nouvelle année, en croquant les douze grains détachés de grappes de raisin muscat distribuées par Rosario. Et en faisant douze vœux.

Myriam et Meryem étaient surexcitées, mais exceptionnellement muettes. Même leurs yeux, paupières baissées, se taisaient. Pour que l'une ne devine pas les souhaits de l'autre ? L'un des miens a été pour David qui, ce soir-là, nous manquait beaucoup. Il aurait pailleté ces instants de son merveilleux enthousiasme. J'ai demandé qu'il parvienne à mener jusqu'au bout son invention d'un produit mortel pour mouches et moustiques à pulvériser dans l'air. Son père, m'a-t-il dit, possède un laboratoire à New York. Il espère bien arriver à élaborer ce qui serait l'extermination des vecteurs de tant de maladies.

J'ai pris, entre autres résolutions du début d'année, celle de laisser repousser mes cheveux. Ma mère doit avoir raison, c'est ce que j'ai de plus beau. Bien sûr, au retour de David, ils n'auront pris qu'un centimètre, mais c'est un commencement.

Cette nuit de la Saint-Sylvestre, j'ai rêvé... Non, J'ai eu une vision. C'était si net, si précis. Myriam et Meryem étaient là, au pied de mon lit. Elles portaient ces pyjamas de pilou à petites fleurettes roses et bleues que ma mère leur a envoyés et qu'elles voudraient ne jamais quitter.

Leurs yeux étaient tristes. Elles m'ont dit : « Ces fêtes ne sont pas les nôtres. » Et si mes parents, dans leurs exigences de tolérance mutuelle, s'étaient trompés ? Et si certains cœurs ressentaient, très tôt, le besoin de recevoir les bienfaits d'une religion ?

J'étais perturbée. Il me fallait un conseil. J'aurais aimé parler avec David, mais je craignais son regard mi-amusé, mi-ironique devant ce qui pouvait sembler être mon impatience à avoir un aparté avec lui. Impossible d'oublier ce que dit Rosario : « Celui-là, il n'a qu'à choisir. Toutes, elles lui courent après ! »

J'ai raconté mon rêve à Monsieur-le-Professeur. J'ai ajouté :

– Est-ce là un signe dont je dois tenir compte ?

– Pourquoi pas ! Je crois qu'il est temps pour vous d'inciter vos filles à prendre conscience de la présence de Dieu. Qu'il s'appelle Yahvé chez l'une ou Allah chez l'autre. Et puis faites-les prier, quelle que soit la façon dont elles le feront, ce sera cet élan vers Dieu qui est nécessaire à nos cœurs… Rappelez-vous que votre cher Victor Hugo croit beaucoup à la prière. Vous souvenez-vous qu'il a dit : « Jamais je ne verrai les mains d'un petit enfant sans chercher à les joindre vers Dieu. » Après, vous n'aurez plus qu'à attendre en paix qu'elles aillent vers la religion de leur peuple si elles en ressentent l'appel. Nul doute qu'à lire leurs Livres sacrés en apprenant l'hébreu et l'arabe, elles ne l'entendent, cet appel.

David, revenu, a photographié mes filles.

Elles se tiennent debout, devant la grille de la Casa Roncaldi. On aperçoit derrière elles une grosse branche du figuier. Elles ont à peu près la même taille (augmentée d'environ deux centimètres cette année), et ont pris presque un kilo. Elles portent une jupe plissée de lainage marine, une blouse de coton blanc à col dit « claudine », un chandail, bleu clair pour Myriam, vert pour Meryem, et, ce qui les ravit plus que tout, leurs longues tresses ont des nœuds assortis. Chaussettes blanches, chaussures noires. Elles sourient modérément. Des dents sont tombées et « ça fait des trous ». Elles ont recommandé à David que l'on puisse voir les beaux cartables neufs posés à leurs pieds. J'ai été aidée pour leur donner cette belle apparence : Hippolyta a fait jupes et blouses. Ma mère a tricoté les chandails et les nœuds des cheveux.

Élissa est quand même venue, un jeudi, à l'heure des tartines de confiture. Ma mère nous avait encore envoyé une boîte de ces bonbons que mes filles aiment. Aussi longs et étroits que le petit doigt de leur main, ils sont fourrés d'une pâte de fruit. Égale à la joie de les sucer, celle de collectionner leurs papiers d'emballage qui sont « si jolis, mademoiselle, qu'on peut pas les jeter ». Mon dictionnaire leur sert de presse et de fer à repasser.

Élissa a découvert ces deux bonheurs : savourer un bonbon rouge tout en effaçant les plis d'une image de la même couleur qui représente trois fraises. À sa demande, nous lui avons permis de laisser, dans mon Larousse, lesdites fraises, et des citrons et des oranges et des prunes et des poires « parce que, chez ma tante, là-bas à la Hâra, mes cousins me les prendraient ».

La seule chose que je n'aime pas ici, c'est la manière cruelle de traiter les ânes. Même Belkacem au bon sourire frappe sa pauvre bête de ce bâton noueux dont il se sert en guise de fouet. J'en ai parlé à mes filles. Et je leur ai lu un poème de Francis Jammes :

J'aime l'âne si doux
Il reste à l'étable,
Fatigué, misérable.
Il a fait son devoir,

Du matin jusqu'au soir.
Il a tant travaillé
Que ça vous fait pitié...

« C'est très joli », m'ont-elles dit. Mais je crois qu'elles ont pensé qu'un bourricot, après tout, n'est qu'un bourricot.

Je vais souvent dire un petit bonjour à celui que j'ai baptisé Bou-Bou. Belkacem sourit en me voyant passer pour gagner son écurie. Il sait que je vais attendre là d'occuper enfin la buanderie-salle de bains où mes filles se font, chacune à son tour, des fêtes d'eau et de savon. Je m'assieds dans la paille, au pied de l'âne. Je voudrais traiter à la teinture d'iode ses plaies où se complaisent les mouches. Mais cela ferait des taches orange sur le dos et les jambes du pauvre Bou-Bou qui n'est pas à moi. Je me contente d'eau boriquée. Et je lui parle doucement. Je crois qu'il m'aime bien. Il aime peut-être plus encore les deux sucres que je lui apporte. Il aime aussi, me semble-t-il, ce petit oiseau, gris comme lui, et qui s'enhardit à sautiller sur son dos. Je reste là à les regarder. L'un qui baisse la tête, l'autre qui soudain s'envole. Merveilleux de savoir qu'on a des ailes ! Peut-être Bou-Bou le pense-t-il aussi.

La traversée en paquebot et le voyage en train jusqu'à Paris ne m'étaient offerts par l'État que tous les deux ans. Mes parents avaient patienté, mais cet été enfin, nous allions passer un mois ensemble.

Avant de parler de ce départ à mes filles, j'avais eu de longs entretiens avec Hippolyta, Rosario, et obtenu de chacune la promesse de veiller sur elles.

Monsieur-le-Professeur, mis au courant par Doigts-de-Fée, m'assura qu'il aurait aussi un œil sur mes protégées. Il ajouta :

– Elles m'amusent. Hier, elles m'ont apporté mes fruits commandés chez Belkacem. Savez-vous qu'elles entrent souvent dans sa boutique en revenant de l'école, lorsque vous y restez plus tard ? Ils bavardent tous trois. Notre vieux marchand leur conte de belles histoires. Elles les écoutent assises sur des caisses dont je me demandais pourquoi elles sont toujours là, près des étalages de légumes. Je sais maintenant que ce sont les tabourets attitrés de vos petites pour des réunions qui ressemblent un peu aux nôtres du dimanche soir, sous le figuier. Un jour, j'ai saisi, au passage, un échantillon du répertoire de Belkacem. Eh bien, c'est un poète qui nous vend nos dattes et nos bananes ! Donc, hier, elles sont venues chez moi me livrer des oranges. Je pense que je ne vous apprends pas qu'elles aiment assez fureter dans mon bureau, et elles y ont tout de suite repéré le livre ouvert sur ma table, une histoire de Versailles illustrée. On y voit Louis XIV et quelques seigneurs dansant un ballet de Lully. Les costumes de ces personnages les ont subjuguées. Surtout leurs casques de fantaisie si empanachés, dont elles se sont demandé comment il était possible de danser avec ça sur la tête.

Je leur ai parlé, entre autres choses, des autruches dont les plumes avaient fourni ces gerbes multicolores, et qu'elles venaient du Soudan. J'ai dit leur long parcours à travers les sables du désert par caravanes. J'ai entendu alors Meryem dire :

– Monsieur-le-Professeur, comme ça devait être joli tous ces bouquets de toutes les couleurs sur les bosses des chameaux, presque autant que sur la tête du roi.

Myriam est intervenue :

– Mais non ! C'est pas possible, les plumes d'autruche pouvaient pas voyager comme ça ! Elles devaient être emballées, parce qu'il y a des tempêtes de sable, des fois, dans le désert et ça les aurait abîmées.

Meryem tenait à sa vision. Elle a dit :

– Moi, j'aime penser comme ça. Je suis sûre que les chameaux, ils étaient plus beaux encore que Louis XIV et les seigneurs.

Et Monsieur-le-Professeur a conclu :

– Pourquoi ne la verrions-nous pas aussi, vous et moi, Mlle Marie, cette caravane ? Vingt, trente chameaux, les bosses hérissées de bouquets de plumes d'autruche aux couleurs d'arc-en-ciel, avançant au pas lent, dans l'or des sables et des soleils levant ou couchant ?

Rien ne nous dit qu'à Versailles le spectacle était plus superbe que dans l'imagination de Meryem – qui doit peut-être quelque chose à celle de Belkacem.

Depuis que j'ai obtenu qu'elle veille sur mes filles pendant mon absence, Hippolyta, peut-être fière de ma confiance en elle, me parle de ses tourments. Hier, en venant me demander une tasse de café, elle s'est, comme elle dit, déboutonnée. Elle m'a rappelé son veuvage, lointain maintenant, et qu'elle ne s'est jamais habituée à vivre seule.

– Pensez, Mlle Marie, qu'un an après la mort de mon mari, j'étais pas encore sortie de ma peine. Je pouvais même pas travailler. Et pourquoi j'aurais voulu gagner des sous, si c'était pas pour lui, mon Alberto ? Pour acheter ses beaux complets vestons, ses chapeaux élégants et ses chemises de soie ? Il me restait un petit pécule qu'il avait pas eu le temps de dépenser, alors je vivais dessus. Je faisais rien que marcher, droit devant moi. Je me sentais moins triste parmi les gens de la rue, à dire bonjour ici, ou au revoir là. C'était drôle ce qui m'arrivait, je tenais pas en place. Dieu seul devait savoir pourquoi. Et, c'est comme ça qu'un beau matin, me voilà dans ce quartier qu'on appelle La Petite Sicile et qui est habité par les *Popoli*, des gens de peu, si vous voyez ce que je veux dire. Sur une place, il y avait des acrobates en maillot de corps et un fier-à-bras qui montrait la force de ses muscles en tordant des barres de fer. Pourquoi je me suis arrêtée à le regarder ? Peut-être parce que j'étais fatiguée d'avoir tant marché. Je le voyais, ce costaud, sans le voir vraiment. Mais lui, il m'a vue, et bien vue. Hé, j'étais une élégante dans ces parages de pouilleux ! Et quand j'ai mis ma pièce dans la timbale où il quêtait ses sous, il m'a jeté un regard de feu, oui, de feu, je peux pas dire autrement. Personne m'avait lancé, comme ça, de la braise en pleine figure ! J'en étais brûlée… Après, hé, après, il est venu où j'habitais à cette époque. Il avait dû me suivre sans que je m'en sois aperçue. Et, tous les jours il était sous mes fenêtres. Il s'était fait convenable, le tricot et le pantalon propres. Alors, une fois, je lui ai ouvert la porte de ma maison, celle que j'avais achetée avec mon travail et que mon Alberto n'avait qu'hypothéquée, bref, de la maison qui était encore un peu à moi. À lui, ça a dû paraître un palais ; il m'a crue riche, et j'ai pas dit le contraire, parce que si vous aviez vu les beaux biceps qu'il avait en ce temps-là ! Quand il m'a prise dans ses bras j'ai eu peur qu'il me casse ou m'écrase. Mais j'ai aimé ça… hé oui ! Et après ? Oh ! Après, ça a été pire qu'avec mon pauvre mari. Il faut vous dire que Marcello – c'est comme ça qu'il s'appelle – il voulait des cigares, comme Alberto, mais lui, il se contentait pas d'en fumer toute la journée sans rien faire d'autre, il pensait aussi à celles qui les avaient roulés sur leurs cuisses, ces cigares. Il lui fallait, aussi, les cigarières, si vous voyez ce que je veux dire. Bon. Il m'a mangé, avec des traînées, ce qui restait de ma maison. Et un jour, il est parti. En emportant les six couverts en argent qui étaient tout l'héritage de mon arrière-grand-père. Comment il vient de me retrouver ? Le diable seul le sait. Je l'ai plus jamais vu, Marcello, pendant douze ans, jusqu'à avant-hier. Et il est là, devant la grille, mis comme un vagabond et si maigre. Où y sont les beaux biceps ? Donnez-moi un conseil, Mlle Marie.

– Que croyez-vous qu'il attende ?

– Hé ! que je le fasse entrer, comme il y a douze ans !

– Le souhaitez-vous ?

– Non. Mais peut-être que si je lui donnais quelques francs...

– Il reviendra vous en demander d'autres.

– Sûr ! Mais... Ah ! Les sentiments.

– Vous avez encore de... l'affection pour lui ?

– Je sais pas.

– Voulez-vous que j'aille lui dire que vous ne tenez pas à le voir ?

– Et si ça lui fait de la peine ? Et s'il a pas mangé depuis plusieurs jours, le pauvre, ça m'empêchera de dormir.

J'ai demandé quelque argent à Hippolyta. Je suis allée le donner à ce malheureux et lui dire que la propriétaire de cette maison, une dame très sévère, le priait de s'éloigner. Il partit, nanti de cette aumône. Doigts-de-Fée pourra dormir en paix. Un certain temps du moins.

Pendant le dîner, mes filles qui écoutent un peu trop les discours d'Hippolyta, bien que je le leur défende, m'ont demandé ce que c'était « débobicepsses ». Elles m'ont affirmé aussi avoir essayé de rouler un papier sur leurs cuisses et que c'était facile d'être cigarière.

Monsieur-le-Professeur est enrhumé. Malgré trois épaisseurs de chandails, écharpe, et béret enfoncé jusqu'aux sourcils, sans oublier les charentaises, il redoute l'humidité sous les étoiles et sous le figuier. Doigts-de-Fée n'est pas là non plus, invitée à Sidi Bou-Saïd, chez l'une de ses élégantes clientes, elle en frétillait de fierté.

Mes filles couchées, j'ai rejoint David, affligé par la surdité dont souffre son grand patron, et surtout par sa santé de plus en plus mauvaise. Il m'a dit : « C'est pitié de voir cet homme de génie s'affaiblir peu à peu, ce qui ne l'empêche pas de travailler toujours autant, et l'affaiblit encore davantage. »

J'étais moi-même peu en train. Une lettre de mon père, m'annonçant que ma mère devait subir radios et analyses diverses, m'inquiétait. Et surtout cette petite phrase : « J'ai peu chassé ces derniers temps, je lui tiens compagnie et fais les courses qui la fatiguent. » Que mon père ait renoncé à sa distraction favorite, cela ne s'était jamais vu !

– Quel gibier chasse-t-il ? m'a demandé David à qui je me suis confiée.

Malgré ma tristesse, je n'ai pu m'empêcher de rire en répondant :

– Les livres d'occasion. Ce qu'il appelle son sport préféré, n'est que la quête de vieux bouquins de littérature classique qu'il rafistole avec amour. Les reliures mutilées ne l'effrayent pas. Et encore moins les pages manquantes. Je crois même que plus l'ouvrage est estropié, plus il est, sinon content, du moins excité. Il est d'une adresse sans pareille pour remettre en état un grand blessé. J'ai vu ses mains trembler de joie, ou de concupiscence, à la pensée d'acquérir un exemplaire d'une œuvre de Jean-Jacques Rousseau, le tome premier d'*Émile*, édition originale faite à La Haye, si je me souviens bien, au XVIIIe siècle. Le livre était dans un pitoyable état, sans reliure et orphelin de plusieurs chapitres. Mon père alla à la Bibliothèque nationale, copia les passages manquants et passa un hiver à en reproduire les lettres d'imprimerie sur de vieux morceaux de papier plus ou moins décolorés au soleil ou teints au thé.

– Vous suiviez la chasse ? m'a demandé David en souriant.

– Plus que ça ! Dès l'âge de sept ans j'eus l'honneur d'être promue porte-carnier !

À cet instant, une petite voix, derrière moi, demanda :

– C'est quoi, un « portecarnier », mademoiselle ?

– Que faites-vous là, vous deux ? Je vous avais couchées.

– Y a un frelon dans la chambre, et on a peur.

Un mois auparavant, Meryem avait été piquée à la lèvre, par une guêpe, et en avait beaucoup souffert.

– On a ouvert la fenêtre pour qu'il s'en aille et, en attendant, on est parties aussi.

Et elles étaient là, en pyjama et pieds nus. David prit Meryem sur ses genoux. J'installai Myriam sur les miens. Je ne croyais qu'à demi à l'histoire du frelon. Je savais mes filles très curieuses de ce qui pouvait se dire sous le figuier. Jalouses aussi, que le dimanche soir je ne leur appartienne plus. Il leur arrivait d'inventer des prétextes pour me retenir auprès d'elles, maux imaginaires ou demandes d'explications des plus inutiles. David riait. Lui non plus n'était pas dupe. Comme j'étais heureuse de le voir oublier ses soucis, j'ai autorisé les enfants à rester avec nous.

– Alors, mademoiselle, c'est quoi le carnier que vous portiez ?

– Un sac, que nous devions à ma mère. Elle nous l'avait taillé dans la vieille toile cirée jaune qui avait longtemps recouvert la table de la cuisine. Mon père y mettait la chasse du jour. Tous les jeudis matin, nous partions dès huit heures, parce que nous allions de plus en plus loin et toujours à pied. Nos terrains d'exploration étaient les brocanteurs les plus minables chez qui, parmi des centaines d'objets sans intérêt pour nous, un panier ou une caisse de livres était à inventorier avec délectation. Bien entendu, nous rentrions souvent bredouilles. Mais, bon an mal an, il était rare que six mois se passent sans que nous levions un lièvre royal. Et alors là, mon père sifflotait, joyeux, et me disait : « Fifille, ce trésor que nous venons de découvrir, c'est en échange de quelques volutes de fumée qu'il est à nous ! » Parce que, j'ai oublié de vous le dire, pour ne pas prélever sur le budget familial ses plaisirs de la chasse, mon père avait renoncé à fumer, il payait son inestimable gibier avec les deux francs de son paquet de gauloises hebdomadaire. Toutefois, dans le prix de revient de ses trouvailles, il n'avait jamais pensé à ajouter l'usure de nos chaussures. Ma mère lui fit remarquer un jour que les ressemelages coûtaient cher. Dès cet instant, il emprunta à un collègue, nanti de quatre garçons, les outils avec lesquels il retapait les galoches de ses galopins.

David s'écria en riant :

– Chez nous aussi ! Avant l'invention de ce produit pour lessive qui fit la fortune de mes parents, mon père réparait, plutôt mal que bien, nos bottines.

Mes filles s'étaient endormies. Nous les transportâmes jusqu'à leurs lits. Et c'est ainsi que David vit, sur notre unique table, la collection de boutons d'uniformes militaires d'Isaac le tailleur, que Myriam et Meryem classaient par catégories. Il nous avait entendues en parler, parfois, mais ne s'était pas imaginé qu'elle était si importante.

– Ce sont là les témoins de plus de deux cents ans de guerre et de paix ! M. P. – c'était son raccourci de Monsieur-le-Professeur – a-t-il vu ça ? Non ? Alors il faut bien vite lui faire découvrir ce trésor. Voilà qui va le guérir de son rhume en quelques secondes. Il y a encore de la lumière chez lui, je vais le chercher.

– Vous croyez que c'est si urgent ?

– Si j'étais prof d'histoire, une collection pareille m'exciterait… bigrement, comme vous dites.

Meryem et Myriam dormaient. J'avais fait du thé que M. P. buvait par petites gorgées, quand il y pensait, tant il était fasciné par tout ce qui était étalé sous ses yeux.

David avait eu raison, le rhume s'était envolé. Je peux jurer que Monsieur-le-Professeur n'éprouva pas une seule fois le besoin de se moucher, de tousser ou de gémir : il était transfiguré. Un bouton doré de l'armée impériale, canonniers de Lille 1810-1815, dans une main et dans l'autre un argenté du Premier Ban de la garde nationale 1812-1813, il exultait. Sans lâcher ces deux-là, il se saisissait d'un troisième timbré de l'ancre encablée des marins du second Empire.

– Comment diable, le tailleur a-t-il pu collectionner tout ça ? À moins qu'il y ait eu un petit cousin marchand de vieux habits dans la famille ? Myriam doit pouvoir nous renseigner.

– Elle était bien trop jeune. Je l'ai interrogée, elle ne sait rien, sinon que son père lui donnait les boutons pour qu'elle joue et apprenne à compter avec eux.

La voix de M. P. claironnait :

– Regardez celui-là ! Timbré de deux canons et du faisceau surmonté du bonnet phrygien ! Révolution de 1789 ! Ah ! mes amis !

David était allé prendre chez lui une bouteille de rhum. Je fis un grog au professeur. J'en ajoutai pour nous aussi. En langage Rosario, afin de nous changer notre goût de tristesse.

Malgré le bruit que nous faisions, mes filles dormaient, derrière le paravent qui coupait la pièce en deux. Le cri que poussa M. P. ne les réveilla pas plus. Notre professeur venait de découvrir des boutons américains timbrés U. S. et Headquarters, contemporains de la guerre 14-18. Il les montra à David qui les tint un long moment dans le creux de sa main. Lorsqu'à son tour, il me les passa, je sentis la tiédeur qu'il avait communiquée au métal et je l'ai gardée dans mon poing fermé. Tout un temps.

Monsieur-le-Professeur vint souvent chez nous après sa découverte des boutons d'uniformes militaires. Il disait à Myriam :

– Mon enfant, je ne sais pas si tu t'en rends compte, mais c'est his-to-ri-que ce que tu as là ! C'est quelque chose, aussi, comme la mémoire de ta famille.

– C'est à nous deux, monsieur, j'ai partagé avec Meryem.

– Et tu as bien fait ! Il y a là un morceau de l'histoire de ses ancêtres. Regarde ça : infanterie coloniale ! Ce bouton-là a débarqué à Sidi Ferruch en 1830, et cet autre, du régiment des zouaves, je te parie bien qu'il a vu Sébastopol, celui-là ! Et cet autre des tirailleurs algériens !

J'osai, un jour, assez timidement, faire remarquer à M. P. qu'il jonglait ainsi avec les pays, les batailles et les siècles, et que, peut-être, mes filles avaient du mal à suivre ces chassés-croisés historiques.

– Elles ? me dit-il, elles ont l'esprit plus agile que vous ne le pensez et une mémoire à rendre jaloux un troupeau d'éléphants. Hier, j'ai confondu artillerie et infanterie de marine et elles m'ont mis le nez sur mon erreur avec un aplomb qui m'a stupéfait. J'ai tenté de me justifier, elles m'ont dit alors : « Mais non, Monsieur, vous nous avez expliqué que l'artillerie de marine, en 1870, était un bouton argenté, et l'infanterie, de marine aussi et de la même époque, un bouton de cuivre et vous mélangez les deux maintenant ! »

Sur le conseil de Doigts-de-Fée qui devait considérer que des boutons, même d'uniformes militaires, la concernaient quelque peu, nous les fixions, un par un, avec un bout de ficelle sur des petits morceaux de carton, et par catégories. De sa belle ronde, Monsieur-le-Professeur écrivait la désignation de chacun.

David me parut avoir assez vite oublié notre collection. Sans doute était-il plus attiré par celle de jolies et élégantes jeunes filles évoluant aux soirées dansantes dans les salons huppés de Tunis.

Elles s'étaient longuement arrêtées devant les affiches annonçant la projection de *Tarzan, l'homme singe*. J'avais prévu, devant leurs allusions répétées à ce film, que dimanche nous irions, en matinée, admirer Johnny Weissmuller dans ses sauts de liane en liane et d'arbre en arbre, au cœur de sa jungle. À mon réveil, ce jour-là, j'avais une forte fièvre, des maux de gorge et de tête.

– Vous devez rester couchée, me dirent-elles avec l'autorité d'infirmières-majors.

Je somnolais, espérant que ni Myriam ni Meryem ne rencontreraient M. P. qu'elles accusaient de m'avoir passé sa grippe et de nous empêcher, toutes trois, d'aller au cinéma. David me proposa de les y conduire. Lui aussi voulait voir Tarzan, entendre son cri célèbre et admirer des singes en liberté, et non plus en cage comme à l'Institut Pasteur. Envolée joyeuse de mes infirmières !

En fin d'après-midi, M. P. vint m'apporter des cachets – il avait une véritable pharmacie chez lui – qui devaient me guérir en quarante-huit heures. J'eus le malheur de dire alors que je regrettais de n'avoir pu aller voir cette aventure d'un enfant élevé par une guenon et devenu l'ami de tous les animaux de la jungle. J'ajoutai que cet auteur américain, Edgar Rice Burroughs, avait raconté une bien belle histoire.

Qu'avais-je dit là ! Malgré les égards dus à ma fièvre et à mon état précaire, M. P. s'élança dans une diatribe qui me suffoqua. Ah ! Je croyais ça ! Je m'imaginais que c'était un Américain qui avait eu cette idée ! On voyait là que j'ignorais tout de la brillante culture des Arabes. D'ailleurs, c'était encore une monumentale erreur de l'Académie d'envoyer en Afrique du Nord des enseignants ignorant tout de l'histoire de ceux qui la peuplaient en majorité. Je n'avais donc jamais entendu parler d'un certain Ibn Tufayl, grand philosophe arabe du XIIe siècle ? Non ? Eh bien c'était lui qui l'avait inventée cette histoire-là, dont, à coup sûr, l'auteur de *Robinson Crusoé* s'était inspiré et, inévitablement, Edgar Rice Burroughs pour son Tarzan.

J'étais trop affaiblie pour parler. J'écoutais.

– Ce philosophe, de la lignée superbe des grands penseurs arabes, imagina un roman qui donna, entièrement affadi, celui de Tarzan. Oui, ma chère, le modèle de votre seigneur des singes fut élevé, sept siècles plus tôt, par une gazelle. Et je peux vous assurer que ce récit-là est autrement amené, traité, et a d'autres résonances, plus hautes, plus nobles que n'en a celui de l'Américain. Le petit Hayy [1], le héros d'Ibn Tufayl, va découvrir, par son intuition, son intelligence, son raisonnement, que seul un auteur de

1. *Hayy ben Yaqzān*, d'Ibn Tufayl, traduit de l'arabe par Léon Gauthier, éditions Charlot. La publication la plus récente a été revue par Séverine Auffret et Ghassan Ferzli, éditions des Mille et une Nuits.

l'Univers, une puissance divine, a pu créer toute la belle nature qui l'entoure, et les animaux dont elle est peuplée. Alors que Tarzan, lui, ne réfléchit à rien du tout !

En conclusion, je devais, dès que j'irais mieux, m'astreindre, sérieusement, à étudier le Moyen Âge et découvrir que les plus grands penseurs de cette époque étaient souvent des Arabes. Ce que certains appellent « le miracle arabe[1] » – par allusion au miracle grec – m'éclairerait et m'ouvrirait l'esprit. Du moins, on pouvait l'espérer.

Mes filles rentrèrent alors que M. P. m'expliquait encore cette période de supériorité mondiale de la culture et de la pensée arabes. Elles étaient très excitées et parlèrent, en leur duo habituel, de Tarzan qui aimait les bêtes et en était aimé, de sa maman la guenon Kala et, tout autant, de la belle jeune fille qui accompagnait David et qui était si gentille.

– Elle avait un joli petit chapeau de paille rouge garni d'un bouquet de cerises.

– Des cerises fausses, bien sûr, et aussi des gants blancs.

– Mais elle les a enlevés, les gants, au cinéma, pour que David puisse lui prendre la main.

– Et elle riait tout le temps.

– Et lui aussi.

– Et il lui a proposé des bonbons, mais elle n'en voulait pas.

– Alors, on n'en a pas eu non plus.

– Parce qu'il a pas pensé à nous demander si, nous, on en voulait.

---

1. *Le Miracle arabe*, de Max Vintéjoux, éditions Papyrus.

– Elle a aimé beaucoup Tarzan aussi. Et elle a dit à David qu'y avait que les Américains pour inventer des choses pareilles.

« L'ignorante ! » a rugi M. P., et il a entraîné les petites dans la pièce à côté pour leur répéter ce qu'il m'avait dit d'Ibn Tufayl et de l'aventure vécue par son héros Hayy ben Yaqzān.

Puis Meryem a demandé :

– Vous êtes bien sûr, Monsieur-le-Professeur que c'est un Arabe qui a écrit le premier cette histoire ?

– Plus que sûr !

– Et ce miracle arabe, comme vous l'appelez, c'est sûr aussi ?

– Puisque je te le dis.

Myriam s'est réveillée cette nuit en m'entendant tousser. Elle est venue me proposer une infusion. Elle est restée près de moi pendant que je la buvais. Tout à coup, elle m'a demandé :

– C'est vrai qu'il y a des siècles et des siècles que l'histoire de Tarzan a été inventée ?

– Monsieur-le-Professeur l'affirme.

– Ce miracle des Arabes, c'est vrai ? Et les Juifs, ils n'ont pas eu de miracle, eux ?

– Viens ici, ma chérie, je vais te dire quelque chose. Non, pas trop près de moi, à cause de ma grippe ! Alors voilà : bien sûr qu'il y a un miracle juif. Et il n'a pas eu lieu seulement au Moyen Âge celui-là, il a lieu tous les jours, et il continue.

– Tous les jours ?

– Écoute-moi bien. Tu es issue d'un peuple qui, depuis des siècles, depuis les premiers temps de l'Histoire, vit dans un miracle quotidien, celui de survivre malgré tout ce qui lui est arrivé pendant deux mille ans : disparition de son territoire, massacres de son peuple, dispersion de ce qu'il en est resté, brimades, humiliations, et il est toujours là ! Tu es là, toi Myriam Benzimra, tu es là, jeune, belle et heureuse de vivre. Et ça, c'en est un de miracle, et un beau. Vous êtes, vous les Juifs, une étonnante exception dans l'histoire de l'humanité… Allez, va te recoucher mon petit miracle, et dors bien.

J'ai mis du temps, quant à moi, à trouver le sommeil. Un chapeau de paille rouge garni, sur le côté, d'un bouquet de cerises – genre d'élégance que je déteste – augmentait ma fièvre.

Après ma grippe et le film sur Tarzan, M. P. décida qu'il donnerait, tous les jeudis, pendant deux heures, des leçons supplémentaires à mes filles. Il leur assurerait ainsi le complément qui leur manquait à l'étude de l'histoire de l'humanité.

Hier, j'ai rencontré David, avenue Jules-Ferry. Il revenait du tennis, sa raquette sous le bras et un livre à la main. *Les Orientales*. Une amie tunisoise venait de le lui prêter. Nous avons fait un bout de chemin ensemble. Je lui ai dit que dans ma famille, on disait toujours « Le Poète » en parlant de Victor Hugo. Et j'ajoutai : « Savez-vous combien de personnes en France ont marché derrière son convoi funéraire ? Deux millions ! Deux millions d'hommes, de femmes et d'enfants qui suivaient un parcours jalonné de hautes bannières portant les titres de ses œuvres. On circulait parmi *Les Misérables*, *L'Homme qui rit*, *Les Chansons des rues et des bois*, *Les Orientales* ou *Hernani*... »

Mon père faisait partie de cette procession. Il avait sept ans et était encadré par mes grands-parents qui voulaient que ce spectacle reste un impérissable souvenir chez leur fils. Comme on entendait, au long du chemin, des gens scander leurs poèmes préférés, on demanda à l'enfant de réciter *Jeanne était au pain sec dans le cabinet noir*. Mon père se mit à pleurer disant, entre deux sanglots, qu'il ne dirait pas « cette chanson » parce que Jeanne n'aimait pas le pain sec et avait peur dans le noir. Et il pleurait de plus belle. Autour de lui, les gens étaient émus de voir ce petit bonhomme regretter ainsi le grand, l'illustre vieillard que l'on menait à son tombeau. Ils ne pouvaient pas savoir que la fille des voisins de palier de mes grands-parents qui jouait souvent avec mon père s'appelait Jeanne.

David parut aimer cette anecdote familiale. Quand il lira *Les Orientales* peut-être pensera-t-il à moi ?

L'une et l'autre avaient, apparemment, accepté mon départ pour la France avec un calme souriant étayé d'un rassurant « Ça passera vite un mois ! ». Et sur le quai d'embarquement, Hippolyta s'élança, dans l'envol de sa grande capeline de paille d'Italie et les froufrous et collerettes de mousseline de sa robe :

– Allez venez, les petites ! Nous allons nous asseoir à la Pâtisserie Royale nous régaler de tous les gâteaux qui nous feront envie. C'est pas la peine de continuer à regarder ce paquebot faire le beau dans le port, histoire que les passagers oublient que, dès qu'ils seront au milieu de l'eau, c'est pas des grandes cheminées de prétentieux qui empêcheront le mal de mer.

– Oh ! Mademoiselle, vous allez être malade, en plus ?

Elles avaient tenu jusqu'à cet instant. Maintenant, dans leurs regards, il y avait l'inquiétude, l'affolement et le désespoir qu'elles avaient tant essayé de refouler.

– Vous reviendrez, mademoiselle, c'est sûr ?

– Vous le jurez ?

Paris !

– Tu t'y retrouves ? me demandait mon père. Et il souriait.

C'était surtout dans son sourire que je m'y retrouvais. Tendre et complice à la fois, si semblable à celui que j'avais emporté, accompagné d'un rassurant : « Pars tranquille, je veillerai sur ta mère, tout en lui laissant croire qu'elle veille sur moi. »

À ce sourire du retour s'ajoutaient des clins d'œil laissant présager quelque surprise à découvrir. Rien de changé, pourtant, dans le vestibule de notre appartement. Toujours là, un peu plus branlant, peut-être, le portemanteau en bambou que j'avais baptisé « Vieux cyclope chinois » ou « N'a qu'un œil ». Très rond l'œil, petit miroir encastré si haut qu'il m'avait fallu attendre mes quinze ans pour y apercevoir le dessus de ma tête. Mais, dès l'entrée dans la salle à manger, notre grande table carrée aux gros pieds chantournés – si souvent maltraités par les miens – me désorienta. Où était le côté de ce quadrilatère réservé à mon père, à ses copies à corriger, ses encriers et porte-plume ? Où était celui de ma mère avec sa corbeille des raccommodages les plus urgents et son nécessaire de couture ? Et j'aurais aimé revoir – nette pour une fois – la place octroyée à ce que mes parents appelaient mon attirail : plumier, boîte à compas, cahiers, livres et pile de mes hebdomadaires successifs, *La Semaine de Suzette, Les Pieds Nickelés* et, plus tard, *Historia*. Quant au quatrième côté, celui de l'élève des leçons particulières, son occupant faisait fuir ma mère dès son arrivée, mais pas moi depuis que, vers ma treizième année, mon père m'avait associée aux corrections de ses travaux supplémentaires et autorisée à tremper ma plume dans son encre rouge.

Disparu, tout ça, remplacé par la plus belle nappe blanche et damassée du trousseau maternel, un bouquet de fleurs et le couvert des grands jours lorsque, une fois l'an, mon père conviait deux ou trois collègues à venir savourer l'une des spécialités culinaires de sa femme.

Pas le temps de me demander si je regrettais l'autrefois ou appréciais le présent qui me traitait en invitée d'honneur, que déjà était ouverte la porte de la cuisine où m'attendait la surprise. Assez fier de lui – Rosario aurait dit « habillé d'orgueil » – mon père expliqua : « J'ai fait ça pendant que ta mère était à l'hôpital pour sa petite intervention chirurgicale, j'ai dû cravacher parce qu'elle n'y est restée que dix jours, mais j'y suis arrivé ! Et voilà ! »

Et voilà en effet, que je m'y retrouvais vraiment. Et dans quelque chose que je n'avais jamais vu, mais où j'entrais de tout mon cœur, de toute mon âme : dans le rêve de ma mère.

Il avait commencé, ce rêve, ou plutôt, il nous avait été proposé, un matin, devant nos trois bols de café au lait. Comme elle nous aurait dit « Ça vous plairait, un civet de lapin pour le déjeuner ? », elle avait suggéré :

– Et si nous avions, devant la fenêtre, une longue jardinière où pousseraient nos herbes aromatiques ? Le soleil donne là au moins pendant quatre heures, même l'hiver.

Nous avions répondu par un évasif « Pourquoi pas ? », déjà partis, mon père et moi, dans nos préoccupations de la journée à venir.

La semaine suivante, après le dîner, ma mère en avait

reparlé. Elle avait vu une jardinière en zinc exactement à la dimension voulue. Le quincaillier proposait de venir la poser sur deux solides équerres de fer.

– Tu y tiens ? interrogea mon père, sans enthousiasme.

Elle y tenait tant qu'elle l'eut enfin. Elle y planta ses graines de persil, thym, estragon et basilic, ciboulette. Notre cuisine n'était pas grande. La table où nous prenions nos repas – toujours habillée de toile cirée jaune d'or « parce que ça fait du soleil en plus » – était adossée à un mur. Un soir, en regardant ce mur nu, ma mère dit :

– Il lui faudrait quelque chose pour le rendre moins bête.

La bêtise du mur ne nous apparaissait pas vraiment, il nous fut précisé :

– C'est dommage qu'il n'y ait pas une fenêtre là aussi et avec une jardinière.

Mon père grogna une indistincte réponse. Je regardai ma mère. Elle me sourit en murmurant :

– On pourrait en faire des fausses… une fenêtre et une jardinière… peintes peut-être.

Dès lors, à pas menus et légers, elle poursuivit son rêve. Il lui arrivait de dire, comme ça, en l'air, pendant qu'elle épluchait ses légumes ou faisait la vaisselle :

– Ce serait joli une cuisine bleue de ciel d'été avec, quand même, quelques petits nuages blancs, pour meubler.

Ou bien :

– Si on les peignait, la fausse fenêtre et la fausse jardinière, avec plein d'herbes aromatiques, toutes pareilles aux vraies, on pourrait se croire dans un jardin.

Ou encore :

– Quand, à la belle saison, j'ouvrirai grand la vraie fenêtre, les hirondelles prendraient ma cuisine pour le prolongement du ciel, et elles entreraient ici. Les hirondelles, ça porte bonheur.

Et j'étais partie. D'abord à l'école normale d'institutrices, puis en Tunisie. Avais-je oublié le rêve de ma mère ? Sans doute pas, puisque c'était dans ce rêve réalisé que je m'y retrouvais vraiment. Tout y était, les murs et le plafond bleu de ciel d'été, les petits nuages blancs, la fausse fenêtre, sa jardinière et, aussi, trois imitations d'hirondelles, servant peut-être d'appelants pour attirer les vraies.

– C'est beau, n'est-ce pas ? dit ma mère.

Nous n'avons pas dîné sur la nappe blanche et damassée. C'est accoudés sur la toile cirée couleur de soleil et face à la jardinière en trompe-l'œil survolée par une hirondelle, que j'ai parlé, parlé, de mes filles.

– Tu penses pouvoir nous les amener un jour ?

– Dès que je serai officiellement leur tutrice, j'aurai le droit de les faire voyager hors de la Tunisie. Mon vieil ami, le professeur d'histoire, m'a promis de s'occuper de ces formalités. Il a les relations qu'il faut.

Ma mère dit alors, avec un petit sourire complice :

– Ne décris pas notre cuisine aux petites. Je voudrais qu'elles la découvrent.

– Oui, ajouta mon père, nous aimerions leur faire cette surprise.

Je les avais regardés, heureuse d'être leur fille. Non seulement ils ne m'avaient jamais reproché d'avoir adopté ces deux enfants, mais encore voulaient-ils leur offrir ce qu'ils possédaient de plus beau.

« Parle-nous encore d'elles », me disaient-ils.

Je l'avais fait. Et, un soir, après dîner, une longue et bonne conversation, dans le parfum tilleul-menthe de l'infusion favorite de mon père, m'avait soudain conduite à me demander : où est ma vie ? Ici, à l'abri, dans la tendresse protectrice des miens, sans soucis d'aucune sorte ? Là-bas, à découvert et chargée de responsabilités ? Un instant j'avais basculé, hésitante.

Si mes parents ne s'étaient pas toujours interdit de me poser la question que je redoutais : « Es-tu sûre de pouvoir aller jusqu'au bout de ton sauvetage ? » et s'ils m'avaient interrogée ce soir-là, peut-être aurais-je laissé voir mon angoisse.

Mais, dès la terre tunisienne vue du pont du paquebot, si on m'avait évoqué cette inquiétude d'un soir, j'en aurais ri… Comme je riais en apercevant sur le quai, toujours froufroutante, la brave Hippolyta tentant de calmer Myriam et Meryem qui faisaient des bonds de cabri en hurlant leur joie.

Des comptes rendus m'attendaient. Ils différaient selon qu'ils venaient des surveillants ou des surveillées.

Doigts-de-Fée m'annonça, s'efforçant à la modestie, mais bouillonnante de fierté, que mes filles étaient désormais inégalables en surjets, coutures anglaises ou rabattues et reprises élégantes au point de Venise. Ça, c'était le résultat des occupations de la semaine. Les petites ne me parlèrent que des dimanches.

– Mme Hippolyta disait qu'elle cuisinait pour un ami et voulait qu'on en profite aussi.

– Un invité tout vilain, mademoiselle, sale et pas rasé.

– Et il était comme un qui n'aurait pas mangé depuis des jours et des jours.

– Et quand elle lui a donné un cigare, vous le croirez pas, mademoiselle, il a pleuré.

– Elle nous a dit que ça lui rappelait, à lui, le temps d'autrefois où il était heureux.

– Et un dimanche il n'est pas venu, l'ami, et Mme Hippolyta a pleuré, elle aussi, en disant que c'était fini, qu'il avait dû partir, ou peut-être mourir, elle criait : « C'est fini, je le reverrai plus ! »

– Elle a dit aussi : « Ah ! Les sentiments ! Les sentiments ! »

– Elle a pleuré encore le jour où une cliente est arrivée pour lui dire que la robe qu'elle lui avait faite était ratée et qu'elle voulait pas la payer.

– Alors Mme Hippolyta a essuyé ses yeux et s'est fâchée. Toute rouge, elle a dit : « C'est pas ma faute, sale grosse Juive, si vous prenez trois kilos entre deux essayages. »

– Et quand la cliente est partie, toute rouge elle aussi, Mme Hippolyta nous a expliqué que son grand-père était un seigneur et qu'elle pouvait pas, elle, sa petite-fille, se laisser traiter comme une moins-que-rien.

– Elle nous a expliqué ce que c'était des armoiries et que le célèbre Alessandro, le président de la plus grande exploitation de pêche, en avait, où on voyait sur des vagues de la mer très bleue, deux épées d'espadons en argent et en croix au-dessus d'une coquille Saint-Jacques en or.

– Elle pleurait encore, Mme Hippolyta, alors on l'a emmenée chez nous pour lui faire une infusion.

– Et la distraire avec nos boutons.

Le rapport de David a été bref :

– J'ai tenté de les initier à la musique. Je leur ai fait entendre, sur mon gramophone, un concerto de Mozart. Elles se sont endormies !

Version de mes filles :

– C'est pas vrai, on dormait pas ! La preuve c'est que ce qu'on voyait en écoutant la musique, on le voyait encore les yeux fermés pour mieux écouter.

– Moi, m'a dit Myriam, c'était le ciel, avec des oiseaux que je voyais… et même un rossignol qui avait une fleur de jasmin dans son bec.

– Et moi, a ajouté Meryem, c'était pas le ciel, mais la mer, la nuit, avec des étoiles au-dessus d'elle. C'était beau.

– J'ai profité de votre absence, m'a dit Monsieur-le-Professeur, pour combler quelques lacunes chez vos deux phénomènes.

Myriam et Meryem furent plus bavardes. Entre autres choses, elles m'ont dit :

– Vous le savez, mademoiselle, que nous descendons tous d'Abraham, vous chrétienne, Myriam juive et moi arabe ?

– Pour pas l'oublier, nous, on l'a écrit, ça.

Et elles m'ont montré, tracé en belle ronde, comme le leur a aussi enseigné Monsieur-le-Professeur, un petit tableau qu'elles ont commenté :

– Abraham a eu deux fils. Le premier avec Agar, sa servante, parce que sa femme pouvait pas lui donner un enfant et qu'il en voulait un. Alors Agar lui a rendu le service de lui faire le bébé. Il s'appelait Ismaël et c'est l'ancêtre des Arabes. Et puis, tout à coup, sa femme Sarah, longtemps après, a pu avoir un fils : Isaac. Et celui-là s'est marié avec Rebecca et ils ont eu encore deux fils : Jacob qui est l'ancêtre des Juifs, et Ésaü l'ancêtre des chrétiens.

– Donc, a conclu Myriam, on est tous cousins !

Rosario ne m'a pas parlé de ce qu'elle avait fait pour mes filles. Ce sont elles qui m'ont dit combien de gourmandises elles avaient eues de sa part. Elles m'ont raconté aussi le parcours de l'Espagnole Casa Roncaldi. Elle y est entrée à l'âge de treize ans, du temps du mari de Victoria Regina, comme bonne à tout faire. Tout faire au point de balayer aussi les écuries, bien qu'elle ait été terrorisée par les chevaux. Un jour elle a reçu de l'un d'eux une telle ruade qu'elle a eu la jambe cassée, ce qui est à l'origine de sa boiterie.

– Alors, mademoiselle, elle a osé dire à Mme Victoria que c'était pas la peine d'avoir si bien appris à cuisiner avec sa tante, la religieuse du couvent en Estrémadure, pour nettoyer du crottin. Et c'est comme ça qu'elle est passée des écuries dans la cuisine.

Rien de Belkacem non plus. Mais je sais quelles belles histoires il a racontées aux petites lorsqu'elles lui paraissaient un peu tristes.

Ce soir, Myriam est venue dans ma chambre – Meryem s'endort toujours avant elle – et m'a demandé :

– Pourquoi Mme Hippolyta a traité sa cliente, celle qui

lui disait que sa robe est ratée, de sale grosse Juive. Parce que si nous descendons tous d'Abraham, et aussi que Jésus-Christ, qu'elle aime tant Doigts-de-Fée, était juif...

– Peut-être a-t-elle oublié tout ça.

– Mais c'est des choses qu'on doit pas oublier, mademoiselle, vous ne trouvez pas ? Et ça m'ennuie parce que Mme Hippolyta, je l'aime bien.

– Alors, continue à l'aimer. Elle ne pense pas ce qu'elle dit quand elle est en colère. Beaucoup sont comme elle. Va dormir, ma belle, ce n'est pas grave ça. Il y a de la place pour tout le monde sur terre. Et Mme Hippolyta t'aime bien aussi d'ailleurs.

– Pourquoi moi et pas la cliente, mademoiselle ?

– Sans doute parce que tu ne prends pas trois kilos entre deux essayages, toi ! À propos, je te trouve un peu maigre. Tu ne manges pas assez. Je te vois toujours chipoter. Sauf lorsque c'est du chocolat. Tiens, ouvre mon tiroir, il y en a une tablette, croque-la avant de t'endormir.

– Seulement la moitié. Je garderai le reste pour Meryem, elle aime aussi le chocolat. Je vais le mettre bien en vue sur ses vêtements et elle aura la surprise, en s'habillant.

Il m'arrive de me demander, au cas où j'aurais eu une sœur, si nous aurions été aussi unies elle et moi que le sont Myriam et Meryem. Peut-être est-on plus attachée, parfois, à la sœur que l'on s'est choisie ?

Nous avons rencontré la petite Élissa en nous promenant dans le quartier français. Comme je ne la voyais plus aux récréations, je me doutais que sa tante l'avait retirée de l'école. Elle nous l'a confirmé. Elle est employée dans une blanchisserie devant laquelle nous passons souvent et où, dit-elle, on lui apprend à repasser. Elle nous a paru assez fière d'expliquer qu'elle serait, un jour, « mise au fin », nous précisant que cela signifiait s'occuper du linge précieux. Lorsque nous l'avons quittée, mes filles m'ont dit : « Elle n'a pas eu notre chance ! » et, devant tous les passants, chacune sur une joue m'a embrassée.

Le docteur Charles Nicolle est mort hier. On l'enterrera, selon son désir, dans le jardin de son cher Institut Pasteur. David est invisible. Trop occupé sans doute par cet événement dont parle toute la ville. Nous lui avons glissé, sous sa porte, un petit mot, signé de nous trois, disant combien nous partageons son chagrin.

Deux soirées du dimanche furent supprimées. M. P. avait une rechute de sa bronchite et David était invité par des amis qui voulaient le distraire. Mais en cette troisième fin de semaine, Hippolyta vint nous voir. Elle avait besoin, dit-elle, de ce moment de l'amitié qui lui manquait beaucoup. Bien sûr, elle comprenait que David préfère les grandes maisons des Grana [1] où il était si bien reçu, où on faisait de la musique, où il jouait du piano.

– Ah ! Ces demeures des riches Livournais ! Il faut voir ça. De tout ce qu'il y a de plus beau à Paris, il y a là. Oui, Mlle Marie, c'est aussi superbe que dans les musées de

1. Juifs livournais qui étaient l'aristocratie israélite de la ville de Tunis.

France, et les meubles et les tableaux et les rideaux de velours, et les tapis de soie !

Mes filles ouvraient tout grands leurs beaux yeux, subjuguées, et Hippolyta continuait :

– Et on y danse, dans ces maisons-là, et les jeunes demoiselles sont si élégantes !

– Elles ont des chapeaux de paille rouge avec des cerises, Mme Hippolyta ?

– Tous les plus beaux chapeaux de Paris, mes petites belles, et des robes ! Ah ! Des robes comme vous n'en avez jamais vu.

Je profitai d'un temps de respiration de Doigts-de-Fée pour dire à mes filles :

– Et si vous alliez faire un bon bol de lait magique avec une cuillerée de ce rhum que nous a laissé David, le soir des grogs ? Vous ne croyez pas que cela ferait plaisir à Monsieur-le-Professeur, si gentil pour vous ? Vous pourriez mettre le bol sur le petit plateau d'osier avec le joli napperon brodé.

– Celui que votre maman a fait, mademoiselle ?

– Oui. Je crois que ce serait une façon de montrer que vous êtes reconnaissantes des leçons d'histoire.

La broderie de ma mère, si admirée, atténuerait dans leur esprit, j'en étais sûre, le grand luxe des belles villas où David jouait du piano, dansait avec de jolies jeunes filles et ne pensait pas à nous.

Hier matin, alors que je traversais la cour, Rosario la traversait aussi portant avec précaution une chemise d'homme blanche et raide d'amidon. Arrivée près de moi, elle m'a murmuré comme en confidence :

– C'est pour Monsieur-le-Professeur. Aujourd'hui il la met, la grande tenue.

– Pour aller où ?

– Hé ! Où vous voulez qu'on aille, mis comme un prince, si c'est pas à la Résidence ? Parce que c'est quelqu'un Monsieur-le-Professeur ! Et on l'apprécie là-bas. Il est ami du ministre de la France, il déjeune avec lui, au moins une fois par mois. Et c'est pas rien ce qu'ils mangent tous les deux, un jour il m'a raconté les plats, tous parisiens par ce que, forcément, le chef, il est français. Si vous restez là à attendre encore un peu, vous allez le voir passer, Monsieur-le-Professeur, beau comme le soleil, et peut-être même que vous le reconnaîtrez pas. Mais il est léger le complet veston qu'il va porter, il faut que je lui fasse mettre un tricot de laine sous la chemise, sans ça, la bronchite, on la verra revenir.

Et Rosario s'en est allée aider à s'habiller l'invité du Résident général qui ne nous racontera pas son déjeuner dimanche soir, sous le figuier, il est trop modeste pour en faire état.

David, lui non plus, ne nous parle pas des belles maisons, françaises ou tunisoises, où on se l'arrache et où il rencontre ces belles et élégantes jeunes filles que je croise souvent dans les rues. Myriam et Meryem seront-elles, un jour, comme elles ? Il m'arrive d'en rêver. Ce que je n'aurai pas eu, elles l'auront.

Elles avaient si bien commencé, ces épreuves du certificat d'études ! Mes filles étaient plus que prêtes et guère émues. Peut-être même l'étaient-elles moins qu'à une composition en classe. Une grande fierté les habitait. Le matin, avant de partir, elles m'avaient demandé :

– Pour vous aussi, c'était un jour important, mademoiselle ?

– Bien sûr !

Je m'étais gardée de leur dire que mon père, qui avait fait un bout de chemin avec moi, sentant ma main trembler dans la sienne, m'avait dit et répété : « Respire à fond, et tu te sentiras mieux. »

Doigts-de-Fée avait offert des robes d'été en cretonne qualifiées de « simples, pratiques et fraîches, tout à fait ce qu'il faut pour un examen ». Comme si notre Hippolyta savait de quoi elle parlait, elle qui n'a jamais dû en passer un seul de sa vie ! Seigneur ! Pourquoi étais-je si caustique ? Eh bien, parce que j'avais peur. Non pas que mes petites les ratent, ces épreuves, loin de là ! J'étais sûre qu'elles auraient une mention mais je craignais qu'elles n'aient pas la même. Et si l'une avait un *Bien*, et l'autre, un *Très bien* ? Je vivais déjà le drame que déclencherait cette inégalité. J'en avais parlé à David. Il m'avait rassurée, comme il savait si bien le faire. Il était sûr qu'elles feraient des scores identiques.

– Ça ne peut pas être autrement, elles respirent l'une par l'autre !

Il riait. J'aimais le voir rire. Il avait des dents superbes, capables de croquer tout Tunis. J'aurais aimé aussi prolonger ces moments qu'il m'accordait çà et là. Mais il était toujours si pressé.

Épreuve de français.

Il fallait décrire l'une des récréations à l'école. Elles me rapportèrent leurs deux brouillons. À peu de choses près, et plus ou moins bien, toutes les candidates avaient dû raconter la cour, le préau, les élèves courant, sautant à la corde, ou faisant des rondes. Elles seules, j'en jurerais, ont évoqué les hirondelles jouant dans le ciel, en récréation elles aussi.

Une autre phrase identique se retrouvait dans les deux copies : « Nous aimons, mon amie de cœur et moi, nous promener en parlant. »

Mon amie de cœur… Je ne les avais jamais entendues employer cette expression. Comme j'étais surprise, je me suis efforcée de rire, en leur demandant pourquoi elles avaient tu leurs éternelles discussions.

Myriam me répondit :

– Ça, c'est comme le *Privé* écrit sur la porte de l'appartement de Mme la directrice, c'est seulement à nous deux.

Et Meryem :
– Oui, c'est notre *Privé*, mademoiselle.

Elles étaient, bien sûr, admises à passer l'oral. Et la catastrophe arriva la veille de l'épreuve. Myriam avait la rougeole, et toutes deux pleuraient. C'était la première fois qu'elles se laissaient aller à leur chagrin devant moi. Ni à la mort de Messaouda, ni à celle d'Isaac, elles n'avaient versé de larmes en ma présence. J'avais vu dans leurs yeux de la souffrance, de l'affolement, du désespoir, mais pas de pleurs. Et maintenant, elles sanglotaient. Puis, Myriam fut trop abattue par la fièvre pour continuer à se lamenter. Alors Meryem me déclara, pâle et résolue : « Je n'irai pas passer l'oral sans elle. Je ne peux pas. »

Nous avons parlementé une partie de la nuit. L'enfant se contentait de me répéter : « Si vous m'obligez à y aller demain, alors je ne répondrai pas aux questions. Je dirai que je ne sais pas et je ne serai pas reçue. Parce que je ne veux pas l'avoir le certificat, si elle, elle l'a pas. »

Je fis, au matin, le plus gros mensonge de ma vie. Je déclarai à ma directrice que Meryem, elle aussi, avait la rougeole. Elle l'eut d'ailleurs, trois jours plus tard.

David fut stupéfait, troublé même, par la ferme attitude d'une enfant pour laquelle cet examen avait tant d'importance. Et il pensait, comme moi, que Myriam aurait agi de manière identique. Nous prononçâmes, tous deux, simultanément : « C'est admirable ! »

Une fois de plus, les enfants nous rapprochaient. Une fois de plus, David regarda sa montre et s'en fut. Vers qui ?

Une collègue – peut-être la seule à ne pas m'avoir traitée « d'enfant qui en adopte deux autres » – nous prêta sa maison au bord de l'eau, à Carthage. Elle pensait que mes convalescentes avaient besoin de fuir la ville, étouffante en été. « Je vous confie ma bicoque », nous a-t-elle dit en s'embarquant pour la France et pour Vichy où elle allait faire sa cure.

La bicoque est un gros cube blanc, coiffé d'un drôle de chapeau – la citerne – et flanquée de deux tamaris, comme un bouquet à chaque oreille.

Trois pièces et une cuisine-buanderie-salle d'eau. Mais le gros cube est-il posé sur la terre ou sur le sable ? En fait, sur les deux. Il est à cheval entre le chemin qui conduit à lui et la plage. Les tamaris doivent se demander si leurs racines sont d'ici ou de là. Bénéfice inestimable de cet état des choses : nous n'aurons que quatre pas à faire pour aller de notre lit dans l'eau.

Parties trois de Tunis, nous étions déjà cinq. Nous hébergions une tarente[1] plaquée au plafond de la chambre des filles et nous venions d'inviter aussi un caméléon à passer des vacances avec nous.

Le propriétaire de l'animal – un enfant gitan – était d'accord pour le troquer contre quatre sucettes Pierrot-gourmand. Meryem et Myriam ont voulu donner celles au cassis, le parfum qu'elles aiment le moins. Ce qui a déclenché un marchandage ne manquant pas d'à-propos. Le vendeur prétendait céder une bête qui pouvait changer de couleur de peau et il réclamait, de ce fait, des sucettes de plusieurs coloris aussi. Pas seulement les violettes. À l'évidence, c'était légitime.

J'ai laissé parlementer. Tout ça se passait d'ailleurs dans un langage en grande partie incompréhensible pour moi. Mais j'admirais la détermination de mes filles, dure comme les vestiges de pierre de Carthage.

Et elles ont gagné ! Karoly nous a laissé cette sorte de lézard pour quatre sucettes au cassis.

Le lendemain était un dimanche. De grand matin, nous nous sommes précipitées pour voir l'humeur de la mer. Angélique… Et qui en sortait de cette belle eau tranquille ? David, s'ébrouant sous nos fenêtres ! Par chance, j'avais pris un coup de soleil la veille, personne n'a pu s'apercevoir que je rougissais.

Il n'était pas seul. Hippolyta, ses chaussures à la main, ramassait de petits coquillages au bord de l'eau et nous

1. Petit lézard.

dit : « Mme Roncaldi m'a conseillé de venir aussi. Il fait si chaud en ville ! »

Ce que David traduisit par : « Ordre royal ! Convenances et étiquette à respecter. Alors Hippolyta est là, en chaperon. »

On récompensa Doigts-de-Fée de dorades grillées apportées vivantes par le pêcheur sicilien qui nous fournissait.

– Ah ! C'est comme du temps de mon arrière-grand-père Alessandro ! Et c'était son poisson préféré !

La venue de David déclencha deux examens :

1) Celui de la citerne. Un rat s'y était noyé. Diagnostic : eau non potable. Prescription : faire bouillir celle destinée à la boisson et au lavage des dents.

2) Celui des yeux des enfants. Diagnostic : guérison incomplète de la conjonctivite due en partie à la rougeole. Prescription : continuer les gouttes quotidiennes d'Argyrol et, pendant la forte chaleur, sieste obligatoire dans l'ombre de la chambre aux volets fermés.

Nous avons organisé un campement pour garder nos deux invités vingt-quatre heures de plus. Dans la première chambre : un dortoir pour femmes et enfants, avec matelas de varech disposés à même les tomettes, David partageait la seconde avec le caméléon. Meryem et Myriam ont dit, très sérieusement : « Avec lui, vous serez bien. Il chasse les mouches, aussi. Mais lui, c'est pour les manger. »

Hippolyta, Myriam et Meryem couchées après une très

réussie *chorba*[1] de poisson, nous nous sommes retrouvés sur la plage David et moi à admirer le ciel étoilé en bavardant, bavardant sans fin…

J'aurais aimé passer toute la nuit, comme mon père l'avait fait, sous les étoiles. David aussi. Qu'en aurait pensé Victoria Regina ? Je ne pus m'empêcher de rire à cette idée. David me demanda la raison de ma gaieté.

– Parce que je trouve la vie belle !

Difficile de faire respecter la sieste prescrite par David. Mes filles avaient tout un répertoire d'empêchements : « J'ai mon maillot de bain à raccommoder, il y a un trou gros comme ça », « Moi, il faut que je passe les espadrilles au blanc d'Espagne », « C'est mon tour de faire bouillir l'eau », « Je dois éplucher les légumes pour la *chorba* », « Dans l'ombre, comme ça, on peut même pas lire ».

– Et si je vous racontais une histoire ? Mieux encore, je vais vous en inventer une à épisodes et chaque jour, à la sieste, on la continuera. Ça vous plairait que je vous dise tout de la vie du roi Saint Louis qui est venu exactement là où nous sommes, en 1270 à la dernière croisade ? Là où nous nous baignons, attrapons des coups de soleil ou des crabes ?

– Monsieur-le-Professeur nous a déjà expliqué ça, et nous on n'a pas beaucoup aimé, n'est-ce pas Meryem ?

– Non, on n'aime pas. Et d'abord, un saint ça tue pas et lui il a tué les musulmans… on disait les Sarrasins.

– Et il a obligé les Juifs à mettre la rouelle jaune, ou

1. « Soupe ».

rouge, je ne sais plus, sur leur veste. Mon père, au temps du roi Saint Louis, il aurait dû la porter, la petite roue de laine. Et vous nous avez dit, mademoiselle, qu'humilier les gens ça leur fait aussi mal que de les battre.

– Et si on changeait ça ?

– Changer l'Histoire ?

– Pourquoi non ? On ne sait jamais tout. Et d'abord, où est mort le roi Louis IX ? Devant Tunis ? Devant Carthage ? Peut-être là même où nous marchons sur la plage chaque jour. On a construit le monument à son souvenir en choisissant l'emplacement un peu au hasard. Et puis, quelle maladie l'a terrassé ? Les uns disent la peste, les autres le choléra, d'autres encore la dysenterie. Bref, on ne sait pas trop. Alors, et s'il n'était pas mort ce jour-là ?

– Oh ! mademoiselle, Monsieur-le-Professeur a bien dit le 25 août 1270.

– Et moi, je dis non ! Et c'est pas par là que commence notre grande histoire de *La Deuxième Vie du roi Louis IX de France devant Carthage*. N'ouvrez pas les yeux, je vais fermer les miens aussi. Nous *verrons* le roi Louis qui ressuscite en terre d'Afrique avec les yeux de l'esprit.

– Il est donc mort quand même ?

– Il a quitté sa première vie et va entrer dans la seconde. Et voilà ce qui lui arrive : il est allongé sur son lit de cendres, en forme de croix, comme il l'a demandé, et il prononce son dernier mot : Jérusalem. Déjà, il voit les anges qui viennent le chercher pour le conduire à la Maison de Dieu. Des anges roses.

– Pourquoi roses, mademoiselle ?

– Parce qu'ici, leurs ailes sont roses.

– Comme celles des flamants ?

– Tout juste. Mais le roi Louis IX se trompe. On ne vient pas le chercher. Les anges viennent lui dire le message de Dieu. Et il entend : « Je ne suis pas content ! Je n'ai jamais ordonné que mes fils, tous mes fils, d'Europe comme d'Afrique, s'entre-tuent. Je n'ai jamais voulu ces croisades pour récupérer le tombeau du Christ. Ce que vous appelez ma Lumière doit vous éclairer mieux désormais. Et je veux que vous appreniez ce mot que vous ignorez : tolérance. »

– Nous deux, mademoiselle on le connaît, vous nous l'avez fait copier cent fois un jour où on n'arrêtait pas nos contradictions, comme vous dites.

– Si vous m'interrompez encore, Saint Louis ne va pas arriver à écouter ce que Dieu lui dit. Donc, par la voix de l'ange rose, le roi entend encore : « Je veux que tu rachètes toutes ces tueries. Tu vas rester ici et t'efforcer de mieux connaître ceux que tu as combattus. Ton erreur a été de ne pas en apprendre assez sur leur foi. On ne t'a traduit que quelques extraits de leur Livre sacré. Tu ne peux pas le savoir, mais moi je le sais, plus tard, un grand, noble et courageux guerrier musulman lira les Évangiles pour mieux comprendre les chrétiens. Il s'appellera Abd el-Kader, et cela se passera en France, dans le château d'Amboise où cet émir est prisonnier… » Mais ceci est une autre histoire.

– Vous nous la raconterez aussi, mademoiselle ?

– Pour le moment écoutez l'ange qui ajoute : « Je t'accorde quinze années de vie supplémentaire pour que tu t'emploies à rapprocher deux peuples au lieu de continuer à les éloigner l'un de l'autre. »

– Ça, c'est pour les musulmans et les chrétiens, mais il ne dit rien pour les Juifs ?

– Ils ne sont pas oubliés. Dieu ordonne qu'ils ne portent plus les rouelles de laine jaune ou rouge sur le cœur et dans le dos. Plus jamais. Et Saint Louis doit lire aussi leurs deux Livres sacrés. Maintenant, il nous faut parler de l'installation du roi. Il va vivre exactement où nous sommes en ce moment, sur cette même plage. Et, là où vous voyez la barque de notre ami Jacopo, le pêcheur sicilien qui nous apporte nos belles dorades, eh bien, à ce même endroit, où l'eau est bleu foncé, Saint Louis regarde s'éloigner le navire qui emmène, à la place du sien, le corps d'un chevalier mort au combat – il n'en manque pas. Elle s'appelle *Porte-Joie*, cette nef, et elle est bien nommée parce que le roi est joyeux lui aussi : il aime ce pays et il est content d'avoir quinze ans à y vivre. Pour tout vous dire, il en avait peut-être assez, Louis IX, de régner. Il n'a fait que ça, depuis l'âge de douze ans, et dirigé par sa mère ! Raide comme un coup de bâton, la reine Blanche de Castille, pour employer le langage de Rosario. Elle vient de mourir, c'est vrai, mais la Cour est aussi ennuyeuse que de son temps. Saint Louis a envie de s'aérer, de s'ébrouer. Son palais de Paris ne lui manquera pas, il n'y peut être qu'humble, repentant, résigné. Il commence à se faire vieux le souverain, il a envie de vivre enfin pour lui-même au grand air, au soleil et devant la belle eau de la Méditerranée. Cette eau où les nobles guerriers musulmans, d'un geste menaçant, trempent leurs sabres pour dire qu'elle est à eux. Il n'y trempera, lui, que la ligne de sa canne à pêche pour attraper les petits poissons de sa soupe.

La suite, à la prochaine sieste !

Il n'y eut pas, le lendemain, un nouvel épisode de *La Deuxième Vie du roi Louis IX de France devant Carthage.* Myriam et Meryem s'étaient octroyé, sans mon autorisation, deux boîtes de *lait condensé sucré Nestlé.* Elles y avaient percé, avec un clou et une pierre, des petits orifices permettant de déguster à la régalade ce qui devait faire notre « lait magique » pendant quinze jours.

– C'était si bon, mademoiselle ! Ça nous coulait dans la bouche comme...

– Comme une caresse sucrée.

J'ai dû me décider à révéler que nous devions, toutes trois, être très raisonnables pour que notre budget de chaque mois se boucle. Je n'aurais pas voulu en arriver là, mais à ce qui leur était apparu magnifique, impensable, il y avait seulement quelque temps, elles s'étaient trop bien habituées. Elles m'écoutèrent, tête basse, puis, très vite la relevèrent. Elles avaient une proposition à me faire : Hippolyta leur avait donné, avant le départ en vacances, un peu d'argent à chacune. Elles allaient l'employer à remplacer les deux boîtes de lait condensé. L'épicerie la plus proche était à trois kilomètres ? Tant pis, elles feraient les six, aller et retour, dès le lendemain à la fraîche.

Je les ai entendues, peu après, se féliciter que je n'aie pas exigé qu'elles mettent des pois chiches dans leurs espadrilles comme Rosario l'endura lors de son chemin de croix annuel en expiation de ses péchés.

Et le lendemain...

Elles ne s'étaient pas exposées au soleil sans chapeau de

paille, avaient pensé à rincer leurs maillots de bain à l'eau douce, m'avaient rapporté une ex-boîte de confitures de cerises pleine de vers de sable pour nos pêches et rempli le panier à salade de petits crabes qui feraient notre riz savoureux. Tout ça sans que j'aie à le répéter au moins trois fois. D'où, aucune raison valable de ne pas aller retrouver Louis IX sous la tente que deux complices bien-aimés ont « oublié » de charger à bord de la nef *Porte-Joie*.

Allongées sur nos trois matelas de toile à raies bleues et blanches, bourrés de varech, yeux clos, nous sommes prêtes à rectifier l'Histoire.

Vont écouter aussi, dans la pénombre, la tarente toujours plaquée au plafond et notre caméléon quelque peu perturbé. Nous soupçonnons David de lui avoir fait passer la journée de dimanche sur sa chemise écossaise. La malheureuse bête ne se remet sans doute pas de ses hésitations entre du rouge, du vert, du bleu et du blanc. Elle en est restée grisâtre, et son moral peut-être aussi. Nous l'avons baptisé « Caméléon neurasthénique ».

– Donc, Saint Louis va devoir vivre comme les moines de ces ordres mendiants qu'il a tant chéris. Mais sous l'apparence d'un marabout en djellaba, pieds nus et bâton à la main pour ne pas se faire remarquer.

« Il est heureux. Cette Afrique a un avant-goût de paradis. La mer, le soleil, le sable et les bons poissons frais pêchés. Savez-vous que ceux à chair ferme, les meilleurs, il s'est toujours interdit, dans son palais, d'y toucher ? Il les laissait à ses barons ou à ses pauvres. Son cuisinier se désolait de voir son cher souverain ne manger que les fades et insipides chairs molles des pêches les plus communes.

– Et pourquoi, mademoiselle, il faisait ça ?

– Pour faire pénitence.

– Pace qu'il avait tué trop de Sarrasins ?

– Et fait porter la rouelle de laine aux Juifs, mademoiselle ?

– Parce qu'il était très pieux, voulait être humble et vivre dans la simplicité et l'abstinence. Et maintenant, il va vivre encore très simplement, mais, ce qui est simple ici, est si beau et si savoureux ! Il a, en plus des délicieux poissons, des olives, des figues, des dattes, des fleurs. Il cultive des piments et des tomates…

– Et il ramasse des escargots ?

– Et des crabes ?

– Il va surtout, mes enfants, obéir à Dieu et répandre la paix et le bien là où il est venu faire la guerre.

« Un jour, il savourait sa sieste sous son figuier, quand passe une malheureuse qui portait son fils sur son dos, un jeune garçon chétif aux yeux tristes. Elle était fatiguée. Elle s'approche de l'arbre pour se reposer. Saint Louis fait place à ces gens, leur offre l'eau de sa gargoulette, les écoute : ce pauvre adolescent n'a jamais marché. Il dépend de sa mère dès qu'il est obligé de se déplacer, et, cette fois-ci, le chemin est long, de leur lointain douar à Tunis, où une affaire les appelle.

« Quand la Mauresque décide de repartir, le roi lui propose de faire un bout de chemin avec elle, pour l'aider. Arrivés à la porte de la ville, Saint Louis pose l'infirme à terre. La mère va se charger à nouveau de son fardeau, quand, oh ! miracle, son fils *marche*.

– Oh ! mademoiselle !

– Les deux musulmans hurlent de joie, se prosternent aux pieds du roi, baisent sa djellaba, pleurent, délirent. S'arrachant à leurs démonstrations de reconnaissance, le souverain s'éloigne et s'en va arroser ses tomates et ses salades. Il est heureux. Ce miracle prouve que Dieu est content et l'aide.

Dès l'aurore, le lendemain matin, Saint Louis s'apprête à aller faire sa toilette à une source voisine, lorsqu'il voit, devant sa tente, une nuée de gens. Il est accueilli avec des cris d'allégresse. On s'agenouille, on lui offre des fruits, des fleurs, des poules, un jeune agneau. Alors, il s'assied sous son figuier, et il écoute chacun raconter ses malheurs.

– Il comprend l'arabe ?

– N'oubliez pas qu'il a été captif en Égypte et a passé plusieurs années en Palestine. Il comprend aussi qu'il est devenu un marabout pour ces gens. Mais il se demande si sa tranquillité ne va pas trop souffrir de sa popularité. Alors, il s'organise. Il n'a pas dirigé supérieurement le royaume franc sans avoir le sens de l'organisation. Il décrète qu'il ne recevra que l'après-midi, de quatre à sept. Et tous s'éloignent, contents.

Aux derniers pèlerins qui s'apprêtent à partir, Saint Louis demande à qui est ce cheval blanc, qui est là depuis l'aurore, et semble n'appartenir à personne. Nul ne le sait. La bête paraît être venue seule, sans cavalier. Alors, le roi s'approche d'elle, et il s'aperçoit qu'elle est aveugle.

– Je le savais !

– Moi aussi !

– Et comment pouvez-vous savoir ça, vous deux ?

– Saint Louis s'est occupé des yeux malades dans son

royaume. Monsieur-le-Professeur nous l'a dit. Il a fait un hôpital qui s'appelle les Quinze-Vingts pour soigner trois cents aveugles, parce que 15 x 20 = 300. On sait ça, Meryem et moi. Et vous avez pas encore parlé des yeux. Alors, Dieu a envoyé ce cheval, pour que la vue lui soit rendue, c'est sûr.

– Et c'est un drôle de cheval blanc. Il a trois jambes et la queue colorées en jaune orange vif, au henné. Le nouveau marabout s'étonne : « Pourquoi teindre trois et pas quatre membres ? » « Parce que, répond un Tunisien, quatre porteraient malheur, mais trois, non. » Et Saint Louis se dit que le nombre mystique de la Sainte Trinité est respecté ici aussi, et il en augure favorablement pour l'avenir. Il pense que, sans ses barons et ses chevaliers, il va mieux pouvoir comprendre les musulmans.

« Il s'occupe du cheval, lui lave les yeux, les caresse doucement. Et Porte-Joie – le roi a décidé de l'appeler comme le navire qui a ramené ses prétendus restes en France – voit !

– Il en est sûr, mademoiselle ?

– Il fait bouger sa main, de droite à gauche, devant Porte-Joie, et ses yeux en suivent le mouvement. Saint Louis n'est plus seul, il a un compagnon. Et la reconnaissance, l'amour qu'il lit dans le regard de ce cheval, sont si belles, si merveilleuses choses qu'il s'agenouille et prie.

« Et ce n'est pas fini. Une autre surprise est réservée au roi. Dans la nuit, il a froid – il a donné, le matin, sa couverture à un vieillard qui tremblait de fièvre. Sur sa natte, à même le sable, l'humidité le transperce jusqu'aux os. Mais, peu à peu, il sent un bien-être le pénétrer, comme si quelque chose de chaud, de doux, le recouvrait. Il rêve qu'il dort, dans son palais, sous ses fourrures.

« À son réveil, que voit-il ? Un énorme lion est allongé, couché sur lui, crinière étalée sur sa poitrine, frétillant de satisfaction. « Sa Majesté est-elle contente, l'ai-je réchauffée ? » demande-t-il.

– Oh, mademoiselle, il a pas peur, Saint Louis ?

– Chez les Capétiens, on ne craint pas les bêtes sauvages. Louis VIII, le père de Saint Louis, avait été surnommé le « Lion ». Et qui sait, si ce n'est pas lui qui est là, veillant sur son fils ?

« Il y avait le cheval blanc à trois jambes orange, Porte-Joie, il a aussi, désormais, Porte-Chaud, le lion à la crinière flamboyante.

« Et maintenant, aidé par les pèlerins, Saint Louis va construire sa koubba. Il s'y installera pour vivre ici à son aise, comprendre et aider les gens qui viendront jusqu'à lui.

– C'est déjà fini, pour aujourd'hui ?

David et Hippolyta sont venus passer un autre dimanche avec nous.

Examen des yeux de mes filles par David, après qu'il m'a dit : « Elles doivent en prendre grand soin, ils sont si beaux ! Je ne sais ce que je préfère, du gris-bleu si tendre des yeux de Myriam ou du noir si lumineux de ceux de Meryem. » Diagnostic : guérison complète. Aucune prescription. Et sieste dans l'ombre, écourtée.

– Ah non, M. David ! Et notre feuilleton alors ?

Il m'a fallu expliquer, très brièvement, la seconde vie de

Saint Louis. David voulut en écouter un épisode. Par chance, il oublia de me le réclamer. Il avait apporté son gramophone et un disque qu'il venait de recevoir, enregistré par l'un de ses cousins, un pianiste célèbre.

Nous avons tous apprécié une première fois le concerto n° 24 pour piano et orchestre de Mozart, avec le cousin Samuel en soliste. Puis, lorsque les petites et Hippolyta furent couchées, David installa son gramophone sur la plage déserte. Sous le ciel et les étoiles, devant la mer bien sage, et le sable encore chaud, Samuel Darmon et Mozart nous enchantèrent à nouveau.

Après, dans le silence, vite rempli par le doux radotage des vagues, David me demanda comment et à quel âge j'avais découvert que j'aimais la musique. Pourquoi une anecdote que je croyais avoir oubliée s'est-elle imposée, tout à coup ?

– Mon père donnait des leçons particulières à un élève dont la mère était violoniste. Elle m'offrit une saison de séances de répétitions du samedi matin par l'orchestre du conservatoire de musique dont elle faisait partie. J'avais douze ans et tout juste entendu prononcer les noms de Mozart ou de Beethoven.

« Je fus rivée à mon fauteuil, bouleversée par ce que j'entendis, au point de ne même pas avoir conscience d'être entourée d'une foule de gens. Il me sembla que l'on jouait pour moi seule. Et puis ce fut fini. C'est seulement alors que j'aperçus ma voisine terminant tranquillement un rang de son ouvrage de tricot, avant de l'enfouir dans son sac. Elle avait activé ses aiguilles tout au long du concert sans que je m'en rende compte. Le samedi suivant, déjà en habituée, je retrouvai ma place, et ma voisine au travail. Je vis, en examinant la salle, qu'elle seule osait tricoter. Lorsque la musique s'éleva jusqu'à nous, la vieille dame posa un instant ses aiguilles, poussa un petit soupir qui me parut de contentement et reprit son ouvrage. Je ne sais plus ce que nous écoutions ce matin-là, mais dans mon allégresse, mon imagination fusa : à ma vieille dame on avait offert, comme à moi, cette saison de répétitions d'orchestre. Elle tricotait pour une entreprise qui exigeait un rendement constant. Elle ne pouvait jamais disposer de deux heures de repos. Quel bonheur alors qu'elle puisse ainsi oublier, chaque samedi matin, son existence ingrate ! Et, toujours dans le ravissement de ce que j'entendais, j'en vins à me persuader que ses tricots, exécutés dans un tel enchantement, ne pouvaient qu'être bénéfiques à ceux qui les porteraient. Arriva le dernier concert. Nous étions, ma voisine et moi, presque des amies, bien que nous n'ayons échangé que bonjour ou au revoir. Alors, je m'enhardis à lui murmurer : « Vous avez bien travaillé, madame, pendant cette saison musicale. » Elle me répondit, en riant et d'une voix joyeuse : « Ah ! Ma petite enfant, c'est ma foi vrai ! Voyez-vous, je suis in-ca-pa-ble de rester sans rien faire, même lorsque j'écoute ce qui fut toujours la joie de ma vie. Alors, je tricote. Pour mes pauvres. »

Seules les étoiles nous regardaient, et David a mis sa main sur la mienne.

– Quand je vous le disais ! Vous avez le cœur si enthousiaste, Marie… M. P. m'a dit, lorsque vous avez pris en charge, sans même un temps de réflexion, vos deux petites filles : « Mlle Marie a le cœur qui va aussi vite que les hirondelles [1]. »

– Et vous David, quand avez-vous su que vous aimiez la musique ?

– Dans ma famille, je crois que nous avons tous appris le solfège en même temps que l'alphabet. Lorsque nous étions encore très pauvres, avant notre réussite dans les produits d'entretien, lessive et détergents divers, nous vivions ensemble dans Brooklyn, père, mère, oncles, tantes et enfants. Je devais avoir quatre ans le jour où j'ai demandé pourquoi l'oncle Nathan, le père de mon cousin Samuel – les pieds devant le foyer de la cuisine car il avait toujours froid –, lisait chaque soir le même livre, un grand, relié en rouge. On me répondit : « Ton oncle ne lit pas, il écoute de la musique. » J'ai une sœur aînée que l'on chargea de m'apprendre comment j'arriverais un jour à entendre, dans le livre rouge, les opéras de Wagner.

Journée de sirocco. Si ma directrice nous avait fait une visite surprise, elle aurait été capable de me retirer la tutelle « provisoire-qui-dure » de mes deux filles. Non seulement j'ai permis un bain-déjeuner, mais encore j'y ai participé. Et je n'étais pas celle qui riait le moins. Je crois même qu'il y avait longtemps que je ne m'étais pas autant amusée. J'avoue que j'avais envie, moi aussi, de « voir comment c'est, mademoiselle, si on entre dans l'eau, au moins jusqu'à la ceinture du maillot et peut-être même plus, tenant

1. « Il n'y a que le cœur qui aille aussi vite que les hirondelles », Lacordaire.

son assiette pleine d'une main et la fourchette de l'autre, et qu'on mange en sautillant pour que les petites vagues n'ajoutent pas de l'eau salée à notre riz au poisson ».

J'ai vu, et j'avoue encore que j'aimerais recommencer, sirocco ou pas. Rafraîchies toutes trois, nous avons retrouvé Saint Louis exactement là, sur notre même plage, devant Carthage.

– Je peux continuer, vous vous souvenez bien de tout ?

– De tout, mademoiselle. Des gens, du cheval, du lion et du roi qui les écoute.

– Qui écoute les cœurs de chacun, mademoiselle.

– Eh bien, Saint Louis est heureux. Voilà un homme qui a été le plus puissant monarque de France, et même du monde, mais qui n'avait jamais goûté aux vraies joies de la vie. Il ignorait, ce pauvre roi, ce que c'était d'être réveillé par la mer qui chante à son oreille : « Hâte-toi d'aller boire les fraîches senteurs de l'air, cours te jeter dans le soleil, marche jusqu'au sable ferme, au plus près de mes dentelles d'écume, là où mes petites vagues attendent tes pieds nus pour leur faire une fête. » Ce dont vous et moi nous jouissons chaque matin, ces bonheurs-là, lui ne savait pas que cela existait avant d'être en terre d'Afrique, seul avec un cheval et un lion pour compagnons. Alors, il découvre, il savoure. Dieu, qui a fait de ce pays une corbeille pleine de douceurs, aimerait-il que l'on n'y soit pas sensible ? Et ici le renoncement est inutile. L'or du ciel, le bleu de la mer, les fruits et les fleurs sont à tous. Chaque grain de sable est don généreux, et nul ne peut les refuser. Alors, Louis IX a l'âme sereine.

– Mademoiselle, vous oubliez pas qu'il doit être puni parce qu'il a tué des Sarrasins ?

– Et humilié des Juifs ? Et fait brûler le Talmud.

– Pour le moment, il pense à sa soupe et cherche des crabes. Porte-Joie gambade dans l'eau. Porte-Chaud suit lentement, avec majesté, sur le sable humide, bâillant dans le soleil. Soudain, tous trois s'immobilisent devant un radeau amené sur la plage par les vents et les vagues. Il semble n'y avoir là que deux grands couffins contenant des tissus qui sont peut-être des vêtements. Mais en les soulevant, le roi découvre dans chacun un bébé ! Hélas ! Ces petits enfants sont morts, ou de faim ou d'insolation. Porte-Joie et Porte-Chaud sont aussi accablés que Saint Louis. Les couffins sur le dos du cheval, tous regagnent la koubba. Avec le bois du radeau, Saint Louis fait deux petits cercueils. Un pour chaque enfant. Il tapisse le premier de freesias, le second de jasmins et décide de veiller et de prier pour ces chérubins. Porte-Joie et Porte-Chaud passent la nuit à ses côtés. Mais cette épreuve a fatigué le souverain. Il s'endort. Quand il s'éveille, à l'aube, les deux bébés, assis dans leur cercueil, jouent avec les fleurs !

– Oh ! Mademoiselle, quel bonheur… ça nous plaisait pas qu'ils soient morts.

– Ni un saint, ni un Porte-Joie, ni un Porte-Chaud ne s'étonnent du miracle. Ils pensent : « C'est par le parfum des freesias et des jasmins que Dieu a ressuscité les petits enfants. » Et ils font face à la situation avec simplicité et reconnaissance. Le cheval et le lion se rapprochent plus encore des miraculés pour donner la chaleur de leur haleine. Mais Saint Louis se tracasse. Comment va-t-il nourrir ces bébés ? Il leur fait boire un peu d'eau de sa gargoulette et, quand il se baisse pour la reposer à terre, qu'aperçoit-il ? Les quatre pattes d'une chèvre ! Une belle chèvre toute blanche, au pis rebondi de lait. Quel soulagement ! Le roi est si heureux qu'il la nomme immédiatement Porte-Bonheur.

– Ah ! Nous sommes contentes.

– Eh bien, Saint Louis commence à l'être moins, lui. D'où viennent ces enfants ? Qui sont-ils ? Il pense alors à examiner ce que contiennent les deux grands couffins où ils étaient couchés.

« Ils débordent de vêtements féminins. Appartiennent-ils aux deux femmes qui devaient être aussi sur le radeau et sont mortes pendant le voyage ? Peut-être les mères des bébés ? Peut-être pas. Il ne le saura sans doute jamais.

« Parmi les velours et les soieries, il y a dans le premier panier une *çarma*, cône d'or ouvragé, coiffure de musulmane, ainsi qu'une amulette, d'or aussi, imitant une petite main et qui protège du mauvais œil, une *khomsa*. Dans le second, il y a une *qufiyya*, coiffe d'argent en forme de pain de sucre portée autrefois par les femmes juives, et une amulette, d'argent aussi, sur laquelle est gravé le mot *shadday* qui veut dire, en hébreu, Tout-Puissant. Il parait évident qu'un couffin appartenait à une Arabe, l'autre à une Juive. Hélas ! Saint Louis ne sait plus quel bébé était couché ici ou là. Et il ignorera toujours l'origine des petites filles.

– Ce sont des filles ?

– Et comment il va les appeler ?

– Vous ne devinez pas ? Celle que les freesias ont ressuscitée s'appellera Freesiane et celle qui doit la vie aux senteurs de jasmin, se nommera Jasmine.

La chasse aux coquillages avait lieu à l'aube. Et c'est dans la fraîcheur et la beauté de ces petits matins roses, bleus et dorés que j'entendis :

– Mademoiselle ! Cette nacre-là, c'est moi qui l'ai vue la première, c'est pas juste que Meryem l'ait ramassée.

– Mademoiselle ! C'est pas vrai que ce beau peigne[1] rouge j'ai marché dessus sans même le voir. Je l'avais aperçu et j'allais me baisser pour le prendre.

Pour éviter ces règlements de comptes, j'ai dû exiger que l'une explore à droite, l'autre à gauche en partant du point fixe de la maison. D'ailleurs ces « vu ou pas vu la première » ne servaient à rien. Dès leurs récoltes finies, elles se partageaient ce qu'elles appelaient les « en double » et même se donnaient l'une à l'autre, sans rechigner, leurs coquillages préférés.

Il y avait encore les os de seiche, calamars ou encornets. Surfaces oblongues à peine renflées, laiteuses, et aussi légères que si elles étaient faites de blancs d'œufs battus et solidifiés. Les plus petites ont à peine deux centimètres, les plus grandes vingt ou même parfois vingt-cinq. Et un matin, près de mon bol de lait magique, sur deux os de même taille, gravé à l'aide d'un canif et coloré de pétales de géranium rouge écrasés, j'ai lu : « Merci pour ces belles vacances. » Avec traduction en français entre parenthèses, car l'une l'avait écrit en hébreu, l'autre en arabe.

1. Mollusque à jolie coquille striée.

Jamais, depuis qu'elles apprenaient leurs langues respectives comme je l'avais exigé, trois fois par semaine, elles ne les avaient employées avec moi. Je raconterai ça à David, surtout ce que Meryem a ajouté : « Vous le saviez, mademoiselle, que Mahomet, lui, avait écrit ce que dictait l'ange Gabriel sur une omoplate de chameau ? »

– Freesiane et Jasmine grandissaient.

– Mais, comment il fait, le roi ? Il sait s'occuper d'elles ?

– Laissons le souverain faire une sieste sous son figuier et dites-moi de quelle façon cela s'est passé pour vous, lorsque vous aviez l'âge de ces petites filles.

– Moi, mon père, le tailleur, il travaillait pas beaucoup parce qu'il toussait tout le temps et il savait pas bien où me mettre. Alors il m'avait couchée sous sa table où il était assis pour coudre. Comme ça, il entendait si j'étais toujours là, en dessous de lui. Mais une voisine venait l'aider, et Saint Louis, lui, il a personne.

– Et moi, ma mère, elle m'attachait sur son dos avec un chiffon quand j'étais toute petite et je dormais contre elle pendant ses ménages des classes de l'école.

– Et moi, après, je voulais toujours rester sous la table pour jouer avec des boutons.

– Et moi aussi, après, quand je marchais, je jouais avec les morceaux de craie des maîtresses et j'essayais de faire des lettres de l'alphabet français.

– Eh bien, le roi, lui, était aidé par Porte-Joie aux trois jambes orange, Porte-Chaud à la crinière rousse, Porte-Bonheur aussi blanche que son lait. Et, un jour de grand matin, arriva Porte-Rose, le flamant. Il volait tout assorti de couleur à l'aurore. Pris de malaise, il tomba non loin de la koubba. Saint Louis le recueillit, le soigna et le guérit. Freesiane aimait son originalité, sa façon de se tenir si souvent sur un seul pied. Jasmine le trouvait astucieux. Ainsi, la patte sous les plumes se réchauffait et se séchait pendant que l'autre était au froid ou à l'humidité. Ça lui évitait trop de rhumatismes. Et le roi racontait à ses filles que l'un de ses vassaux de jadis, un vieux baron grincheux, se plaignant toujours des courants d'air glacials du palais de la Cité, était tantôt sur l'une tantôt sur l'autre jambe lorsqu'il faisait antichambre.

« Le père et ses enfants avaient de douces soirées de causerie sur la plage. La mer se taisait, écoutait avec tous les Porte-Quelque chose. Les étoiles scintillaient, éblouies par la grande sagesse du roi. Et le temps passait…

« Porte-Rose avait des idées. Il donna, le premier, à ses jeunes amies celle d'écrire sur le sable mouillé, là où il est le plus dur. Avec son bec il traça des bâtons. Jasmine et Freesiane en copièrent des mètres tout au long du rivage. Plus tard, le souverain leur apprit l'alphabet. Mais n'allez pas croire que pour être les filles d'un saint, elles étaient angéliques. Un jour où elles n'eurent guère envie de faire leurs devoirs, elles allèrent se promener et ne revinrent à la salle d'études de la plage qu'à l'heure où Saint Louis y passait corriger leurs travaux. Elles eurent l'audace de dire : « La mer a effacé ce que nous avions écrit. » Alors, à peine avaient-elles parlé, qu'une vague énorme, terrifiante, jaillie de l'empire des ondes, vint rugir à leurs pieds et s'écrier : « Mensonge ! Mes filles à moi ont joué à faire et défaire de la dentelle seulement là où je le leur ai permis aujourd'hui.

Elles ne pouvaient pas supprimer ce qui n'existait pas. Freesiane et Jasmine, Seigneur, étaient cet après-midi chez le vieil Embarek à manger les dattes de son palmier. »

– Et elles ont été punies comment, mademoiselle ?

– Le roi avait emprunté les méthodes des nobles Sarrasins : lorsque l'un de leurs enfants commettait une faute, ce n'était pas lui qui était battu, mais un membre de sa maison, de l'esclave au précepteur. N'importe lequel de ces pauvres gens pouvait subir dans son corps ce que son jeune maître aurait dû endurer dans le sien. La blessure d'amour-propre du fautif était supérieure à celle qu'auraient dû faire quelques coups de fouet sur son dos. Et à un cœur bien placé, elle était plus cuisante encore. Saint Louis avait donc dit à Jasmine et Freesiane que ce serait Porte-Joie, Porte-Chaud, Porte-Bonheur ou Porte-Rose qui seraient corrigés à leur place, en cas de désobéissance.

– Alors, cette fois-là, mademoiselle ?

– Cette fois-là, les petites filles avaient tellement eu peur des mugissements de la mer, qu'il ne fut pas nécessaire de sévir davantage.

« Mais il y avait quelque chose de bien plus grave, songeait le roi en contemplant la beauté de ses enfants. La crainte qu'un jour, les eunuques du sultan Omar, passant par là, ne les découvrent, s'en emparent et les fassent élever au palais en attendant qu'elles aient l'âge d'entrer au harem de leur maître. Jasmine et Freesiane couraient donc de grands dangers. Tous, le sachant, tentaient de dissimuler les petites filles. La mer mugissait pour étouffer le tumulte de leurs jeux sur la plage. Le vent soulevait des voiles de sable autour de leurs courses folles. Le soleil se cachait pour éteindre le feu de leurs chevelures d'or. Et Porte-Joie, Porte-Chaud, Porte-Bonheur et Porte-Rose veillaient. Mais il est dans l'ordre des choses que le soleil luise à nouveau, que la mer et le vent prennent du repos. Quant aux quatre amis, ils se faisaient vieux.

– Ah ! Non, il ne va pas leur arriver malheur ! Ils sont nos amis à nous aussi.

Je les ai entendues, un peu plus tard, qui se disaient : « Parce que Freesiane et Jasmine, mademoiselle Marie ne nous le dit pas, mais ça pourrait être nous deux, tu crois pas ? »

Sont arrivés en début de matinée, David, Hippolyta et, oh surprise ! Monsieur-le-Professeur. Ils ont apporté le déjeuner que Rosario nous envoie en l'honneur des vingt-cinq ans de David. Et nous n'avons aucun cadeau à lui offrir.

– Mais nous, mademoiselle, on a tout ce qu'il faut.

Myriam et Meryem ont exhibé alors une drôle de chose transparente, une sorte de longue résille qui pourrait être en verre si on ne se rendait compte qu'elle est souple et même molle. C'est la dépouille d'une couleuvre, d'au moins soixante-dix centimètres, et qu'elles connaissent bien. Elles l'ont surnommée « Passe-partout ».

– Et c'est ça que vous voulez donner à David ?

– Mais c'est magique la mue du serpent ! Ça porte bonheur, c'est sûr.

Un morceau de ce talisman, enveloppé par mes reines de l'emballage dans le papier d'argent de la tablette de chocolat de leur quatre heures, a donc été offert avec explication de son efficacité garantie.

– Voilà exactement ce qu'il me fallait ! Dans quatre mois je rentre pour passer mes derniers examens aux U.S.A., avec ça je suis sûr de les réussir.

David partait bientôt ? Et peut-être pour ne plus revenir ?

Seule, Hippolyta me vit pâlir. Craignant l'une de ses redoutables réflexions, je l'entraînai m'aider à entourer de linges humides le vin rosé envoyé par Rosario et à placer, dans un courant d'air, les bouteilles ainsi emmaillotées. Elle me dit :

– Vous devriez en boire un petit coup pour vous refaire la mine. Ah, les sentiments ! Les sentiments !

– Cette fois-ci, je veux écouter l'épisode du jour. Vous ne pouvez rien me refuser, c'est mon anniversaire, me dit David en riant.

Et Monsieur-le-Professeur s'en mêla.

– Je suis surtout venu pour ça, moi aussi. Parce que le bord de mer, vous savez, ne me réussit pas trop. Il paraît que vous falsifiez agréablement l'histoire, mademoiselle Marie ?

Doigts-de-Fée murmura :

– Je suis sûre qu'il y a du sentiment là-dedans !

J'ai obtenu qu'au lieu du feuilleton-sieste, nous ayons une soirée avec, en lever de rideau, le récit des épisodes précédents fait par mes filles et ensuite la quatrième partie de la deuxième vie de Saint Louis, dont j'ignorais encore ce qu'elle serait.

On s'organisa pour la nuit. Elle avait raison l'amie qui me prêtait sa maison de la qualifier d'élastique. De fait, il y avait douze matelas, autant d'oreillers de varech, et douze couvertures.

Dortoir des hommes. Monsieur-le-Professeur, David et notre caméléon neurasthénique et gobeur de mouches. Le clan des femmes dans l'autre chambre, y compris la tarente dont Hippolyta redoutait qu'elle ne lui tombe dessus.

– Vous ne pourriez pas la chasser ?

– Non, répondaient mes filles. Elle est si habituée à notre plafond. Ça la contrarierait.

En faisant griller des tranches de mérou sur le brasier de sarments de vignes et d'aiguilles de pin installé sur la plage, j'écoutais David, très gai, essayant d'obtenir de Monsieur-le-Professeur sa boîte à œufs qu'il voulait offrir à son père, collectionneur de peinture moderne. Hippolyta, jupe retroussée, marchait dans l'eau pour dégonfler ses chevilles « parce que, ma pauvre, à rester toujours assise l'aiguille à la main, ça n'arrange pas la circulation ». Et Monsieur-le-Professeur est venu m'aider à préparer la table basse entourée de coussins, où nous prenions nos repas à la mode arabe.

– Laissez-moi faire, je sais très bien. Lorsque j'étais enfant, ma mère me disait : « Étienne, amuse-toi à mettre le couvert », et j'avais envie alors de casser les assiettes. Les parents, pour ces petites choses, manquent parfois de la plus élémentaire psychologie. J'aurais été heureux de rendre service et qu'on l'appréciât, mais penser que je pouvais m'amuser à disposer fourchettes et couteaux gâchait tout.

Cela dit, j'ai à vous demander votre avis : dois-je, ou non, donner ma boîte à œufs à David ? Il veut, vous l'avez entendu, l'offrir à son père parce qu'elle a été peinte par le fils de l'un des jardiniers de Claude Monet. C'est en effet un objet assez anecdotique. Mais est-il digne d'entrer dans la collection, mondialement connue, de Saül Darmon ? Je suis assez lucide pour savoir que je n'ai qu'un très petit talent. Qu'en pensez-vous ?

Qu'en pensais-je ? Mes connaissances en peinture dataient du temps de mes visites au Louvre. Et en art moderne j'étais nulle. À tout hasard, je risquai :

– Ce qu'il paraît vouloir, si j'ai bien compris, c'est une boîte semblable à celle qui était chez le Maître pour sa récolte quotidienne d'œufs, et faite par quelqu'un qui a vécu dans l'atmosphère de la maison de Giverny.

– Peut-être bien, mais cela ne justifie pas que j'entre dans une collection qui, pour ne parler que des impressionnistes, est célèbre dans le monde entier, avec, au moins, quatre ou cinq Claude Monet. Savez-vous aussi que Saül Darmon possède l'une des plus grosses fortunes israélites des U.S.A. ? Il fabrique les produits d'entretien que chaque Américaine emploie quotidiennement, alors moi, là-dedans, avec mon œuf d'autruche de peintre du dimanche ?

Je n'écoutais plus. Ainsi David n'était pas qu'un jeune médecin, il était aussi l'héritier d'une famille richissime.

On dîna des restes du déjeuner. Ce qui ne devait pas se faire chez les Darmon de New York. Je crois bien avoir bu plus de vin rosé que je n'en ai absorbé dans ma vie entière.

J'étais prête à me donner en spectacle sans trop d'états d'âme.

Myriam et Meryem firent un parfait exposé des trois premiers épisodes. Elles ajoutèrent même, de leur propre initiative, un mouton dont la laine filée par Jasmine et Freesiane servait à confectionner les vêtements du père et de ses filles. D'où le nom de Porte-Habit qu'elles donnèrent à ce nouvel ami.

Et j'entrai en scène sans trac. Ce qui m'amena à me dire que le vin rosé m'était on ne peut plus secourable. Il me faudrait m'en souvenir à l'occasion.

Je dus, tout d'abord, établir que nous ne faisions pas passer Saint Louis devant un tribunal. Nous nous efforcions seulement, mes petites et moi, d'imaginer que si la tolérance avait été de ce temps-là, tout aurait pu se passer autrement. Loin de nous (je voyais mes deux collaboratrices ravies de ce « nous »), de vouloir diminuer la gloire d'un règne qui avait grandi la France, et celle d'un souverain d'une foi et d'une piété admirables, mais qui avait ignoré le droit de chacun à pratiquer la religion la plus proche de son cœur. Et, comme dans les contes arabes, j'ajoutai : « Il était une fois… et il n'était pas. » Ce qui me parut rasséréner Monsieur-le-Professeur et atténuer son air mi-surpris mi-réprobateur. Je savais qu'il voyait, en Louis IX, celui qui avait mis le premier les rois de France au plus haut de leur trône.

– Or donc, il ne fallait pas croire que l'éducation de deux damoiselles était chose des plus faciles. Le roi cumulait, à longueur de matinées, les fonctions d'écuyer, de professeur de natation, de pêcheur et de chasseur. Accoutumé à tous les exercices physiques, valeureux dans chacun d'eux, il dressait ses filles avec bonheur. Les après-midi étaient consacrés à l'étude. Puis il leur faisait chanter des vies édifiantes, aussi bien celle de son père Louis VIII le Lion, que celles du roi Salomon ou du sultan Saladin. Jasmine et Freesiane avaient de jolies voix et déjà elles écrivaient des poèmes sur le sable humide. Elles étaient pauvres, ne possédaient rien… et possédaient tout ! Elles avaient les plus beaux cahiers qu'écoliers aient jamais eus, des cahiers de sable d'or.

« Le roi Louis IX avait aimé, dans sa jeunesse, à être richement vêtu et il appréciait alors que les seigneurs et les dames de sa cour eussent de beaux atours. Puis, il s'était détaché de ces apparences futiles et y avait renoncé. Pourtant, ici, il demandait parfois à ses filles de se parer des velours, des damas et des bijoux contenus dans les couffins. Il aimait voir luire sous le soleil, *çarmas* d'or, *qufiyya* d'argent et les broderies de soies et de perles.

– Mais, mademoiselle, laquelle se coiffait de la *çarma* ?

– Et laquelle de la *qufiyya* ?

– Eh bien, ne sachant à qui appartenaient l'une et l'autre, elles les échangeaient. Et, comme elles se ressemblaient beaucoup, ces alternances perturbaient leurs amis qui ne savaient alors qui était qui. Porte-Joie dit : « Moi, lorsque j'en aurai une sur mon dos, je saurai sentir quelle main me mène. » Mais penaud, agitant sa jambe blanche, comme lorsqu'il était perplexe, il avouait, au retour d'une promenade, n'avoir pas su qui l'avait conduit. Porte-Rose, fier d'être le plus jeune, prétendant qu'il avait l'œil neuf, était celui qui se trompait le plus. Vexé, il cachait sa tête dans ses plumes. « Une petite tape de la main sur mon échine et je devinerai qui me l'a donnée », avançait Porte-Chaud. Mais, au déclin de sa vie, il adorait les caresses et s'endormait béatement, avant d'avoir su qui les lui donnait.

« Un après-midi où elles étaient ainsi vêtues et se distrayaient sur le rivage à créer une poésie, un cavalier fondit sur elles au galop. Sa monture noire était harnachée comme la jument du Prophète, de velours, de pierreries et de plumes. Ce seigneur était vêtu de damas rouge, rehaussé de broderies d'or et de gemmes. Le pur-sang et son maître étincelaient tous deux dans le soleil. Mais ce qui était le plus effrayant chez ces arrivants, était le regard de l'homme. Un regard fulgurant.

« Jasmine et Freesiane se tenaient embarrassées et tremblantes. Quant aux cinq amis, ils se contentaient de cligner des yeux. Vraiment, ils vieillissaient !

« Le cavalier s'arrêta devant les jeunes filles et alors...

Comme je marquais un temps d'arrêt, David me dit : « Alors ? Dites vite... » Était-ce possible ? Étais-je parvenue à l'intéresser ? Avait-il ce regard joyeusement curieux dans les belles demeures des Grana où tant de jolies jeunes filles l'entouraient ?

– Freesiane et Jasmine s'aperçurent que seul le cheval les voyait ! Le Sarrasin avait les yeux cachés par un bandeau. Ce qui avait paru, de loin, un regard de feu, était en réalité un masque constellé de rubis.

« La voix tranchante, une voix comme en avaient, à cette époque, les puissants de ce monde faisant couper la tête de ceux qui leur déplaisaient et en donnaient la langue à manger à leur chat, interrogea : « Qui êtes-vous ? » « Nous sommes les enfants du marabout. » « Mon coursier sent d'autres présences. » « Il y a aussi Porte-Joie notre cheval, Porte-Chaud, le lion, Porte-Rose, le flamant, Porte-Bonheur, notre chèvre, et Porte-Habit notre mouton. »

« L'étranger avait noble allure et le bandeau de ses yeux était comme de la braise sur son visage. Porte-Chaud en était impressionné, et même le flegmatique Porte-Rose, tous deux poils et plumes hérissés. « C'est votre père que je viens voir. Que l'on me conduise à lui au plus vite. »

« Porte-Joie ouvrit la marche. Et tous le suivirent.

Et David, quel bonheur, suivait aussi, amusé, joyeux !

– Le roi en avait terminé avec ses audiences et sarclait son jardin lorsque le cortège le surprit les pieds enfoncés dans la terre. Il posa son outil, essuya ses mains à sa djellaba et vint au-devant du visiteur. Il tenta d'aider le Sarrasin à descendre de sa monture, mais celui-ci le repoussa. Il paraissait vouloir montrer que, malgré son infirmité, il ne perdait rien de sa dignité et de sa force. Et il parla : « Je suis le prince Rachid, hôte du grand calife Omar. J'ai entendu l'un des eunuques du palais affirmer qu'il y avait dans cette région un saint faisant des miracles, mais il ne savait pas où. Il t'a fait chercher. Tous ignorent où tu habites, ou ne veulent pas le dire. C'est ce matin, en suivant l'inspiration de mon coursier, que je suis arrivé jusqu'à toi. Louanges à Dieu ! »

« Le roi fit asseoir le prince sous son figuier, sur un banc de pierre qu'il venait récemment d'achever et dont il était assez fier. « Marabout, continua le Sarrasin, je suis né, par la volonté d'Allah, sans qu'il me soit permis d'être ébloui par la splendeur du soleil et des beautés de la terre. Si le désir du Tout-Puissant n'était pas de mettre fin à ma cécité, je n'aurais pas été conduit sur ton chemin. Je te donnerai la moitié de mes richesses, qui sont grandes, si tu me fais voir les merveilles du monde. »

« C'est alors qu'un carrosse, attelé de deux mules blanches, stoppa en grand tintamarre au seuil de la koubba. Il en descendit un personnage aussi beau et aussi jeune que le Sarrasin, mais de mise plus sobre. Vêtu de bleu sombre, avec un turban jaune[1], il avait aussi fière allure que le premier visiteur. Et il avait également un bandeau jaune sur les yeux.

« Avec étonnement, le roi, ses filles et leurs animaux entendirent le second arrivé s'exprimer, à peu de chose près, comme le premier : « Marabout, je suis le prince Mardochée qui commerce sur terre et sur mer. Mais si l'Éternel ne m'a pas accordé à ma naissance la jouissance de la vue, Il a décidé de me la donner maintenant puisqu'Il m'a conduit jusqu'à toi. Fais-moi voir les beautés qu'Il a créées et je te donnerai une fortune. Mes caravanes traversent les déserts, mes navires sillonnent les flots, et je te ferai profiter de mes biens. » « Mes seigneurs, dit le roi, si Dieu le veut, je vais vous guérir. Mais gardez vos richesses. J'ai fait vœu de pauvreté. »

« Il enleva le bandeau de rubis, le posa sur la modeste table de bois confectionnée par lui. Il enleva aussi celui de tissu jaune et le mit à côté du premier. Puis, comme il l'avait fait pour Porte-Joie et beaucoup d'autres, il caressa

1. À cette époque, en Afrique du Nord, les Juifs devaient se différencier par leurs vêtements, et souvent par quelque chose de jaune.

doucement avec ses mains les paupières des aveugles en murmurant : « Dans un instant, princes, vous allez ouvrir vos yeux. Il ne vous faudra pas être déçus par ce que vous verrez. La beauté du monde n'est pas la modeste koubba d'un marabout. L'univers de vos rêves, vous le rencontrerez ailleurs qu'ici. »

« Et le roi retira ses mains qui cachaient encore la lumière au prince Rachid et au prince Mardochée. Freesiane et Jasmine, qui se tenaient juste face à eux, furent leur première vision : « Marabout, par notre Seigneur, le puissant et le miséricordieux, dirent presque en même temps les deux miraculés, que peut-il y avoir, sur terre, de plus splendide que ces jeunes filles que nous voyons ? »

« C'est ainsi que les enfants de Saint Louis, qui n'avaient jamais possédé de miroir, surent qu'elles étaient belles.

« Le prince Rachid ajouta : « Marabout, laisse-moi, au moins, leur donner les pierreries de mon bandeau désormais inutile. Elles étincellent moins que leurs yeux. Et ce ne sont que des cailloux. » « Si vous le voulez, prince, ce ne sont, en effet, que des cailloux. »

« Mardochée voulut aussi offrir les perles contenues dans un petit sac attaché à sa ceinture : « Elles viennent du fond des mers et des océans et elles resplendissent de la beauté de leurs profondeurs, mais moins que ne resplendissent les visages de tes filles, Marabout. Et ce ne sont, après tout, que des coquillages. » « Si vous y tenez, prince. Ce ne sont là, à vrai dire, que des coquillages. »

« Les jeunes filles reçurent ces présents, remercièrent et, sur un signe de leur père, s'éloignèrent. Le roi voulait parler avec ses hôtes sans qu'elles entendent ce qu'il avait à dire.

Il se faisait du souci depuis quelque temps. Il voyait arriver la fin de ces quinze années octroyées par Dieu. Il s'inquiétait de ce que deviendraient Jasmine et Freesiane après sa disparition. Et, depuis qu'il avait surpris combien ses deux visiteurs admiraient la beauté de ses filles, il se demandait s'ils n'avaient pas été envoyés pour elles.

Je croisai le regard de David. Il ne m'avait jamais regardée avec autant d'attention. Se pouvait-il que mes petites élucubrations lui fassent oublier, ne serait-ce qu'un instant, mon nez trop long ?

– L'heure avançait et les princes ne partaient pas. Ils regardaient l'or des sables, les bleus et les verts de la mer, puis un grand voile mauve s'étendre à l'infini. Et la première étoile brilla bientôt dans le ciel. Elle brilla pour Rachid et Mardochée, pour leur première nuit de clarté.

« Le mouton Porte-Habit, qui s'était découvert sensible à la poésie en écoutant ses deux maîtresses, bêlait une petite ode de sa composition à l'intention des miraculés. Et le ciel fut tout fleuri d'étoiles. Les yeux des princes s'y allumèrent comme à une torche. Il était fascinant de les regarder si éblouis de joie.

« Le rossignol chanta, Rachid le chercha. On dut le prévenir que même avec des yeux vivants, l'homme ne voyait pas tout.

« Les senteurs de jasmin et de freesia embaumaient la nuit. Peut-être Mardochée n'osa-t-il pas dire qu'il s'était attendu à voir des volutes de parfums parcourir l'air, comme des oiseaux.

Seigneur Dieu ! David me regardait maintenant presque comme si j'étais jolie !

– L'hospitalité pour la nuit fut offerte aux visiteurs. Ils acceptèrent deux nattes sous les étoiles. Saint Louis mit la sienne à côté des leurs. « Nous ne voulons ni l'un ni l'autre fermer nos yeux. Nous voulons voir vivre le ciel, dirent les princes. »

« Et ainsi, ils parlèrent tous trois. Saint Louis raconta comment celles qu'il considérait comme ses filles lui étaient arrivées, pour son plus grand bonheur. Il ne cacha pas qu'il ignorait tout d'elles, et supposait l'une née de parents juifs et l'autre de parents arabes, mais n'en aurait jamais, hélas, confirmation. « Marabout, dirent les deux miraculés, sache que nous, grâce à toi, nous avons *vu* laquelle est juive et laquelle est arabe. » « Mes seigneurs, vous vous fiez à leurs costumes, leurs bijoux, mais sachez qu'elles les revêtent au hasard. »

« On entendit alors les grands éclats de rire de Rachid et Mardochée. Et le roi, heureux de les voir si joyeux, écouta : « Non, Marabout, moi, Rachid, je sais que Freesiane est de mon peuple. » « Et moi, Mardochée, je sais que Jasmine est du mien. »

« Et pendant ce temps, que faisaient celles dont on parlait ? Eh bien, elles s'entretenaient des beaux jeunes gens que leur destin, elles n'en doutaient pas un instant, venait de leur envoyer. Elles avaient entraîné leurs animaux sur la plage et leur demandaient leur avis sur les deux miraculés. Ils ergotèrent, puis s'endormirent. Alors elles contemplèrent, elles aussi, les étoiles, et rêvèrent. Elle se voyaient déjà princesses.

« Et au matin ? Eh bien, au matin, ils étaient tous un peu fatigués. Mais contents. Ils mangèrent des tomates, des figues, et burent l'eau de la gargoulette de Saint Louis. Jamais en leur palais, ces princes n'avaient fait aussi frugal repas. Ni si merveilleux : ils voyaient, pour la première fois, le rouge de la tomate et le vert de la figue.

« Rachid et Mardochée se regardèrent boire l'un l'autre. Ils tenaient, un peu loin d'eux, le bec de la gargoulette et, le soleil s'en mêlant, le petit jet qui atteignait leur bouche leur parut être un liquide où coulaient, à la fois, l'argent, l'or et les pierreries. Ils admirèrent, mais ne s'étonnèrent guère : l'eau, source de vie, se devait d'être plus belle que tous les joyaux de la terre. Et ils se sourirent, heureux.

– Bravo ! s'exclama David.

– Le roi vit ce sourire, s'en réjouit et comprit alors que si Rachid et Mardochée avaient été depuis leur naissance frères d'infortune, dans le sombre de leur vie, ils étaient désormais des frères unis dans la joie.

Il y eut, à cet instant, un petit entracte demandé par David qui m'apporta un verre de vin rosé dont il était sûr que j'avais besoin pour continuer ce dernier épisode de la deuxième vie de Saint Louis.

Fortifiée, je repris :

– Le ciel bleu et or en splendeur, le parfum des fleurs, la mer silencieuse et lisse, Porte-Joie, Porte-Chaud, Porte-Bonheur, Porte-Rose et Porte-Habit, tous attendaient. Alors, Rachid parla le premier…

– Mais mademoiselle, Jasmine et Freesiane ne sont pas là ! dirent mes filles.

– Non. En ce moment, elles écrivent, au bord de l'eau, sur le sable humide, un poème pour celui que leur cœur a choisi. L'une pour Rachid, l'autre pour Mardochée.

– Laquelle pour lequel, mademoiselle ?

– Vous le saurez plus tard. Donc, Saint Louis entendit Rachid lui dire : « Marabout, puisque tu ne veux pas de mes richesses, laisse-moi les partager avec ta fille Freesiane, si elle y consent. » « Et moi, Marabout, dit Mardochée, permets que je fasse profiter de mes biens ta fille Jasmine, si elle y consent, elle aussi. »

« Saint Louis sourit et entraîna ses hôtes sur la plage. Les réponses à leurs demandes étaient écrites là, bordées par la dentelle des petites vagues qui chantonnaient. Et les deux princes purent lire que le poème dédié à Rachid était de Freesiane et celui offert à Mardochée de Jasmine.

– Mais… mademoiselle, comment ils savent lire, les princes ? dit Myriam.

– Oui ! Ils peuvent pas avoir appris, puisqu'ils étaient aveugles ! ajouta Meryem.

J'aurais dû être plus que confuse de mon étourderie, mais dans les éclats de rire qui suivent ces remarques de mes filles, je ne fus que fière d'elles.

Les exclamations joyeuses fusaient. Personne, hormis les petites, ne s'était aperçu de ma bourde. Seul, Monsieur-le-Professeur, mi-figure, mi-raisin, prétendait qu'il ne m'écoutait que d'une oreille distraite, sans cela, bien sûr, il aurait relevé cette bévue.

– Alors, mademoiselle, continuèrent les enfants, vous devez dire qu'on leur a lu ce qui était écrit sur le sable.

– Oui, le roi s'en est chargé.

« Ce soir-là, en s'agenouillant, cinquante fois, selon son habitude, Saint Louis remercia Dieu d'avoir fait le bonheur de ses filles. Mais les quinze années de sursis arrivaient à leur fin.

– Ah non, ça ne peut pas finir comme ça ! Et d'abord, les amis animaux, qu'est-ce qu'ils vont devenir si Freesiane et Jasmine se marient avec Rachid et Mardochée ?

Je promis que les deux couples allaient habiter un grand territoire où ils édifieraient leurs châteaux ; ainsi la tribu des Porte-Quelque chose serait à la fois chez les uns et chez les autres.

– Ça vous va, comme ça ?

– Ça peut aller, dit Meryem, mais il y a encore cette histoire de turban jaune de Mardochée et que devaient porter les ancêtres de Myriam. Et s'ils ne le faisaient pas, ils étaient lapidés... Ça peut pas rester entre elle et moi, ça.

Monsieur-le-Professeur intervint :

– Les souverains Hafsides vont remplacer les Almohades et les brimades, les discriminations vont peu à peu disparaître.

– À jamais ?

– Seul Dieu le sait.

– C'est pas toujours sympathique l'Histoire, Monsieur-le-Professeur.

– Oui, Myriam, c'est même cruel parfois, mais beau aussi, et alors c'est superbe !

– Le plus beau de la deuxième vie de Saint Louis, mademoiselle, vous l'avez pas encore dit. Le plus beau c'est quand ils seront mariés, tous les quatre. Et nous deux, Meryem et moi, on veut savoir si Rachid et Mardochée vont dire à leur femme, comme des amoureux que nous avons entendus sur la plage : « Je t'aime plus que ma vie » ?

David, me devançant, répondit :

– Bien sûr, tous les hommes le disent à celles qu'ils épousent.

– Et ils les compareront aussi à des fleurs ?

David répondit encore pour moi :

– Ils le feront, comme le feront un jour les deux hommes qui vous aimeront toi Myriam, et toi Meryem, ils vous diront que vous êtes aussi belles que des freesias ou des jasmins.

– Et à mademoiselle ?

– Mlle Marie ? Eh bien… je crois que ses beaux cheveux sont des blés d'or dans le soleil.

Monsieur-le-Professeur n'a pu regagner Tunis sans remettre les choses à leur place. Dès son café au lait magique absorbé, après y avoir trempé ses trois petits-beurre Lu, il a emmené Meryem et Myriam sur la plage et leur a dit :

– Vous la voyez, là-bas, la barque de Jacopo votre ami le pêcheur ? Eh bien, plus au large, il y a aussi la nef *Porte-Joie*. Elle attend les restes mortels du roi de France, Louis IX. Parce que, ainsi que vous l'a dit Mlle Marie : « Il était une fois… et il n'était pas. » Donc les anges – aux ailes roses puisqu'elle y tient ! – sont venus chercher Saint Louis pour l'escorter jusqu'au navire qui le ramènera à Aigues-Mortes. De là, un carrosse le conduira à Saint-Denis. Parce que le saint roi Louis IX, on peut supposer qu'il a rêvé tout cela.

– Seulement rêvé ?

Lorsque nous nous sommes retrouvées seules, Myriam m'a dit :

– Mademoiselle, il a peut-être raison, Monsieur-le-Professeur, mais ce que vous nous avez raconté ne peut pas disparaître comme ça.

Et Meryem :

– Ça nous restera toujours dans la tête. Et dans le cœur… Et peut-être que, nous aussi, nous épouserons des princes, s'il y en a encore aujourd'hui.

De plus en plus, je m'apercevais qu'elles s'identifiaient à Freesiane et Jasmine. J'ai entendu, ce soir-là, alors qu'elles me croyaient endormie, Myriam dire à Meryem :

– Tu le crois, toi, qu'elles ont pu, tout de suite comme ça, tomber amoureuses de Rachid et de Mardochée ?

– C'est ça qu'on appelle le coup de la foudre ! Mme Hippolyta, elle jure que c'est toujours ce qui se passe quand les sentiments arrivent.

– Ils arriveront pour nous aussi ?

– Pourquoi tu serais pas comme Jasmine et moi comme Freesiane ?

David est parti aujourd'hui, le 15 décembre 1937. Et pour ne plus revenir. Il nous avait fait ses adieux hier. Il a obtenu la boîte à œufs, style Claude Monet, avec l'œuf d'autruche peint par M. P. N'ayant pu faire accepter un paiement, David a laissé, en échange, son appareil de T.S.F. et sa machine à écrire dont il a dit en riant :

– Ils ne sont pas neufs et ne prendront pas de valeur en vieillissant, ce qui ne sera pas le cas de votre œuvre, à voir la montée vertigineuse de la collection de mon père !

Monsieur-le-Professeur et peintre du dimanche s'est contenté de sourire, mais il ne paraissait pas mécontent de cette remarque. À mes filles, David a offert deux énormes boîtes de chocolats avec un petit mot : « Ne les mangez pas tous d'un coup et promettez-moi d'être sages avec Mlle Marie. »

À moi, il a donné des fleurs. Des roses blanches. La carte qui les accompagnait m'assurait qu'il n'oublierait pas nos bonnes et amicales conversations et que nous pourrions les continuer par correspondance. Rosario pleurait et nous a affirmé que Victoria Regina était triste. Nous l'étions tous.

La Casa Roncaldi ne sera plus la même sans David. Meryem a dit :

– Et le figuier aussi, j'en suis sûre, a de la peine parce que vous ne me croyez pas, mademoiselle, que les arbres sont…

Comme elle hésitait, Myriam a continué :

– Sont plus que des arbres ? Et vous savez comment nous l'appelons le figuier, mademoiselle ? On a d'abord essayé de dire « L'Espion », mais on a réfléchi, nous deux, que c'est vilain un espion. Alors on s'est accordé sur « Le Beau Silencieux ».

– Parce qu'il répète jamais rien de ce qu'il entend que vous dites, le dimanche soir, a conclu Meryem.

Et elles sont parties, en se racontant je ne sais quelle histoire chuchotée. Bien qu'elles aient eu des chocolats plein leurs poches, elles avaient déjà oublié David.

L'oublierai-je jamais celui, qui pour moi, faisait chanter le soleil et danser les étoiles ?

Grâce à ses relations à la Résidence, M. P. a obtenu les cartes d'identité de mes filles et l'acte certifiant que j'étais légalement tutrice de ces enfants, ce qui n'avait pas été facile. Je pouvais donc les emmener en France. J'ai attendu d'être certaine d'avoir ces documents pour annoncer à mes parents que nous passerions cet été six semaines à Paris, et aussi d'en faire part à Myriam et Meryem. Stupeur et joie délirante des deux côtés de la Méditerranée. Ma mère a pleuré, quant aux petites, elles ont pâli, terrassées par la surprise.

– Jamais, mademoiselle, jamais on n'aurait cru que c'était possible une chose pareille !

– Vous êtes bien sûre, on va toutes les trois prendre le bateau, le train et tout ?

– J'en suis sûre.

J'ai eu tort d'annoncer la chose avant le dîner : nos œufs à la coque étaient durs et les mouillettes brûlées, mais comme personne ne pensait à manger, nous nous sommes nourries de projets superbes et de mille délices à venir.

J'avais pu échanger ma couchette de seconde classe, offerte par l'État français, contre trois billets de pont. Nous y coucherions dans un fauteuil transat, couverture relevée jusqu'au menton. Et il nous faudrait emporter un couffin de nourriture. D'où, joies supplémentaires : dormir à la belle étoile, entre mer et ciel, et pique-niquer sur le pont d'un paquebot en regardant sauter les marsouins et voler les mouettes.

En levant leurs têtes, toujours très bien coiffées, et leurs yeux pétillant de joie vers mes parents, Myriam et Meryem pensaient-elles, comme moi lorsque j'étais enfant, qu'ils étaient très grands mes père et mère ? Mais avaient-elles senti combien leurs cœurs étaient plus grands encore ? Un accueil chaleureux et le cadeau des merveilles de Paris, de Versailles et d'ailleurs offert avec le plaisir évident de faire plaisir, ne pouvaient manquer de le leur dire.

Quant à moi, le présent que je reçus : la certitude de n'être plus seule, désormais, à veiller sur deux petites vies n'en fut pas moins somptueux.

Je suis bien comme toutes les mères. J'ai noté les bons mots – ou prétendument tels – de mes filles, toujours en duo. D'une farandole d'exclamations de plaisir et de cris de joie ponctués de silences admiratifs, j'extrais, dès l'entrée dans cette cuisine à la décoration murale en trompe-l'œil dont mes parents sont si fiers :

– C'est tout pareil au musée du Bardo, chez nous. Là-bas, ça s'appelle des mosaïques, et même, il y a en a aussi par terre. Mais vous ici, vous avez plus d'hirondelles.

– Celle-là, sur la hotte, elle doit avoir chaud, quand vous faites la soupe.

– C'est pour ça qu'elle part jamais en migration.

Au Louvre, devant la *Victoire de Samothrace*, lorsque mon père expliqua la statue ailée en marbre de Paros posée sur une proue de galère, trophée commémorant, on le suppose, une victoire navale, Meryem demanda timidement :

– Ce serait pas plutôt l'ange Gabriel ?

Et Myriam, péremptoire :

– L'archange ! Monsieur-le-Professeur nous l'a dit, les archanges ont de grandes, grandes ailes.

Meryem, approuvant :

– C'est parce qu'elles sont comme celles de la Victoire navale comme vous dites, que Gabriel… on l'appelle aussi Jibraïl, chez nous, a pu aller partout, chez les chrétiens, les musulmans et les juifs… Il avait des choses importantes à annoncer à tous… Nous, on sait ça.

Et face au portrait de *L'Homme au gant* du Titien, alors que je demandais à qui le modèle ressemblait :

– Mais oui ! C'est Ali, le marchand d'asperges sauvages ! Celui à qui Rosario dit toujours qu'elles sont pas fraîches pour les payer moins cher… mais, bien sûr, pas habillé pareil.

À Versailles, devant le lit de Louis XIV :

– Il y avait aussi des guides, en ce temps-là, pour montrer au roi où était sa chambre ? Parce que, sans ça, il devait pas s'y retrouver, le pauvre !

Et un soir à la maison, la dégustation d'un succulent dessert d'onctueux riz au lait, truffé de fruits confits qui les avait enthousiasmées, offrit à ma mère un remerciement qui la ravit :

– Vous le saviez, Mamy, que Dieu est aussi dans les marmites ?

– C'est celle que vous appelez sainte Thérèse d'Avila qui dit ça.

– Rosario le répète tout le temps.

– Même, quand elle croit qu'elle a raté son tagine ou son gâteau, elle dit : « Hé le Seigneur il a dû aller manger ailleurs aujourd'hui ! »

Et mon père conclut :

– Si, en souvenir de votre visite à Paris, vous appeliez enfin ma fille non plus mademoiselle, mais Marie ?

Hippolyta nous a photographiées toutes trois avec le petit Kodak que mes parents m'ont offert pour mes vingt-neuf ans. Mes filles en ont seize. Et nos jasmins atteignent le toit de la maison.

Toujours devant la grille de la Casa Roncaldi, comme au temps de David, mais avec moi en plus. Doigts-de-Fée a insisté : « Il n'y a aucune photo de vous ensemble. » Je suis au milieu, Myriam à ma droite, Meryem à ma gauche. J'ai mes bras autour de leurs épaules. Nous sommes, à un ou deux centimètres près, de la même taille, entre 1m 68 et 1m 70.

Les petites sont sveltes et je suis maigre. Elles sont belles et je ne le suis pas, bien que dans mon mieux, parce que l'été m'est favorable, le hâle efface le brouillé de mon teint ; bien sûr cela ne se voit pas ici. On ne peut pas non plus apprécier, dans tous ces noirs, gris, ou blancs de l'image, les belles carnations de mes enfants : la peau rosée de Myriam, celle un peu plus ambrée de Meryem et leur aspect pulpeux de beaux fruits. L'ovale de leur visage s'est affiné, leurs traits aussi. Elles ont, chacune, un joli petit nez. Leurs regards pétillent plus que jamais et elles vous le plantent droit dans les yeux, sans effronterie.

Mais ce qui les caractérise d'emblée, c'est leur vitalité. Elles sont *vivantes* avec joie, gaieté, enthousiasme. Toutefois, cette ardeur à vivre n'exclut pas, par moments, comme dans un temps de repos, une certaine langueur d'attitude qui leur donne un charme supplémentaire. Ce que cette photo laisse voir, en revanche, c'est leur simplicité sans aucune trace jamais d'affectation. Elles ont autant de naturel que les oiseaux dans le ciel et il m'arrive, lorsque je les vois courir, de croire qu'elles vont s'envoler.

Nous n'avons, en commun, que la beauté de nos cheveux. Meryem a voulu du henné sur les siens. Ils sont d'un ton d'écorce de châtaigne éblouissant, Myriam les a gardés d'un noir intense. Des miens, David avait dit, un jour, qu'ils étaient l'or des blés sous le soleil.

Meryem, un peu songeuse, m'a demandé, en regardant cette photo : « Est-ce que vous pensez, Marie, que nous avons de la personnalité ? »

Myriam a répondu avant moi : « Notre personnalité c'est d'être nous trois ensemble. »

Nous avons reçu une bonne lettre de David. Il semble qu'il ne nous oublie pas. Et le lendemain est arrivée une petite boîte contenant des boutons d'uniformes américains. Les filles en ont sauté de joie.

Nous étions encore dans le bonheur de la belle réussite de Myriam et Meryem au brevet d'enseignement primaire supérieur. Et avec la double mention « Très bien ». Nous fêtions ces succès en pique-niques presque quotidiens sur les plages de la Marsa. Mon père et ma mère avaient envoyé un beau mandat à mes filles, ce qui nous permettait de prendre chaque semaine le train électrique et d'emporter, en plus de notre ordinaire de pain, œufs durs et tomates, des gâteaux que nous achetions à la belle Pâtisserie Royale.

Nous partions par le premier train et rentrions par le dernier, sel sur nos joues, sable dans nos espadrilles. Nous faisions un arrêt – non officiellement autorisé par Victoria Regina, mais toléré – dans la buanderie-salle d'eau de la Casa Roncaldi où nous laissions sel et sable.

Alors que nous en sortions un soir, M. P. se précipita vers nous. Il venait d'écouter Radio-Tunis. La France avait déclaré la guerre à l'Allemagne nazie. Il était encore plus pâle qu'à l'accoutumée en nous disant :

– Mes enfants, c'est la guerre ! Et je ne suis qu'un vieux schnock qui ne pourra rien faire pour son pays !

Il ajouta qu'à son avis nous n'étions pas prêts à nous engager dans un tel conflit alors que l'armée allemande était redoutable. Et il en aurait dit encore plus s'il ne s'était soudain rendu compte qu'il parlait à trois femmes que la frayeur rendait muettes. Il nous invita à aller prendre un verre d'orgeat chez lui pour le lever à la gloire de la France. Hippolyta nous rejoignit. Elle trinqua avec nous à la mort de Mussolini. M. P. avait sur son bureau un coupe-papier très effilé, elle s'en empara et le planta dans le bois du meuble en criant : « Si j'étais un homme, voilà comment je le tuerais ! » M. P. retira la lame enfoncée dans le bel acajou et ne dit rien. Ce à quoi nous pouvions mesurer combien il était accablé par les événements. Je tentai de calmer Doigts-de-Fée, j'avançai que l'on ne pouvait savoir encore ce que ferait l'Italie. Elle me lança ce que nous appelions son regard supérieur qui, en temps de paix, était réservé lorsqu'elle parlait de la grande Elsa ou de la sublime Jeanne, aux pauvres ignorants de ce qu'était la Haute Couture, et affirma :

– Moi, je le sais ! Vous oubliez toutes les tables où je mange, chez mes clientes. Ces gens, des notables, ne se gênent pas devant moi et comme je ne suis pas sourde je les entends les « Tunisia nostra ». Et vous comprenez bien que c'est avec les Allemands qu'ils l'auront, notre pays, les fascistes.

Mes parents se félicitaient que je sois si loin de la France, tant la Tunisie leur paraissait devoir être tenue hors du conflit. Et je me gardais bien de leur écrire à quel rythme nous arrivaient d'importantes forces armées françaises pour parer à toute attaque de l'Italie aux confins de la Tunisie et de la Libye.

Beaucoup d'instituteurs étaient mobilisés. On se débrouillait comme on le pouvait dans les écoles. Dans la nôtre, où il n'y avait pas d'hommes à appeler sous les drapeaux, il y eut pourtant une vacance. L'une de mes collègues, très malade, dut prendre un congé indéterminé. Mme la directrice me convoqua, toujours à 7 h 45 du matin. L'Europe pouvait être en guerre, rien ne changeait ici. Sauf qu'il manquait une institutrice. Et j'entendis :

– Laquelle de vos filles voudrait venir faire un remplacement ?

– Mais elles n'ont que le B.E.P.S. !

– Avec mention Très Bien.

– Certes ! Toutefois…

– Mademoiselle, à la guerre comme à la guerre, nous n'avons pas le choix. Que l'une ou l'autre se présente demain à mon bureau. Je la mettrai au courant.

Je m'entendis répondre :

– Je vous enverrai Meryem et Myriam. La classe de cette pauvre Mme Lebas est surchargée, que diriez-vous d'une paire de stagiaires ? À elles deux, elles feront peut-être une institutrice ?

– Au point où nous en sommes, pourquoi pas ?

En longeant le couloir menant à la sortie, je regardai le parterre qu'avait si souvent lavé la femme de ménage. Je m'arrêtai un instant et murmurai : « Qu'est-ce que tu dis de ça, Messaouda ? Elles sont in-sti-tu-trices nos filles ! »

Je revis dans leurs yeux la même incrédulité traversée d'étincelles de joie qu'en ce fameux jour où elles avaient su qu'elles habiteraient chez moi. « Vous en êtes sûre, Marie, ce n'est pas une blague… quand on pense que c'est Mme la directrice qui veut ça ! » Et encore : « Tu te le rappelles, Meryem, quand nous avions sept ans et que nous lui avons dit : Madame, nous voulons apprendre, pour passer le certificat d'études », et que toi, tu lui as presque crié : « Et aussi pour devenir maîtresse d'école ! » Elle en est restée bleue.

Elles en arrivèrent, tout à coup, au « Comment nous habillerons-nous ? ».

– Mme Fleury n'aime ni les tissus à fleurs, ni les frous-

frous. Il nous faut rallonger nos robes de toile bleu marine, ça fera plus sérieux. Et la coiffure, il faut aussi y penser.

Laquelle donnerait à leur visage si jeune un ou deux ans de plus ? Elles en essayèrent plusieurs et adoptèrent, sur mon conseil, l'une sa natte massée sur la nuque en une espèce de chignon, l'autre sa tresse en auréole autour de sa tête.

– Pourquoi pas nous deux pareilles ?

– Parce que Mme la directrice n'apprécierait pas d'engager des Dolly Sisters[1].

Elles riaient, éblouies par cette chance qui leur arrivait. Je leur rappelai qu'elles la devaient à une guerre qui commençait à peine et serait peut-être longue et meurtrière. Elles cessèrent leurs exubérances mais ne purent éteindre le feu de leurs yeux.

Il était à peine cinq heures, un matin, lorsque nous fûmes réveillées par une Rosario affolée.

– Elle ne bouge plus. Elle est comme morte !

Elle l'était, en effet. Victoria Regina s'était éteinte dans son sommeil. Et Rosario ne cessait de répéter :

– Si M. David il avait été là, il l'aurait empêchée de mourir. Il l'obligeait à les prendre, ses médecines. Avec moi, quand je lui disais : « N'oubliez pas les pilules », « Calla te[2] » qu'elle me répondait. Et voilà ! Morte ! Elle est morte la patronne.

On entendait ses sanglots jusque chez Belkacem.

1. Célèbres chanteuses et danseuses jumelles.

2. « Tais-toi ».

Les émotions passées, M. P. fut le premier à rappeler que c'était notre propriétaire qui venait de nous quitter. Et qui serait son héritier ? Et continuerait-il à louer les appartements de cette grande baraque ?

Il n'y eut pas d'héritier. Mais une héritière. Rosario, qu'un clerc de notaire vint voir, fut, soudain, chez elle, Casa Roncaldi. Victoria Regina lui laissait tout : maison et compte en banque. L'Espagnole en fut stupéfaite. Il fallut que Monsieur-le-Professeur, qui lui avait toujours paru détenir les vérités, lui confirmât qu'elle était bien, désormais, pro-pri-é-taire ici. Mais elle ne cessait de répéter : « Et pourquoi elle a fait ça ? Pourquoi elle a tout donné à une misérable comme moi ? » M. P. lui répondit : « Précisément parce que vous n'aviez rien ! » Mais elle restait incrédule.

Un matin où nous partions, mes filles et moi, pour l'école, nous vîmes Rosario, dans la cour, plantée devant le figuier. Elle nous demanda : « Lui aussi, l'arbre, il est à moi ? J'aurais jamais cru en avoir un, un jour ! Et surtout celui-là qu'il en a tant entendu de belles choses que vous dites tous sous lui. »

La santé de Mme Lebas, l'institutrice malade, ne s'améliorait pas. Myriam et Meryem continuaient leur remplacement dans une joie qu'elles essayaient de tempérer mais qui fusait, par moments, et éclairait le sombre des jours que nous vivions.

La guerre nous avait amené à Tunis beaucoup trop – pour ma tranquillité – de militaires. On ne voyait qu'eux dans les rues, les cafés, les cinémas et ils regardaient et admiraient mes filles. Comme j'en parlais à M. P., il sourit en me disant qu'elles avaient seize ans et que je ne pouvais pas continuer à les voir sauter à la corde. Par chance, elles sortaient peu et nous ne manquions pas de distractions Casa Roncaldi que Rosario ne débaptiserait jamais, en souvenir de sa chère Victoria Regina. Et ce souvenir, elle nous en octroyait au moins une parcelle chaque jour :

– Son Vincenzo, Mlle Marie, ça, c'était un homme ! Il était cocher du gouverneur de Malte, à La Valette, et elle, lingère. Un jour il lui a dit qu'il en avait assez qu'elle s'occupe des chemises de cet Anglais. Il voulait qu'elle lui entretienne les siennes. « Mais, qu'elle lui a dit, Vincenzo, des chemises tu en as pas. » « Non. Mais j'ai du bien. » « Alors, si tu as du bien, pourquoi tu n'as pas de chemises ? » « Hé ! C'est pour ça que j'ai du bien, parce que je ne le dépense pas en chemises ! »

« Et, quand ils ont été mariés, il a voulu venir ici, à Tunis. Et elle lui disait : « Pourquoi Tunis ? » « Parce que là-bas ils sont chez eux, les Maltais, et tous cochers. Et moi, j'aurai un fiacre à moi et deux chevaux, un pour faire le transport le jour et un autre pour la nuit. » « Et quand tu pourras dormir ? » « Si on dort, c'est les autres qui la font, la fortune, moi je dormirai pas. » « Alors tu mourras qu'elle lui a dit. »

« Et le malheureux Vincenzo, c'est pour ça qu'il est parti à peine à quarante ans, parce qu'il s'était trop fatigué. Pauvre d'elle, toujours elle me disait que sa vie elle était finie le jour où elle l'a perdu, son mari qu'elle aimait tant. Et tout ça qu'il avait gagné en suant le sang, le Vincenzo, c'est moi qui l'ai maintenant ! Ah ! Le bon Dieu, Il arrange les choses à sa manière... Des fois, Mlle Marie, je me réveille la nuit et je crois entendre les six chevaux qui tapaient du sabot – là où Belkacem il met ses légumes maintenant – et je me dis qu'ils vont tirer des fiacres et remplir des sacs d'argent qui seront un jour à moi. Qu'est-ce que vous en dites de tout ça ?

Hippolyta écoutait rarement Rosario, toute à sa rage antifasciste. En fait, elle n'entendait plus personne.

Elle avait confectionné deux pelotes à épingles en tissu blanc. Elle avait tracé à l'encre, sur l'une la mèche de cheveux et la moustache de Hitler, sur l'autre – assez maladroitement d'ailleurs – les traits impérieux de Mussolini. Et chaque fois qu'elle y enfonçait aiguilles et épingles, elle murmurait « Je te tue ! », ajoutant que Dieu, à force de l'entendre, l'exaucerait bien un jour ou l'autre.

Lorsque, le 10 juin 1940, l'Italie se rangea aux côtés de l'Allemagne, on la vit habillée de noir, et on entendit : « Je suis en deuil de l'honneur italien. » Elle continuait, plus que jamais, à planter avec rage aiguilles et épingles dans le Führer et le Duce, affirmant, d'un air mystérieux, qu'elle savait qu'ils mourraient tous deux honteusement.

Un jeudi matin, nous sommes entrées chez Belkacem, mes filles et moi, pour nous approvisionner en fruits et légumes. Surprise ! Nous avons été reçues par un jeune homme d'une quinzaine d'années qui, tout souriant, était prêt à nous servir. Il s'appelle Selim et il est désormais le vendeur de notre vieil ami. Sa façon de me regarder, à la fois un peu moqueuse et complice, m'intriguait. Belkacem est arrivé et a demandé à Meryem si je reconnaissais Selim. L'avais-je donc connu ?

– Oui, me répondit Myriam. Il paraît qu'un jour vous lui avez donné une ombrelle.

Mon ombrelle japonaise, aux chrysanthèmes peints sur papier huilé ! Ce beau jeune homme était le petit mendiant que j'avais vu s'éloigner dans un coucher de soleil, en faisant tournoyer au-dessus de sa tête ce qui avait remplacé le casque colonial si cher à ma mère. Je dis à Meryem :

– Demande-lui ce qu'il en a fait.

Et elle me traduisit : « Il l'a échangée contre des vêtements, et surtout une belle *kachabia*[1]. Quand il a été bien habillé, il a trouvé du travail. Et comme il voulait vous remercier, il venait jusqu'ici, mais n'osait pas vous aborder. Et, un jour, Belkacem lui a demandé pourquoi il regardait si souvent la Casa Roncaldi. Ils ont discuté, de beaucoup de choses, ils ont fini par s'entendre. Maintenant, c'est Selim qui va, à la fin de la nuit, chercher les légumes hors la ville et vend aussi au magasin. »

1. « Pèlerine descendant jusqu'au bas du dos ».

David, comme M. P., avait fait installer à ses frais une douche et diverses commodités dans son appartement. Après son départ, Victoria Regina augmenta le loyer de ces deux pièces et dépendances si confortables. Cela expliquait sans doute qu'elles n'aient pas encore été louées.

Par un triste matin où, toujours sans nouvelles de mes parents, je m'inquiétais de plus en plus, chaque jour nous apportant de si dramatiques échos de la situation en France, une surprise : l'appartement de David était occupé et M. P. à l'origine de l'événement ! Nous avions souvent entendu parler de son collègue et ami, professeur d'histoire lui aussi, mais de celle de l'Islam et du monde arabe. Et c'était ce Tunisois musulman qui prenait la suite de l'Américain.

Notre vieux voisin était rayonnant, au point même d'en oublier pendant quelques heures le massacre de notre flotte à Mers el-Kébir appris la veille et sur lequel nous avions pleuré tous deux.

Rosario avait agréé le confrère de Monsieur-le-Professeur avec déférence. N'enseignait-il pas au prestigieux collège Sadiki également ? Et M. P. avait su ajouter, comme ça, en passant, qu'a chaque déjeuner où il avait été convié chez M. le Résident général, son collègue avait eu l'honneur de l'être également.

Il nous fut expliqué qu'Idriss Ben Khadra avait perdu sa femme l'an dernier. Et voilà que maintenant Aïcha, qui s'occupait si bien de sa trop grande maison, se mariait et partait pour Gabès. Au cours des repas de midi que prenaient désormais ensemble les deux amis, avait été évoqué le charme vieillot de la Casa Roncaldi, sa maternelle propriétaire, ses locataires si bienveillants entre eux. Et jusqu'au figuier complice de tant de bonnes conversations sous les étoiles. M. le Professeur d'histoire de l'Islam et du monde arabe avait été séduit.

Belkacem inaugura l'accueil au nouveau venu par l'offrande de ses plus belles oranges. Hippolyta, ayant appris que le successeur de David fumait, le gratifia d'une boîte de cigares. Peut-être les mêmes que ceux dont elle approvisionnait ses Alberto et Marcello. Mes filles et moi ajoutâmes à ces présents de bienvenue un modeste bouquet de roses et de jasmin. Tout cela fut déposé devant la porte de M. Idriss Ben Khadra, personne n'ayant osé le déranger pendant qu'il s'installait. Nous l'avions aperçu traversant la cour escorté des déménageurs lui livrant son mobilier – il n'avait pas voulu de celui de Victoria Regina –, et sa prestance, son élégance nous avaient impressionnées. Hippolyta, subjuguée, lui décerna même de la « dignité romantique », ce qui était pour elle la suprême distinction.

De même âge, nos deux professeurs étaient en fin de carrière. Étienne, de Giverny, vivait ses dernières années d'enseignement, le dos rond et la démarche incertaine ;

Idriss, de Tunis, était droit et haut dressé du pas ferme de celui qui a confiance en son équilibre et ne redoute aucun obstacle.

Nous n'avions pas osé non plus trop regarder, au passage, ce qui allait emplir les deux pièces. Rosario nous renseigna sur le nombre des tapis, des tentures, des coussins. « Si vous saviez ! Il a encore plus de livres que Monsieur-le-Professeur, toutes les étagères qu'avait fait faire M. David pour ses choses scientifiques, ça suffira pas. Y en a des caisses et des caisses dans *ma* cour. »

Pour la première fois nous l'entendions employer ce pronom possessif. Elle s'y faisait enfin à sa richesse ! Richesse dont M. P. nous avait dit qu'elle n'était guère aussi importante qu'on aurait cru, mais n'en paraissait pas moins énorme à Rosario.

En remerciement de notre accueil, M. Idriss nous offrit quelques jours plus tard, un dimanche soir de septembre, sous le figuier, du thé et des makrouds, avec une courtoisie un rien distante. Il ne serait pas facile de faire, très vite, de ce nouveau voisin un nouvel ami. J'augurai des litres et des litres de thé vert à la menthe à prendre ensemble avant d'y parvenir.

Revenues chez nous, Myriam, Meryem et moi, je fis du café, ou ce qui s'en approchait. Nous voulions prolonger cette soirée pour tenter d'oublier ce qui nous avait toutes trois bouleversées : la France, croyait-on, venait de prendre des mesures contre les Juifs. Une loi leur interdisait d'exercer, entre autres fonctions publiques, celle d'enseignant. Et les Israélites d'Algérie étaient, disait-on aussi, déchus de la nationalité française. Qu'en serait-il de ceux de Tunisie ?

Notre nouveau Résident général, l'amiral Esteva, nommé par Vichy, allait-il appliquer ici les lois scélérates du gouvernement du maréchal Pétain ? Il circulait beaucoup de rumeurs non fondées, une espérance était encore possible. N'était certaine, pour le moment, que la disparition de notre protection en haut lieu. M. P. ne connaissait pas celui dont nous dépendions désormais et n'aurait jamais plus l'honneur d'être invité à la Résidence. « Ne serait-ce que pour y boire un verre d'eau ! », affirmait-il, mi-riant mi-contrit.

Pour bavarder une heure ou deux ensemble, nous nous installions sur mon grand lit de cuivre, mes filles au pied, moi à la tête. Elles assises en tailleur, adossées à des coussins atténuant la dureté des barreaux, moi jambes croisées aussi et calée dans mes oreillers, ce qui, disaient les petites, me couronnait de cette espèce de tiare dorée glorifiant le plus haut montant de ma royale couche. M. P. m'assurait que ce meuble-là avait dû orner un harem ou la chambre d'une hétaïre de haut vol. Hippolyta était prête à jurer aussi que je dormais sur ce qui avait dû servir « aux ébats d'une créature… si vous voyez ce que je veux dire ».

Quoi qu'il en soit, nous avions changé, Myriam, Meryem et moi, le cours du destin, peut-être galant, de ce lit. C'était, deux à son pied, une à sa tête, que nous avions fêté, au soir de leur première journée d'enseignantes, la promotion de mes filles et notre tutoiement. Nous étions collègues maintenant. Beau souvenir que ces instants où, en buvant notre café bien chaud, nous avions fait mille projets nous échauffant encore un peu plus. Était-il possible que, demain, Myriam fût privée de cette joie dont elle débordait depuis ce soir-là ? La peur grandissait en moi. Qu'était mon inquiétude de jadis à la pensée d'une mention au certificat d'études qui eût plus avantagé l'une que l'autre ? Qu'était-ce auprès de ce qui guettait l'une d'elles aujourd'hui ? Je n'avais, me semblait-il, jamais eu peur à ce point, jamais ressenti un tel effroi. M'efforçant à l'enjouement, je parvins à dire :

– Mes chéries, vous le savez aussi bien que moi, nous sommes assourdies par tant de faux bruits ! Essayons d'oublier tout ça, demain, il fera jour, comme dit Rosario. Parlons plutôt de l'impression que vous a faite M. Idriss.

Il leur paraissait ressembler à Hârûn al-Rashîd[1], commandeur des croyants et calife de Bagdad dont nous venions, toutes trois, de lire une biographie, prêtée par M. P. J'avoue que moi aussi, pendant tout le temps où j'avais dégusté mon thé à la menthe, j'avais rêvé qu'il m'était offert par le Maître de l'immense empire islamique de l'époque – Tunisie comprise –, le vainqueur des descendants d'Alexandre et des Césars.

Certes, nous avions de l'imagination, mais qu'elle était bienvenue en ces temps d'angoisse ! Le Coran interdisant la représentation humaine, nous avions dû nous contenter de lire que cet astre de gloire, à comparer pour le moins au Roi-Soleil, était haut de taille, svelte, élégant, d'un maintien plein de noblesse, blanc de teint, noir de barbe. Exac-

1. Cinquième calife abbasside, 768-809. Dynastie instaurée par Aboul-Abbas en 749.

tement tel que nous apparaissait celui qui, assis sous le figuier, en face de nous, écoutait les imprécations d'Hippolyta contre Mussolini, comme le Calife de Bagdad devait écouter son bouffon. S'ajoutait à l'illusion, le costume européen très sombre de M. Idriss, évoquant l'uniforme noir des Abbassides. Une seule correction à apporter à cette ressemblance supposée des deux hommes : la barbe du nouvel hôte de la Casa Roncaldi était poivre et sel. Ce qui, d'ailleurs, remarqua Meryem, avait bien dû arriver aussi, un jour ou l'autre, à Hârûn le Magnifique. Ce fut elle, oubliant un instant son inquiétude – du moins l'espérai-je – qui ajouta :

– Je pense que les élèves de M. Idriss doivent l'aimer et le redouter à la fois. Je le vois très bien disant doucement, suavement même, à l'un d'eux qu'il est un imbécile, tout comme je l'imagine devant une copie parfaite le qualifiant d'un sec « Très bien », mais accompagné d'un regard qui en dit beaucoup plus. Pour moi, il a la cruauté doucereuse et l'admiration abrupte.

– Je le vois plutôt, interrompit Meryem, comme Hârûn al-Rashîd, tempêtant lorsqu'il n'est pas content ou ému à l'extrême devant un beau poème.

Quant à moi, je l'imaginais, ou mieux, l'entendais faire un cours magistral à la Ibn Khaldoun [1], indifférent presque à son auditoire, tout entier au sujet qu'il développait, plus peut-être pour son plaisir même que pour ses élèves.

– Avez-vous senti combien, lorsqu'il parle, il semble écouter une voix intérieure ?

---

1. Illustre historien arabe.

Nous convînmes que notre voisin, diplômé de l'Université du Caire et de celle de la Sorbonne, avait une grande supériorité sur Hârûn al-Rachîd : sa formation intellectuelle qui associait l'esprit oriental à l'occidental.

Un geste de M. le Professeur d'histoire de l'Islam nous avait ravies toutes trois : par deux fois il avait respiré le petit bouquet de jasmin qui ornait sa boutonnière. Mais nous déplorions qu'Hippolyta lui en ait fait la remarque aussi stupide que déplacée. « C'est bien vrai que vous, les Tunisiens musulmans, vous êtes doux comme des femmes, il vous faut aussi du parfum. » Imbécillité que ne releva pas M. Idriss. Nous admirâmes qu'il n'en haussât pas les épaules. Il se contenta d'abaisser ses paupières pour cacher, pensais-je, une lueur assassine bien méritée par cette sotte.

Et pour prolonger encore la soirée – je redoutais de plus en plus le moment où Myriam serait seule avec ses terreurs – je dis, m'efforçant à la gaieté :

– Puisque nous sommes dans les portraits, faites-moi donc celui de Doigts-de-Fée en moins de dix à douze mots.

Fusèrent en même temps, et dans deux rires, de Myriam : « Éternelle victime de l'amour ! », et de Meryem : « Mieux vaut une passion malheureuse que pas de passion du tout[1]. »

L'espace d'une seconde, j'oubliai nos angoisses. Mes filles pensaient à l'amour ! Nous n'en parlions jamais ensemble, mais entre elles ? Je les regardai et me jugeai aussi sotte que notre Hippolyta. Jeunes, belles, débordantes

1. Stendhal.

de vitalité, c'était, bien sûr, à ce mystère auréolé de merveilleux qu'elles rêvaient avant tout.

J'avais surpris les regards que leur lançaient les hommes dans la rue. Je n'avais pas remarqué si elles les leur rendaient.

J'étais certaine que Meryem endormie, Myriam viendrait me parler. Elle ne vint pas. Elle avait compris que je ne lui serais d'aucun secours contre ce que la France de Vichy nous imposerait.

Le lendemain, alors que nous partions pour l'école, il nous fut offert un divertissement des plus inattendus. Il se jouait sous le figuier avec, en sourdine, la petite musique de la flûte de Selim. Décor : quatre grands et vieux couffins débordant des objets les plus hétéroclites. Marmites et casseroles en terre cuite, corde – peut-être à linge ? –, pendule, timbales d'étain, vêtements divers et parapluies. Acteurs : trois personnages. Un grand vieillard décharné, une petite fille dans les dix ou douze ans, très pauvrement vêtue et Rosario en prima donna, tenant toute la scène, s'agitant de droite et de gauche entre les îlots-couffins dans un rôle de matrone à la fois stupéfaite, accablée par le destin et décidée pourtant à repousser, de toutes ses forces, ce sort contraire. Elle m'interpella, alors que nous étions déjà arrivées à la grille.

– Mlle Marie, venez voir ce qui m'arrive. Regardez-les ces deux-là. Lui, on l'a toujours appelé chez nous *el Canario*[1], parce qu'il chantait bien. Elle, la petite, c'est Asun-

1. « Le canari ».

ción. Ils arrivent de Sfax, comme ça, pour vivre ici, *chez moi !* Et ils veulent pas repartir. Il dit, l'*aouelo*[1], qu'on est du même sang et que le bon Dieu veut que je les reçoive. Le même sang ! La parenté elle est si lointaine que ce sang-là c'est de l'eau à peine un peu rougie… Alors, comment je vais m'en sortir de tout ça ?

Il ne paraissait pas y avoir de répliques prévues pour les deux intrus. Ils se taisaient. Calmes, presque souriants sous la pluie de cris de notre propriétaire qui hurlait à en éteindre la douce et tendre chanson de Selim.

Que répondre ? Et nous étions en retard.

Au retour, à l'heure du déjeuner, le rideau était tombé, le décor enlevé, les personnages dans les coulisses et la majesté du figuier récupérée. Pour que nous puissions l'écouter, sans avoir à nous préoccuper de notre repas, Rosario nous avait apporté de l'*arroz con poyo*[2]. Elle prit une chaise, soupira et nous raconta.

Le tam-tam espagnol avait retenti de Tunis à Sfax où Canario « était dans les poulpes ». Ceux de là-bas sont célèbres et le cousin de cousins en pêchait. Il faut savoir que battus et battus encore, c'est presque aussi bon que du homard, enfin… à ce qu'on dit. La petite Asunción, elle, ramassait, au bord de l'eau, le liège tombé des chalands qui le transportent et que la mer donne, comme ça, en cadeau aux pauvres. Ça faisait quelques sous en plus. Mais le Canario est tombé malade. Plus de poulpes à pêcher, à battre, à faire sécher et à vendre.

1. « Le grand-père ».
2. « Riz au poulet ».

– Mlle Marie ! Et moi, qu'est-ce que je dois faire de ces deux-là ? Hé, je les ai nourris, pauvres d'eux... Mais vous croyez que ça se fait de tomber comme ça chez les gens ? La petite Asunción a treize ans, qui le croirait à la voir si maigre qu'un coup de vent et elle s'envole ! Ça m'a rappelé mon arrivée ici. J'avais le même âge que cette niña et Mme Victoria m'a acceptée. Alors ? Et si c'était elle qui veut me faire comprendre que je dois remercier le bon Dieu, comme ça, en les gardant ici ces deux misérables, maintenant que, moi, je suis riche ?

Hier, j'ai confié à M. P. : « Contrairement à ce que je pensais à notre première rencontre, je trouve M. Idriss bien amical. On en oublierait presque, lorsque l'on bavarde avec lui, que la France occupe son pays. »

Notre cher professeur m'a répondu : « Il vous dira peut-être un jour, comme il me l'a dit : "Lorsque la situation était inversée, du temps où l'Espagne était aux Arabes, la cohabitation des deux peuples était aussi facile qu'elle l'est ici." Ce qui, historiquement, est vrai. »

Myriam et Meryem ont assisté à cette conversation. Elles ont écouté, sans rien dire. Que pensent-elles de ce protectorat français ? Je suis sûre qu'elles ont leur opinion là-dessus, mais l'affection et la reconnaissance qu'elles me portent les empêchent de l'exprimer.

Le Bey a ratifié la loi de Vichy, interdisant aux Juifs de Tunisie d'enseigner. Que pouvait-il faire d'autre devant l'autorité du nouveau Résident général, sinon piquer une de ses célèbres et terribles colères ?

J'ai pensé à David. Pour la première fois je me suis réjouie qu'il ne soit plus ici. En tant qu'Américain bien sûr, mais surtout Juif, que lui aurait-on fait ?

Notre directrice a convoqué Myriam dans son bureau. En pleine matinée ! Preuve qu'elle n'en était plus, dans l'émoi de son cœur, à nous imposer son 7 h 45. Elle avait les larmes aux yeux en priant mon enfant de ne plus franchir la porte de l'école. J'ai dû, moi aussi, peu après, venir la voir. Elle m'a accueillie en disant :

– Votre jeune fille a été d'un sang-froid et d'une dignité admirables en recevant cette gifle.

Il paraît que Meryem lui a déclaré ensuite :

– Madame, si la France ne veut pas de ma sœur, enseignante juive, elle n'aura pas non plus l'Arabe que je suis.

Et on me demandait d'inciter ma seconde fille à changer d'avis. J'ai essayé. Aidée par Myriam. Sans résultat. Et ce soir, sous le figuier, MM. les professeurs se sont joints à nous. Ils ont réussi là où j'avais échoué. Avec un programme, mijoté au feu de leur grande amitié, ils ont su consoler Myriam et désarmer Meryem. Vu leur âge, ont-ils prétendu, ils se fatiguaient vite. Il leur fallait une secrétaire qui les aiderait dans la préparation de leurs cours et les dactylographierait. Ils offraient à Myriam la machine à écrire laissée ici par David, et une petite rémunération pour le travail. Qu'en pensait-elle ? Joyeuse, excitée, elle répondit que pour une Juive rejetée par Vichy, c'était une superbe revanche d'être engagée par un Tunisien musulman et un Français catholique. J'avais envie de les embrasser, MM. les professeurs. Je n'osai pas. Meryem osa.

Grâce à Belkacem et à Selim, nous ne souffrions pas trop des restrictions. Bien sûr, plus de lait magique. Le remplaçait ce que Rosario appelait le « café du pauvre », quatre quarts de chicorée. Et, parfois, nous avions de petits plaisirs, une guirlande de figues sèches que les filles essayaient d'abord en collier, puis mâchaient, lentement pour en extraire tout le miel, ou un bouquet de dattes, les « doigts du Prophète », comme disait Belkacem. Il faisait déjà froid en novembre et Rosario ouvrant la porte de sa cuisine nous offrait le bon feu de sa cheminée. Souvent, on organisait une veillée où chacun apportait son petit lot d'informations glanées ici ou là, histoires drôles ou anecdotes divertissantes. Seules les mauvaises nouvelles étaient interdites pendant ce moment de détente. Il en fut une, pourtant, qui ne put être étouffée : l'arrivée des Allemands à Tunis !

Au matin du 9 novembre, la Casa Roncaldi s'était éveillée dans un bruit de bottes. Volets entrebâillés, nous découvrions les uniformes verts. Mitraillette au poing, les soldats de la Wehrmacht patrouillaient dans notre rue comme ils devaient le faire par toute la ville. Le 10 novembre, autre surprise : l'armée française s'en allait. Vers l'Algérie, disait-on. Seul, Canario osa poser la question qui brûlait nos lèvres :

– Et où elle est, maintenant, la protection du Protectorat français ?

– Partie, murmura M. P. sans oser lever les yeux vers le pêcheur de poulpes.

Dès lors, ce ne fut plus seulement la cuisine de Rosario qui nous accueillit, mais sa cave. Les bombardements des

Alliés étaient incessants et nous gagnions, dès l'alerte, les sous-sols de la Casa Roncaldi. Plus encore que les bombes, m'inquiétaient les autres mesures que les Allemands allaient prendre à l'encontre de la population juive.

Hier, Meryem m'a dit, pendant que Myriam travaillait avec M. P. :

– Tu te la rappelles, Marie, cette scène atroce, à la fin du roman *Salammbô*, lorsqu'un homme, avec son couteau, arrache le cœur de Mâtho ? Je pense à ça chaque fois que j'entends ce qui va arracher aussi le cœur de Myriam. À commencer par ce que disent ceux de Vichy, qui accusent le judaïsme d'être responsable de la guerre et de ses malheurs, jusqu'à la propagande nazie qui affirme – et en arabe ! – que les ennemis, ceux qu'il faut exterminer en même temps que les Américains du Nord et les Britanniques, ce sont les Juifs !

– Te parle-t-elle de tout ça ?

– Elle ne dit rien. Mais elle est si angoissée, si douloureuse. Hier elle a ouvert cette vieille boîte à chaussures que nous appelions, autrefois, notre coffre aux choses précieuses, tu t'en souviens ? Nous y rangions nos coquillages et nos jolis papiers de bonbons venus de France… et j'ai vu là cette petite fiche jaune de l'état civil qui dit qu'elle est juive.

Tous s'apercevaient de la tristesse de Myriam et, lorsque l'un de nous parvenait à la faire sourire, même notre figuier en paraissait lui aussi plus heureux. Mais c'était Selim qui réussissait à la faire rire. De ce rire si joyeux d'autrefois dont je m'apercevais, en ces jours tristes, combien il avait embelli ma vie, ce rire qui brillait autant qu'une étoile.

Nous savions tous que les Allemands n'arrivaient pas à distinguer les Tunisois juifs des Tunisois musulmans. Ce qui, disait-on, mettait en rage von Rahn, le ministre plénipotentiaire du Reich à Tunis.

Au temps de sa grande misère, Selim avait été l'ami d'Aaron. Ils avaient ciré des chaussures ensemble. Le retrouvant un jour, prêt à être enrôlé pour le travail obligatoire imposé à tous les jeunes Juifs par l'occupant, il le fit embaucher par Belkacem comme second vendeur. Vêtu d'une djellaba, coiffé d'une chéchia, fleur à l'oreille et babouches aux pieds, il devint Mohammed. Un Mohammed d'une courtoisie, d'une affabilité appréciées par les soldats de la Wehrmacht qui avaient ordre de ménager les musulmans.

Meryem traduisit ce que Selim venait nous conter : les exploits d'Aaron, ses virevoltes entre les sacs de légumes secs, les régimes de bananes et ses guirlandes de sourires aimables pour refiler aux nazis, chaque fois qu'il le pouvait, ce qu'il y avait de moins bon dans la boutique. Et mon ex-petit enfant à l'ombrelle japonaise, évoquant le rire à la fois complice et malin d'Aaron dans le dos des Allemands, déclenchait celui de Myriam.

Les bombardements des Alliés s'intensifiaient. Beaucoup de parents cessèrent d'envoyer leurs enfants à l'école. Meryem s'y rendait néanmoins chaque jour, ne dût-elle s'y occuper que de trois ou quatre petites filles.

Le 23 décembre, le collège Sadiki ferma. Et pour une durée encore indéterminée. Nos professeurs parurent assez désemparés. D'autres l'étaient sans doute aussi et il arrivait que certains viennent bavarder avec M. P. et M. Idriss. Un jour d'alerte, notre cave put s'enorgueillir d'en abriter cinq : nos deux de fondation, plus trois visiteurs. Canario commenta la chose : « Si la bombe elle nous tombe dessus, c'est cinq savants qui vont disparaître. » Il en était attristé. Il aimait les savants, il disait d'eux : « C'est les plus généreux de la terre, tout ce qu'ils savent, ils nous le donnent, comme ça, gratis ! »

L'un de ces « savants », un jeune Français mobilisé puis rendu à la vie civile, devint un familier de la Casa Roncaldi à tous les niveaux. Il avait vingt-huit ans, le bleu des yeux doux et rêveur, de blondes mèches aussi désordonnées que ses vêtements qui ne parvenaient pas à s'adapter à son long corps dégingandé et semblaient appartenir à quelqu'un d'autre.

À cet aspect assez hirsute, il ne fallait pas se fier : une précision de pensée et de propos compensait tout ça. Vincent Malterre était un brillant professeur, d'histoire lui aussi, apprécié de ses pairs, aimé de ses élèves tunisois. M. P. l'amena chez nous pour lui montrer la collection de boutons. Qu'en pensa-t-il ? Rien, je crois. Je le soupçonnais de n'accorder aux boutons qu'un faible intérêt. Il en manquait toujours un à son veston et sans doute à sa chemise. Il ne parut voir que Myriam et Meryem. Entre ces vieux rappels du passé et les jeunes beautés de mes filles, il n'hésita pas. Il se laissa foudroyer par l'amour.

Mais laquelle préférait-il ? Tantôt, il semblait que c'était l'une, tantôt l'autre. Hippolyta disait : « Si la bombe tombait sur nous, et qu'il doive, le pauvre, sauver d'abord celle qu'il aime, pardi, je crois qu'il saurait pas de quel côté aller ! »

La petite Asunción, ouvrant la grille un dimanche à notre indécis, vint me dire :

– Mlle Marie, c'est l'amoureux des deux demoiselles qui est là.

Et elles, les deux demoiselles, que pensaient-elles ? Étaient-elles séduites ? Elles riaient – quel bonheur ! – et plaisantaient :

– C'est ton amoureux.

– Non, c'est le tien.

Mais elles étaient flattées par la cour « historique » qu'il leur faisait.

Incapable, sans doute, de faire un compliment ou de dire une galanterie, il offrait son savoir à mes filles comme il leur eût apporté des fleurs. Nous avions ainsi les alertes et séjours en cave les plus divertissants qui soient. Certes, les conversations en rez-de-chaussée de la Casa Roncaldi étaient intéressantes, mais celles du sous-sol les surpassaient. Pourtant, à la première alerte où nous nous retrouvâmes tous – à l'exception de Belkacem qui préférait garder sa boutique mais exigeait que ses deux vendeurs mettent leur jeunesse à l'abri –, ce fut Canario qui nous divertit.

Nous étions six hommes et six femmes assis sur une natte, en tailleur. Et M. Idriss, voisin du vieil Espagnol, lui demanda aimablement, et pour passer le temps :

– J'ai entendu dire que c'est avec des gargoulettes que

vous attrapez vos poulpes à Sfax et aux îles Kerkennah, est-ce vrai ?

– Oui, M. le professeur, avec des alcarazas, comme on dit chez nous. Je vais vous expliquer ça : vous vous procurez des gargoulettes cassées invendables. On vous les donne, à vous de donner, en retour, un petit poulpe ici et là. Et si le fond existe encore, vous le cassez et vous mettez cette espèce de nasse à la mer. Alors là, le poulpe, croyez-moi, il est content ! Pensez, il va se cacher là-dedans pour attraper son déjeuner. Il aime les crabes et d'autres bestioles. Et il guette. Seulement, moi, je guette aussi et quand le poulpe il se croit en sûreté, hop ! je ramasse mon alcaraza et lui avec. On pourrait s'imaginer qu'ils vont se le dire entre eux, les poulpes, que la gargoulette c'est de la machination. Non ! Ils pensent pas, de père en fils, à apprendre à se méfier. Ah ! Je pourrais vous en raconter des pêches miraculeuses… une autre fois.

Pour éviter cette autre fois, M. P., qui n'aime pas le pauvre Canario, se hâtait, dès que les sirènes nous réunissaient, de donner la parole à son jeune collègue.

Avant-hier, alors que les bombes tombaient non loin de chez nous, nous tremblions en compagnie de Charlemagne.

Vincent racontait : « L'empereur était un sensible. Certes, il faisait couper les têtes de quatre mille Saxons, mais il aimait tellement ses filles qu'il ne consentit à n'en donner aucune en mariage. Il aimait aussi les éléphants. Hârûn al-Rachîd lui en offrit un qu'il amenait à la bataille avec lui. Il s'appelait Aboul-Abbas et il ne mourut qu'après avoir semé la terreur chez de nombreux ennemis… Non, il n'avait pas de barbe, Charlemagne, mais de longues moustaches à la gauloise. »

Et laquelle, de Myriam ou de Meryem, regardait Vincent, l'éblouissant de tout le bleu de ses yeux, et lui disant – peut-être en rougissant, mais on n'y voyait pas assez pour en être sûr : « C'était un grand amoureux. Il adorait les femmes. Lorsqu'une de ses compagnes, reine ou concubine, mourait, il ne pouvait attendre pour la remplacer. »

Ce fut, ce jour-là, l'un des plus meurtriers bombardements des Alliés, et le plus rapproché de la Casa Roncaldi. Nous le supportâmes dans la compagnie des femmes aimées de Charlemagne : la sublime Hildegarde, l'altière Fastrade, la coquette Liutgarde. Le jeune professeur les fit circuler parmi nous, s'attardant à les décrire, en paraissant alors s'inspirer de la beauté des deux jeunes filles qui l'écoutaient en souriant… et peut-être en rougissant aussi.

« L'envers vaut l'endroit. » C'était sous cette formule, en ces temps de pénurie de tissus et de fournitures de mercerie, qu'Hippolyta s'était reconvertie. Elle s'octroyait le titre de spécialiste en retournages de vêtements auquel s'était ajouté celui, décerné par ses clientes, d'incomparable « artiste en rénovation de vieilleries ».

Doigts-de-Fée avait de nombreuses imitatrices, mais aucune ne savait, comme elle, donner une nouvelle vie à un lainage ou une soie usée. Elle était la reine d'un traitement à base de *sapindus*, dit aussi « bois de Panama ». Elle avait mis au point un mélange de décoction de graines et d'écorces de cet arbre dont elle gardait le secret et qui émerveillait ses pratiques. Malheureusement, cette préparation des tissus et les travaux de couture ensuite demandaient du temps. Notre artiste ne pouvait satisfaire à toutes les demandes. « Prenez de l'aide », lui disions-nous. Elle hésitait, prétendait ne pas trouver celle qui saurait faire aussi bien qu'elle, jusqu'au jour où mes filles lui dirent : « Celle qu'il vous faut, c'est Élissa. »

Désormais, dès 7 heures, la jeune fille arrivait, préparait le petit déjeuner de sa patronne, le lui servait dans son lit et, en buvant elle aussi sa tasse de chicorée, écoutait le programme de la journée. « Aujourd'hui, petite, pour les trois manteaux, si beaux dans leur envers qu'ils croient qu'ils sont nés comme ça, il faut que tu me fasses du neuf avec leurs pauvres doublures d'un satin qui se souvient pas d'avoir été jeune. Je te paye des nèfles si tu y arrives ! » Élissa y arrivait toujours. « Des fois, elle fait même mieux que moi », disait Hippolyta qui ajoutait : « Elle a un coup de fer, cette chipie, qu'on n'en trouverait pas deux dans toute la ville. » Et, lorsque la jeune fille montrait son travail fini, on entendait : « Chipie de mon cœur, je sais pas ce que je ferais sans toi ! » On entendait aussi les chansons que la patronne et son aide – sa petite main, sa laveuse-repasseuse, sa chipie chérie – entonnaient dès les heures ouvrables, c'est-à-dire dès que MM. les professeurs ouvraient leurs fenêtres. Les deux réparatrices-transformatrices avaient une gamme variée d'airs français, italiens et orientaux, l'une initiant l'autre à son répertoire. « Parce que si on ajoute du sentiment dans l'air qui sent déjà si bon le jasmin, quand ce n'est pas le parfum des épices de Rosario qui accommode ses chers poulpes séchés, on travaille mieux. » Mais Élissa trouvait qu'on s'activait encore plus si on avait dans la bouche un sucre imbibé d'alcool de menthe Ricqlès. Et à ce propos :

– Marie, donnez-moi un conseil. La petite me barbote une partie de mes rations, au moins deux morceaux de sucre par jour. Et alors, qu'est-ce qui me reste pour ma chicorée du matin ?

– Cachez vos provisions.

– Si je dois aussi chercher des cachettes avec toutes les commandes en retard que j'ai ! Et il faudrait que j'en invente aussi pour le pain, les figues sèches et même les amandes. Elle dévore cette chipie.

– C'est de son âge.

En poussant Hippolyta dans ses retranchements, on découvrait que son problème était plus une question de dignité que d'alimentation. Si elle ne montrait pas qu'elle savait ce qu'on lui chipait, elle passait pour une imbécile. Si elle affirmait « je suis sûre que tu me voles parce que je compte mes morceaux de sucre, mes tranches de pain et mes figues sèches », alors, qu'est ce qu'on pensera d'elle ? « Allez, je crois que j'aime mieux être une imbécile qu'une regardante. »

Doigts-de-Fée, que je remerciais hier du retournage de mon unique manteau désormais remis à neuf, m'a assurée que seule Élissa était à féliciter.

– Parce que, Marie, c'est pas facile de laver et repasser un gros drap de laine, ça peut faire des catastrophes genre rétrécir ou feutrer à vous la donner la crise cardiaque. Mais pour vous, elle se jetterait au feu ma petite. Et vous savez, je pense que si elle est contente de travailler chez moi, c'est surtout parce que j'habite Casa Roncaldi. Sûr, c'est sa joie de pouvoir avec ce que je la paye, se louer une chambre dans une maison de la Hâra où elle est enfin chez elle et qui ferme à clef… elle se l'attache autour du cou avec une petite ficelle, la clef… Mais sûr aussi que venir ici de sept heures du matin à sept heures du soir se rapprocher de vous et de vos filles, ça compte. Y a pas un seul jour que Dieu fasse où elle ne dise la chance de Myriam et Meryem… comme si, ma pauvre, vous pouviez adopter toutes les orphelines de Tunis !

Nous n'avions plus jamais évoqué *La Deuxième Vie du roi Louis IX de France devant Carthage*. J'en avais même oublié les détails, lorsque Myriam eut l'idée de la raconter en tapant à la machine. Exercice de dactylographie, en quelque sorte. Et pendant plusieurs soirées, elle avait, avec Meryem, donné à notre feuilleton d'un été une nouvelle jeunesse.

Hier, voyant ces pages sur notre table, Vincent demanda à les lire. Assez fière de sa frappe, Myriam le lui permit.

J'étais en train de corriger les copies des rares élèves de ma classe, qui, habitant près de notre école, pouvaient encore y venir. Cela ne m'empêchait pas de noter les réactions de notre visiteur de chaque jour. Je le connaissais assez maintenant pour comprendre qu'il était à la fois surpris, amusé, intéressé.

J'avais lu le récit que mes filles avaient greffé sur la version primitive. Ce qu'elles n'auraient pas compris, ou peu apprécié l'année de leurs douze ans, elles l'avaient ajouté. Une description de paysage ici, une conversation entre deux personnages là. Des dialogues, surtout, des animaux amis.

La maturité qu'avaient atteint leur esprit, leur intelligence, m'était alors apparue encore plus clairement qu'à l'ordinaire. Il y avait, dans cette nouvelle adaptation du thème de départ, des citations du Coran, des Évangiles, de la Torah que j'avais notées non sans étonnement et fierté. « Écoute ton cœur, c'est lui qui sait. » Dans lequel de ces Livres sacrés, de ces grands messages adressés à l'humanité, avaient-elles pris ça ? Dans les trois peut-être. Et elles en avaient fait ce que Saint Louis répondait à ses filles lorsqu'il ne devait plus s'y retrouver entre sa grande foi chrétienne et cette tolérance que Dieu exigeait qu'il pratique désormais. Mais il y avait aussi de joyeux détails qui prouvaient combien mes deux petites avaient gardé toute leur fraîcheur : Porte-Chaud, le lion, parlant à Porte-Bonheur, la chèvre, lui disait :

– On m'a assuré que l'on s'est permis, à la ville voisine, de faire de la réclame à mes frais. Il paraît que l'on parle beaucoup de moi en Lion Noir [1] ! Ce deuil de mes si beaux poils roux me déplaît fort et m'irrite.

– Voilà bien votre ingratitude ! Vu la précarité, le peu de confort et, osons le dire, l'hygiène très relative de la koubba de notre maître, vous auriez ainsi en noir plus de facilité à garder une apparence convenable. Alors que moi, si blanche, si délicate, je suis dans l'affliction la plus grande de voir mon pelage me faire perdre, de jour en jour, ma réputation d'immaculée.

Malgré nos distractions au sous-sol dues à nos trois professeurs, et surtout au plus jeune, nous en avions plus

1. Nom d'une marque de cirage célèbre avant la guerre de 1940.

qu'assez des bombardements. Si on en sortait sans dommage Casa Roncaldi – jusqu'à présent ! –, il y avait des milliers de Tunisiens blessés ou tués. Vraiment, les Alliés auraient dû mieux viser.

Hier, lorsque nous avons, une fois de plus, pris le couffin où sont nos papiers précieux et les quatre sous qui me restent pour finir ce mois d'avril, nous nous sommes regardées, mes filles et moi, accablées. Bon ! Il fallait quand même descendre à la cave, chargée chacune de nos états d'âme qui pesaient plus lourd que le couffin en question.

Était-ce parce que je n'en pouvais plus de ne pas avoir de nouvelles de mes parents et qu'ils n'aient pas des miennes ? Ou parce que mes calculs pour remplacer nos chaussures usagées s'étaient révélés trop optimistes – nous avions les tickets de rationnement, et pas d'argent ? Aucun rapport entre ces deux raisons de cafarder, mais l'une n'arrangeait pas l'autre.

Et Myriam ? Était-elle, sans le dire, de plus en plus angoissée par la présence des nazis ? Je ne voulais plus qu'elle s'éloigne, une rafle, comme celle qui avait eu lieu à la sortie de la grande synagogue, était toujours possible.

Quant à Meryem, qu'en était-il de ses rapports, à l'école, avec nos collègues ? Elle n'en parlait pas. Mais je l'avais vue, ces derniers temps, assez hérissée par des réflexions du genre : « Les Tunisiens musulmans aiment les Allemands parce qu'ils vont les libérer du joug français. »

Et peut-être étions-nous aussi toutes trois sursaturées de « Ah ! Les sentiments… si vous voyez ce que je veux dire », des imprécations de Rosario contre Canario, ou de l'inquiétude de la petite Asunción tremblant que la « cousine riche » ne les renvoie à leurs poulpes son grand-père et elle.

Lorsque, encore une fois, nous nous sommes accroupies sur notre natte, ce fut le silence. Personne ne semblait avoir envie de parler. Nous ignorions en quelle compagnie, Vincent – toujours là ! – nous aiderait à passer deux ou trois heures d'attente angoissée. Car il continuait à tenter de faire comprendre à mes jolies filles, par personnages historiques interposés, combien il les admirait. Sans complexe, il ne s'adressait qu'à elles, avec de plus en plus de complicité et de tendresse dans le regard.

Ce soir-là, ni reines ni impératrices amenées en renfort pour supporter avec nous les bombardements, mais le roi saint Louis, repentant et heureux entre Freesiane, Jasmine et leurs animaux amis.

La mémoire de Vincent me stupéfia. Il n'avait lu qu'une fois notre feuilleton et nous le servit au complet, jusqu'au départ des princes Rachid et Mardochée, et des futures princesses. Il termina son récit par une citation des *Mille et une Nuits* [1] : « On raconte encore, ô mes bienheureux amis, que ces belles étaient les plus accomplies que Dieu eût crées en ce temps-là. Elles surpassaient toutes les créatures humaines par la distinction de leur visage, la douceur de leur voix, la vivacité de leur badinage, et la perfection de leurs propos. Elles avaient une bouche qui semblait être la bague de Salomon. Une chevelure plus sombre que la

1. Extrait de la 187e nuit des *Mille et une Nuits*, éditions Gallimard, traduit de l'arabe, présenté et annoté par Jamel Eddine Bencheikh et André Miquel.

nuit du départ où l'amant affligé et triste se sépare. Un visage pareil au croissant de la fête du Ramadan. Des yeux de gazelle ensorcelant les cœurs de magie. Un nez aquilin d'un rose délicat. Des joues anémone rouge. Des lèvres corail. Des dents, perles enfilées sur un collier d'or pur. Un cou lingot d'argent. »

Notre amoureux, indécis, avait, encore une fois, trouvé le moyen de faire sa cour ! La pénombre m'empêchait toujours de voir si Myriam et Meryem étaient flattées, peut-être même émues. Hippolyta frétillait, mais par chance, restait muette. Tant de professeurs l'intimidaient. Canario dormait. Rosario avait peur et soupirait. Selim parlant mal le français somnolait, mais pas Aaron, tourné vers Élissa et paraissant ne regarder qu'elle. On entendit alors la voix de M. Idriss. C'était à moi qu'il s'adressait :

– Savez-vous, Mlle Marie, comment nous enseignons, au collège Sadiki, la mort de Louis IX, Étienne Landelle et moi ?

– Non, monsieur.

– Eh bien, nous avons deux versions. Lui, dit que le roi est mort du choléra, de la peste, ou de dysenterie, il ne sait trop. Et moi, je prétends que Saint Louis trépassa l'épée à la main, tué par l'adversaire.

Ce fut l'institutrice en moi qui répliqua :

– Vos élèves, monsieur, que croient-ils ?

– Ils sont perplexes, bien sûr. Mais qui nous dit qu'ils ne préfèrent pas, ne trouvent plus… royal, que votre grand souverain soit mort au combat, de blessures nobles, plutôt que de coliques ?

Il ajouta, après un petit silence :

– Et j'aurais aussi une autre façon de raconter la deuxième vie de Saint Louis. Je propose ceci :

« Il va donc rester en terre tunisienne, puisque vous voulez que ce soit la volonté du Très-Haut. Dans le désordre du camp, alors que les Sarrasins laissent l'armée franque réembarquer, au lieu de l'exterminer, il s'échappe. Dieu le guide, lui permet de trouver l'une de ces barques et son rameur qui faisaient l'aller-retour Carthage-Tunis. N'oubliez pas qu'à l'époque, la mer allait plus avant dans les terres. Et le roi arrive ainsi jusqu'aux Oukalas, le quartier des étrangers où plusieurs peuples, italien, espagnol, germain, français, avaient leurs emplacements propres. La coutume voulait que chaque groupe accueille, soigne, nourrisse les nouveaux arrivants. Louis IX va donc vivre là. Et il pourra y faire ses miracles, il y avait tant d'aveugles en ce temps-là où notre vénéré docteur Charles Nicolle n'était pas – loin de là ! – parti en guerre contre le terrible trachome. Je propose aussi que le prince Rachid, remerciant celui qui lui a rendu la vue, lui offre son nouveau nom. Que diriez-vous de Sidi Nour al-Oyoun, le saint de la lumière des yeux ?

J'ai dit : « Comme c'est beau ! »

Ainsi, M. le Professeur d'histoire de l'Islam et du monde arabe, à la fois homme très cultivé, maîtrisant plusieurs langues et personnage éminent, entrait de plain-pied dans mon affabulation ! Nous étions désormais complices. Autant qu'avec M. P. Autant qu'avec mon père lorsque nous chassions lui et moi les livres d'occasion. Devant les pages si souvent manquantes, nous tentions de les reconstituer et faisions des propositions. Celles de mon père, nourries de son savoir, les miennes de mon imagination débridée. Il en souriait, tout comme M. Idriss me parlant de *La Deuxième Vie du roi Louis IX*. J'allais lui dire combien, devant ses suggestions, je m'étais crue revenue au temps de mon enfance et du savoir paternel... Myriam me devança :

– Mais, monsieur, vivant aux Oukalas, le roi aurait eu un autre genre de vie ! Alors les amis-animaux et les couffins avec les bébés ?

Et Meryem :

– Ne pensez-vous pas, monsieur, que les princes miraculés auraient préféré recouvrer la vue en la seule compagnie de Saint Louis et de ses filles, plutôt que devant tant d'étrangers ?

Toujours souriant, M. Idriss répondit :

– Louis IX ne va pas rester là. Il a envie de s'ébrouer, comme vous dites. Dès qu'il est reposé, habillé comme un marabout et son bâton à la main, il va aller où Dieu le guidera. Au bord de l'eau, sûrement, pour y voir s'avancer vers lui le radeau des petites filles.

Notre collaboration fut joyeuse. M. P. et Vincent donnaient aussi leur avis. Et notre feuilleton d'un été en fut enrichi. Nous émergeâmes de la cave le sourire aux lèvres. Vincent vint me dire, à l'oreille, qu'il avait écourté la citation des *Mille et une Nuits*, la fin ne lui paraissant pas convenable à dire à deux jeunes filles.

Je demandai, peu après, à Myriam et Meryem, ce qu'elles pensaient du jeune professeur. Elles me regardèrent et me dirent l'une après l'autre, en riant :

– Mais, Marie, il est papifiant !

– Oui. Il papifie beaucoup trop !

Lorsqu'elles étaient enfant, j'avais expliqué le verbe pontifier. Elles m'avaient rétorqué : « Et pourquoi pas papifier, puisque le souverain pontife c'est le pape ? » Depuis, l'expression faisant partie de notre vocabulaire, les raseurs papifiaient. Pauvre Vincent !

Entre deux soupirs, Hippolyta me disait : « Ah ma pauvre, si le sirop ne s'était pas écoulé trop vite, rien de tout ça ne se serait passé ! Celui-là, des fois, il nous arrive comme des larmes de comédie, des fois c'est comme une pisse de cheval. Bien sûr, ça dépend du juteux de la raquette. Et va savoir pourquoi ce juteux-là il a été si rapide, exprès pour nous apporter du malheur avec sa précipitation ! Parce que si les petites ne s'étaient rendues là-bas que le lendemain… »

Tout cela demandait quelques explications. Il était certain que si ce sirop de fabrication maison n'avait pas été si facilement préparé pour Élissa malade et, surtout si nous n'avions pas été en guerre, si les nazis n'avaient pas occupé la Tunisie… Que de si ! Et il fallait y ajouter ce *numerus clausus* imposé par les envahisseurs aux médecins juifs, privant ainsi une partie des habitants de la Hâra de soins urgents.

Donc Élissa se débattait en proie à une forte fièvre depuis une semaine. Son jeune frère, âgé d'une huitaine d'années, était venu nous demander si nous avions encore de l'aspirine. Et l'enfant, que nous interrogions, nous disait, montrant sa gorge et son thorax, que sa sœur « avait du feu là et là ».

Nous avions tenté, sans succès, de soutirer à M. P. et à sa pharmacie bien pourvue, de quoi soulager Élissa. Mais M. Idriss, atteint d'une douloureuse angine, avait épuisé les réserves de son confrère et ami. Il restait tout juste à notre bronchiteux à répétitions de quoi se soigner lui-même.

Hippolyta s'avouait perdue sans sa collaboratrice tant il y avait de travail en retard. Et, en ce dimanche de janvier 1942, froid, humide et triste, nous avions, mes filles et moi, accueilli avec joie la proposition de Doigts-de-Fée : pouvions-nous l'aider à fabriquer un remède miracle qui faisait baisser la fièvre tout en calmant les douleurs ? Le secret de la composition de cette panacée était connu de la famille Morelli depuis plus de cent ans. Si Selim pouvait cueillir quelques raquettes de figuier de Barbarie, en allant chercher ses légumes hors la ville, et si Rosario se laissait attendrir et extrayait de ses réserves une tasse de cassonade, nous allions jouer les préparatrices en pharmacie.

L'opération était simple : trancher en deux dans l'épaisseur desdites raquettes, les tartiner de cassonade, ficeler ces espèces de sandwiches – sans trop se piquer aux épines barbares –, mettre le tout dans une passoire et laisser égoutter, plus ou moins vite, le fameux « juteux » au-dessus d'une assiette à soupe.

M. P. ayant eu vent de la chose fit, discrètement, sentir son regret qu'une amitié de seize années avec Doigts-de-Fée n'ait pas justifié une révélation de cette médecine à son usage.

Dès le lundi, le sirop était prêt, alors qu'il n'était attendu que pour le mardi. « Qui sait s'il n'a pas compris que ça me presse de revoir la petite », avait murmuré Hippolyta en me montrant un ex-flacon d'eau de lavande plein d'un liquide tristement marronnasse vu dans l'ombre, et d'un chatoiement mordoré au soleil. Nous comptions sur Selim, qui avait déjà apporté des oranges à Élissa de notre part, pour le lui livrer chez elle. Mais Belkacem, affairé dans sa boutique qui ne désemplissait pas, nous disait « plus tard, plus tard, il ira là-bas ». J'avais alors autorisé Myriam et Meryem à se rendre à la Hâra, les Allemands ne s'aventurant pas dans ce pauvre quartier juif qui les intéressait peu.

Il faisait toujours aussi froid, gris et humide et mes filles avaient dissimulé cheveux, front et menton sous des bonnets et des écharpes de laine. Elles emportaient aussi un bouillon de poule, « capable de réveiller un mort », affirmait Rosario. Elle l'avait concocté pour remercier celle qui enseignait si bien à Asunción le repassage du « fin », appris au temps de son apprentissage dans la blanchisserie du quartier français.

– Vous le porterez chacune à votre tour pour vous réchauffer les mains, vu qu'il est bouillant.

J'aurais préféré aller moi-même soigner Élissa. J'en étais empêchée par l'une des leçons particulières données pour améliorer nos fins de mois. Le petit garçon à qui je m'efforçais d'enseigner l'orthographe fut ravi de voir sa pénitence écourtée ; j'avais hâte de savoir si mes filles étaient revenues.

Elles ne l'étaient pas lorsque j'arrivai à la Casa Roncaldi.

Chez Belkacem, où j'allais alors acheter notre dîner, j'appris l'effrayante nouvelle : des soldats nazis pillaient la Hâra ! On ne savait trop qui leur avait promis d'y découvrir des trésors cachés. Une femme achetait des dattes. Je la reverrai longtemps les tripotant en disant avoir rencontré une famille juive qui avait pu s'enfuir avant que ses hommes ne soient molestés et ses femmes violées… Je n'écoutai plus, je m'élançai au-devant de mes enfants, bousculant les autres clients, butant dans les sacs de légumes secs.

Je ne sais comment j'atteignis la petite maison où Élissa louait sa chambre tant mes jambes étaient raidies par l'inquiétude, l'angoisse, la terreur, laissant ma tête vide où retentissait : « Vite, vite, il faut aller plus vite encore pour arriver à temps avant que… » Et je voyais Myriam et Meryem si jeunes, si belles face à des brutes cruelles et sadiques.

La pièce d'Élissa donnait sur une petite cour où, lorsque j'étais parfois venue ici, des marmots jouaient et des vieilles femmes, accroupies devant leurs *kanouns* [1], surveillaient la cuisson de quelque odorant tagine. Ce soir-là, personne. Seul, le silence, coupé parfois de terrifiants cris et hurlements venus des ruelles voisines. Je donnai de grands coups dans la porte : « C'est moi, ouvrez ! » Dès qu'elles me virent, mes filles se jetèrent à mon cou me disant que le propriétaire de la maison et des voisins leur avaient conseillé de fuir avec eux. Elles n'avaient pas voulu abandonner Élissa, intransportable.

L'obscurité de la chambre me parut tout d'abord un

1. Petits fourneaux.

abri. Mon illusion ne dura guère, nous entendions les soldats approcher. Dans peu de temps, ils seraient ici et ils n'hésiteraient pas, eux, à allumer la lampe à pétrole posée sur la table de nuit. Je devinais à peine Élissa, gisant sur ce lit qu'elle avait été si heureuse d'avoir enfin pour elle seule, dès qu'elle avait gagné assez d'argent pour quitter sa famille adoptive. Elle gémissait doucement, sans se rendre compte de ce qui se passait. « Elle délire », me dit Myriam.

– Couchez-vous à côté d'elle.

Stupéfaites, mes filles me regardaient.

– Vite, vite, allongez-vous là.

Terrorisées, elles prirent place à côté de la malade pendant que je déchirai une serviette-éponge et en trempai les morceaux dans le broc plein d'eau qui se trouvait là. J'achevai tout juste, après avoir appliqué ces sortes de compresses sur les fronts et les yeux, de relever la couverture jusqu'au menton de celles que j'espérais ainsi faire passer pour des malades, quand des coups furieux ébranlèrent la porte. J'ouvris en criant : « Diphtérie ! Croup ! Diphtérie ! Croup ! » priant pour que ces mots soient les mêmes en allemand.

Deux soldats épais, massifs, paraissant ivres d'avoir bu tout ce qu'ils avaient dû trouver dans leurs pillages, et peut-être grisés aussi par leur abordage de la Hâra et la terreur répandue, me regardaient d'un œil vague pendant que je répétais « Diphtérie ! Croup ! » Un troisième nazi, mince celui-là, presque élégant, me toisa aussi avec un petit sourire ironique et glacé qui me fit penser soudain que l'armée allemande vaccinait sûrement ses troupes.

On entendait, de plus en plus terrorisants, cris, hurlements et gémissements par la porte que les hommes n'avaient pas refermée. Sans paraître s'occuper du lit et des corps qu'on y devinait, ils allumèrent la lampe et, après m'avoir éloignée d'une bourrade, se précipitèrent sur le coffre de bois, enluminé de naïfs dessins de fleurs très colorées, où Élissa rangeait ses vêtements. Ils les éparpillèrent dans la pièce, puis s'acharnèrent sur les tiroirs d'un petit meuble dont ils jetèrent aussi le contenu sur les tomettes.

« L'argent ? » me demanda le soldat mince et élancé – que je voyais mieux maintenant –, aussi blond que moi. Je tendis mon porte-monnaie. Ce n'était pas là ce qu'ils espéraient et ils reprirent leurs fouilles.

J'étais contre le mur, pour éviter d'être bousculée encore. Mon cœur battait fort à en être douloureux. Allaient-elles, ces brutes, enlever les compresses, arracher la couverture et découvrir ces trois jeunes filles étendues là, à leur portée ?

Combien de temps dura mon attente angoissée ? D'horribles minutes où des visions d'images atroces défilèrent au grand galop. Puis, l'homme blond tendit une main vers le lit. Divine providence, ce fut le linge qui recouvrait à demi le visage d'Élissa qu'il saisit. Un regard que l'inconscience voilait dut le faire renoncer à soulever les autres, et il alla demander sa part du contenu de la petite bourse de la jeune fille que les deux autres venaient de découvrir. Mais il revint soudain vers nous. Par chance, ce n'était que pour regarder sous le lit où il pouvait espérer quelque richesse cachée. Ne trouvant rien là, il traduisit sa hargne par un grand coup de pied donné dans mes jambes. Je parvins à ne pas pousser un cri de douleur… C'est un cri de joie que je dus aussi étouffer en les voyant partir.

Ils n'avaient pas fermé la porte derrière eux. J'allais le faire lorsque je vis s'y encadrer Selim. Il venait nous chercher. N'y avait-il donc plus de nazis à redouter ? Oui, quelques-uns rôdaient encore, mais ne paraissaient pas inquiéter mon ex-petit garçon à l'ombrelle. Pourtant, porter Élissa dans ses bras ralentirait la fuite en cas de mauvaise rencontre. Il fut alors décidé que j'attendrais ici que Myriam et Meryem soient reconduites Casa Roncaldi. Puis Selim reviendrait avec la brouette de Belkacem où nous installerions la malade qui avait besoin d'être montrée d'urgence à un médecin.

Mes filles étaient livides. Elles avouèrent avoir eu très peur. Sans doute était-il, en effet, plus angoissant encore de ne rien voir, sous leur bandeau, et de s'attendre à tout moment à être agressées. Elles ne parvenaient pas à se rassurer. Selim les réconforta : son ami Aaron lui avait rendu très familières les ruelles de la Hâra, il savait par où passer et où se cacher en cas d'un second assaut nazi. Mais elles répugnaient à me laisser ici. Selim avait encore des arguments en réserve : il reviendrait très vite, affirmant que la brouette de Belkacem qu'il conduirait en courant l'entraînerait à toute allure vers moi. C'était bon, sinon de rire, du moins de sourire.

Et ils partirent.

Un silence anormal avait maintenant envahi la Hâra qui n'avait pas récupéré ses bruits familiers, les cris joyeux de ses enfants, les chamailleries de ses femmes. Seuls, par moments, des gémissements ou des incantations disaient que le quartier était encore habité. Habité aussi par le désespoir et le malheur.

J'entrepris de faire la toilette de ma petite malade. Je lui lavai le visage, nattai ses cheveux. Il me sembla qu'elle tentait de me sourire sans, toutefois, paraître me reconnaître. J'avais parlé de diphtérie pour éloigner les soldats. Il y en avait quelques cas en ville, mais je craignais plus, maintenant, la typhoïde qui sévissait ici à l'état endémique.

Pour la préparer au voyage en brouette, je parvins à l'asseoir dans son lit, calée par des coussins. Elle en possédait quatre qu'Hippolyta lui avait permis de faire avec des bouts de tissus trop petits pour servir à autre chose. Élissa les avait patiemment assemblés puis bourrés du varech que nous lui avions rapporté un été. Leurs gais coloris donnaient à la pauvre chambre un peu de gaieté et, à cet instant, s'assortissaient au rose et au rouge de ses joues enfiévrées, comme aux tons cuivrés de sa chevelure passée au henné… Ce fut ce joli spectacle qui s'offrit aux yeux des trois soldats revenus, auxquels j'ouvris la porte croyant Selim de retour.

Ils comprirent vite que je m'étais jouée d'eux. La paire de claques que me donna l'homme blond, avec rage, faillit me jeter à terre. Je parvenais à peine à reprendre mon équilibre, lorsqu'un second nazi me poussa de toute sa vigueur contre le mur. Ma tête heurta si fort le ciment qu'elle me parut éclater. Assommée, je tombai sur les tomettes. Il me sembla entendre Élissa hurler, puis tout devint noir… jusqu'à ce que je hurle à mon tour en tentant de repousser l'un des gros soldats qui pesait de tout son poids sur moi. Il mit sa main sur ma bouche, je la mordis.

Que pouvais-je faire d'autre… Fou de rage, il m'assomma d'un coup de poing. La violente brûlure dans mon ventre me réveilla.

Recroquevillée sur le sol, je voyais les soldats s'emparer du coffre à vêtements d'Élissa, ce que sans doute ils étaient revenus chercher pour y mettre leurs larcins de la journée. Le troisième, le mince et blond aux yeux cruels, se baissa pour ramasser une paire de ciseaux qu'il fit disparaître dans une de ses poches. Et ils partirent enfin.

Je tentai de rajuster ma robe déchirée tout en m'approchant du lit. Élissa y était allongée en travers, à demi nue et apparemment sans connaissance. Je lui rafraîchis le front avec un linge mouillé, mais ce ne fut qu'en versant sur son visage tout ce qui restait d'eau dans le broc, qu'elle ouvrit ses yeux. Son regard brillant de fièvre était vague, absent. Elle le cacha sous ses paupières comme si la lumière de la lampe l'éblouissait. Je la couvris et la bordai dans ces draps qu'elle avait été si heureuse de posséder enfin. Sa première paire, bien à elle. Sur l'un d'eux, trois fleurs pourpres semblaient s'être écrasées.

Selim était assis devant la porte de la chambre – depuis combien de temps ? – les yeux baissés fixant sa brouette. Sans me regarder, il dit : « Partir, mamzelle ? »

Il nous avait sûrement vues, Élissa et moi, l'une couchée sur son lit, l'autre allongée sur les tomettes. Il savait. Mais ne voulait pas paraître savoir.

– Oui. Partons, Selim.

Je regardai une dernière fois cette petite pièce dévastée. Parmi les pauvres trésors d'Élissa éparpillés sur le sol, il y avait ces emballages de bonbons conservés autrefois « parce qu'ils sont si jolis ». Des fraises, des oranges, des citrons, imprimés sur des petits carrés de papier blanc et que des bottes avaient souillés. Les larmes que je retenais, depuis si longtemps, coulèrent enfin. Et Selim, le cœur toujours aussi discret, ne parut pas s'en apercevoir.

J'avais eu le temps, le long du chemin, tout en surveillant Élissa calée par ses coussins dans la brouette, de me préparer une attitude. Remise en état de mon apparence et tentative – réussie ou pas ? – d'effacer de mon visage tout ce qui y était sûrement inscrit. Ni mes filles ni ceux de la Casa Roncaldi ne devaient savoir. Ni la maison elle-même. Il ne nous fallait rien abîmer ici en y introduisant cette abjection. Nos murs, notre grille, notre figuier, nos jasmins devaient être épargnés et ignorer. Seules les étoiles devaient savoir, elles voyaient tout.

Hippolyta voulut soigner Élissa chez elle où le médecin devait arriver d'un moment à l'autre. Il fallait que cet homme sache ce qui s'était passé, mais j'hésitais à parler. Alors, Doigts-de-Fée m'entraîna dans sa chambre et, porte fermée me dit : « Toutes les deux vous avez été… ? La petite aussi ? Dans son état ? » Et comme je hochai la tête, elle hurla des imprécations en italien.

Ce que je voulais plus que tout, c'était me laver. Je ne me laverai jamais assez de cette souillure.

– Je vais vous faire chauffer de l'eau, et dans ma cuisine, derrière le rideau de cretonne à fleurs, il y a mon tub, me dit Hippolyta.

– Que vont penser mes filles, pendant que je vais m'enfermer chez vous, elles m'attendent dans l'anxiété ?

– Je trouverai ce qu'il faut leur raconter.

Assise maintenant dans cette grande cuvette de zinc, où, comme le disaient Myriam et Meryem, on avait l'air d'une grosse grenouille dans une toute petite mare, il me semblait que je ne m'étrillerais, me raclerais jamais assez. Doigts-de-Fée possédait encore du vrai savon, j'en usai sans honte… qu'était cette petite honte à côté de celle que je ressentais dans tout mon corps ?

Dans cette pièce en désordre – il ne manquait plus que le tub en son plein milieu ! – me vint, avec un sanglot, l'envie d'être encore dans notre salle de bains parisienne : ma mère m'y aurait, comme toujours, empli la baignoire d'eau tiède et apaisante où s'infusait un sachet de son. J'entendrais le boucan de la vieille conduite d'eau, les ratés du chauffe-bain cacochyme et le remue-ménage, venu de la cuisine, où se préparait le dîner. Musique protectrice de mon enfance et de mon adolescence. Et mon père me demanderait, en élevant la voix, derrière la porte : « Tout va bien, Marie ? », parce que notre antique installation au gaz s'était souvent éteinte, nous menaçant d'asphyxie. Je répondais « tout va bien »…

Que ne pouvais-je aujourd'hui crier : « Non ! Au secours ! »

Mes filles me bordèrent dans mon lit réchauffé par deux cruchons emplis d'eau bouillante. Elles s'assirent près de moi. Elles avaient hâte de me faire raconter ce qui s'était passé après leur départ. Avant ça, elles me redirent les moments de terreur où, sous les compresses qui les rendaient aveugles, elles avaient « vieilli d'au moins dix ans » dans la crainte affreuse d'être découvertes aussi bien portantes que les assaillants. « Ils nous auraient sûrement... outragées, n'est-ce pas ? »

Je les regardais, si jolies, si fraîches, si *intactes*. Excitées aussi par ce qu'elles avaient vécu : « Tu comprends, Marie, lorsque nous raconterons cette guerre plus tard, à nos petits-enfants, ils admireront que nous ayons été des héroïnes. Parce que rester sans bouger un cil, presque sans respirer, envahies d'angoisse mortelle, pendant au moins une heure, peut-être même plus, il faut le faire ! »

Si ma tête n'avait pas été tellement douloureuse, sans doute leur aurais-je dit que je croyais Élissa très malade et qu'il fallait plutôt penser à elle. Mais elles étaient si heureuses d'avoir eu une attitude spartiate. Il serait temps demain. Elles m'apportèrent une tisane de fleurs d'oranger qui me ferait dormir.

Je les regardai une dernière fois avant que la porte de ma chambre ne se referme sur elles. Ma vue, un instant, se brouilla. Je ne contemplais pas la jeunesse et la beauté préservées, là, au pied de mon lit, mais dans un décor somptueux de ciel bleu, d'arbres, de fleurs et d'oiseaux brillant sous le soleil comme si on avait lustré ça à l'or de l'huile de toutes les olives de Tunisie. Est-ce à voix haute que j'ai dit : « Quel bonheur ! » Peut-être.

Ai-je dormi ? Sûrement puisque j'ai rêvé... Rêvé que tous ceux de la Casa Roncaldi sont réunis sous le figuier pour s'interroger les uns les autres, et tenter de savoir où je me suis cachée. Ma mère arrive et dit que, petite fille, c'était sous la table de sa salle à manger qu'on me retrouvait toujours lorsque je ne voulais pas qu'on me voie pleurer.

David, qui est là aussi, sait, lui, où je me réfugie maintenant. Là où j'aime m'asseoir, auprès de l'âne de Belkacem. C'est accroupie à ses pieds, dans la paille, que l'on me découvrira. C'est là que je pleure aujourd'hui. Je pleure de n'avoir pas compris lorsque, autrefois, dans ma classe, les yeux d'Élissa ne me quittaient pas et criaient : « Au secours ! Protégez-moi ! Emmenez-moi chez vous, moi aussi, pour qu'il ne m'arrive pas malheur. » Ma mère, tout en soignant les plaies suintantes de Bou-Bou à la teinture d'iode, me rappelle : « Dieu et ses anges avaient besoin de toi ici, on te faisait confiance pour sauver Élissa. Mais tu n'écoutes jamais. » Tout à coup, David me tourne le dos. Je sais pourquoi : je suis impure. Et mes cheveux, ce que j'ai de plus beau, le sont aussi. Défaits, déroulés sur mes épaules pendant que nous luttions le gros soldat nazi et moi, ils ont été profanés. Ma mère le voit et me les coupe avec le grand couteau dont se sert Belkacem pour fendre ses pastèques. Et ils partent tous, sans me regarder, comme David. Mais moi, je sais plus de choses qu'eux : je sais que les ânes pleurent aussi, parce que, maintenant, celui qui est là pleure avec moi. De grosses larmes qu'on ne voit pas parce qu'elles sont grises comme ses poils et se perdent en eux. Notre ami, le petit oiseau, celui qui aime se percher sur le dos de Bou-Bou, est avec nous, dans l'air qui sent les brochettes de mouton grillé, le jasmin et la fleur d'oranger. Puis il s'envole, dans le sillage de ces bonnes odeurs et nous abandonne, parce que lui, il a des ailes…

Il m'a fallu attendre un mois avant de pouvoir raconter cette noire soirée de janvier. Il me faudra beaucoup plus de temps pour pouvoir regarder un figuier de Barbarie sans penser à la petite Élissa, morte huit jours après son installation Casa Roncaldi, d'une typhoïde « avec complication ». Qu'entendait le médecin par « complication » ?

Elle avait toujours souhaité vivre ici, avec nous. Elle y était enfin arrivée. Mais trop tard.

Enfin les Alliés sont là !

Anglais, Américains et Forces françaises libres. Et ils défilent triomphalement dans Tunis avec l'armée française d'Afrique.

Et enfin, nous n'avions plus peur pour Myriam.

Myriam qui ouvrait ses grands beaux yeux sur un monde nouveau. Elle riait, chantait… Voyant un engoulevent flécher le ciel, elle disait : « Je fais comme lui, je me grise d'air… d'air libre ! » Libre ! Et nous riions et chantions avec elle. C'est dans cette euphorie qu'il nous arriva la chose la plus inattendue qui soit : Asunción vint nous dire avoir ouvert la grille à deux officiers américains. Ils demandaient à me voir.

– Peut-être pour louer l'appartement qui est libre, suggéra Meryem.

C'était bien ça ! Deux de nos libérateurs, de nos sauveurs, recherchaient des chambres. Les héros doivent dormir eux aussi. Et ces héros-là, c'était David Darmon et son ami médecin comme lui, Ladgel Nafi.

Nous les regardions, incrédules.

Dans son uniforme, et avec six ans de plus, David était à la fois le même et un autre. Comme j'hésitai à l'embrasser, ce fut lui qui le fit. Son très léger parfum de lavande Yardley me le restitua tout à fait.

Il hésita, à son tour, à embrasser mes filles, les reconnaissant à peine. Stupéfait, il dit, par deux fois, « jamais je n'aurais cru… », le reste se perdit dans le petit tumulte de l'arrivée de M. P., d'Hippolyta et de Rosario qui nous entraîna sous le figuier, où Canario avait installé des fauteuils de rotin, première dépense de notre propriétaire pour notre confort extérieur.

J'étais silencieuse, alors que mes filles parlaient, parlaient… Il me fallait réagir. Que devait penser David de ce froid accueil de ma part ? Sans doute rien. Il ne regardait et n'écoutait que Myriam et Meryem.

Et je les regardais, moi aussi. Il me sembla que de cette radieuse matinée elles étaient l'émanation même, tant il y avait de soleil en elles, à en éblouir tous ceux qui les voyaient. Comme elles devaient aller se promener dans le quartier français et y faire quelques achats, elles portaient ce jour-là des robes légères et colorées qui soulignaient leur sveltesse et leur jeunesse. Elles avaient adopté l'une et l'autre, depuis quelque temps, une coiffure semblable qui auréolait d'une épaisse couronne de cheveux tressés leur joli visage. Visage encore d'enfant élevée au lait condensé sucré et déjà de femme avec, dans les yeux, si beaux, une profondeur mystérieuse. Hippolyta leur avait enseigné que leur cou si rond et droit dressé, serait mieux mis en valeur entouré d'un très étroit ruban. C'était leur grande coquetterie que ce colifichet de quelques sous à peine, et dont elles assortissaient le coloris à celui de leur vêtement.

Je me tournai alors vers Ladgel Nafi, persuadée tout à coup que si M. Idriss m'avait dit : « Je vous présente mon fils », j'aurai répondu : « Comme il vous ressemble ! » Même taille svelte, mêmes beaux traits virils. Et surtout, dans le regard, cette gravité mitigée, parfois, de malice. Il me dit, souriant : « J'ai beaucoup entendu parler de Mlle Marie. » J'appris – est-ce ce jour-là ou plus tard ? – qu'ils travaillaient ensemble David et lui, aux U.S.A. dans les laboratoires Darmon Nafi & Co. Il était né au Caire et avait fait ses études à l'université de Yale, comme David. Il s'exprimait en français avec, parfois, une hésitation, cherchant le mot juste pour traduire au mieux sa pensée. Il avait les mêmes belles et longues mains que M. Idriss.

Lorsque Rosario nous apporta des jus de fruits, des olives et des anchois, nous nous appelions tous par nos prénoms à la mode américaine, et nous disions Dave et Ladj ainsi qu'ils nous prièrent de dire.

M. Idriss ne nous avait pas rejoints ce jour-là. Discrètement, il nous laissait nous retrouver. Canario n'avait pas eu cette délicatesse. Il parlait déjà de ses poulpes : sûrement Rosario allait en préparer pour les nouveaux locataires.

– Parce que, vous ne le savez pas, vous qui arrivez des Amériques, mais les poulpes, après qu'on les a pêchés en gargoulette, on les bat et on les fait sécher, comme de la morue, mais sans sel, et on peut les garder longtemps, et vous verrez, vous verrez, c'est aussi bon que de la langouste et…

M. P. intervint pour couper court à une suite qui aurait

pu être longue. Il voulait des détails. Où en était-on réellement ? Était-il vrai que l'amiral Esteva, Résident général à Tunis, l'homme de Vichy, était forcé de regagner – enfin ! – la France ? Les troupes italiennes et les restes de l'Afrika Korps avaient-elles entièrement capitulé ?

Dave et Ladj affirmaient tout ça. Les deux officiers américains, s'ils répondaient à M. P., ne regardaient, dès qu'ils le pouvaient sans être discourtois, que Myriam et Meryem. Tout comme Vincent.

Je sentis une main se poser sur mon épaule. Et elle me disait, cette main : « Ah, les sentiments ! » Par chance, personne n'entendait. Tout fut soudain pour moi d'une clarté lumineuse : David allait s'éprendre de Myriam. J'assisterais alors à quelque chose de plus grand, plus beau que ma petite vie.

– Ne désespérez pas, me chuchota Hippolyta.

Désespérer ? Mais c'était espérer qu'il fallait dire ! Et croiser les doigts pour que ces deux êtres soient attirés l'un par l'autre. C'était un homme comme ce bel officier qui devait prendre soin de ma fille, continuer ma tâche. C'était merveilleux que celui en qui j'avais toujours mis ma confiance soit revenu.

Un murmure encore à mon oreille : « Ils paraissent séduits par les petites parce qu'ils ont manqué de femmes pendant cette guerre, mais ils vont vite les oublier. »

Doigts-de-Fée n'avait jamais rien compris aux fameux sentiments auxquels elle faisait si souvent allusion, elle déraillait, une fois de plus. Je le savais, moi, j'en étais sûre : ces deux hommes étaient sincères et... enthousiastes, comme il se devait sous notre figuier protecteur. J'ai répondu à Hippolyta :

– Ouvrez donc les yeux, regardez ce qui se passe là, en face de nous, un vrai miracle. Ce sont les princes de mon feuilleton !

– Mais... et vous, alors ?

Notre vie changea. Nous parcourions Tunis que David voulait montrer à Ladgel. Nous prenions souvent des repas au restaurant, invitées par les deux amis. Les jeudis et dimanches nous allions nous baigner sur les plages de la Marsa. Parfois M. P. nous accompagnait. Et le jour où nous visitâmes Carthage, M. Idriss se joignit à nous. Ce fut un bonheur de parcourir l'antique cité punique et d'évoquer la belle reine Didon avec nos deux professeurs. Ils savaient si bien faire parler les ruines... et sans papifier.

Nous avions complètement perdu de vue Vincent. Il était venu nous voir deux fois, depuis l'arrivée des officiers américains. Il me parut avoir compris, très vite, que notre grand ami tenait beaucoup plus de place que lui Casa Roncaldi et dans nos cœurs. Et il ne semblait pas désireux d'accompagner dans les visites, au musée du Bardo, au parc du Belvédère ou à Sidi Bou-Saïd, un quatuor qui lui parut trop serré pour qu'il pût s'y insérer. J'étais, quant à moi, en quelque sorte un chaperon, lui ne voulut pas être un guide éclairé... et papifiant. Pauvre Vincent.

Dave et Ladj décidèrent d'aller visiter Kairouan et l'île de Djerba. Ils pouvaient avoir quatre jours de permission. Pourrions-nous les avoir aussi ? Ce n'était pas facile. Mais devant l'excitation de mes filles, je demandai cette faveur à notre directrice. Elle n'hésita pas. Myriam et Meryem lui avaient rendu un réel service, elle nous devait bien ça en échange. Et elle ne cacha pas que, sa fille ayant épousé un israélite, il lui était agréable de remercier ainsi ses libérateurs.

Nos officiers s'occupèrent des billets de train et réservations d'hôtel. Nous étions leurs invitées. Hippolyta, excitée par cette aventure, voulut nous habiller de neuf. Il y avait, assurait-elle, des tissus sans tickets dans les souks. Nous refusâmes, ce qui la navra :

– Mais vous ne pouvez pas vous en aller comme ça, en « tous les jours ».

Notre manque de coquetterie la désolait. Si elle nous avait vues, elle eût révisé son jugement. Nous nous préparions avec beaucoup de soin. La plus grande affaire était de retaper, du mieux possible, nos chaussures qui n'en pouvaient plus. À grand renfort de cirage offert par Canario qui en possédait encore – Dieu sait comment –, l'empeigne était à peu près convenable. Quant aux semelles, la seule solution était de mettre, entre elles et nos plantes de pied, du journal savamment plié. Au fur et à mesure qu'il s'userait, nous le remplacerions. Et grâce au vinaigre, soutiré à Rosario, pour leur rinçage, nos cheveux resplendissaient, mais parfois cachés sous des foulards. Mes filles en avaient voulu pour pénétrer dans les lieux saints que nous visiterions et j'avais fait comme elles. Était-ce imagination de ma part, ou Myriam et Meryem aimaient-elles, de plus en plus souvent, couvrir leur chevelure ?

Pendant les trajets en train, nous en apprenions beaucoup plus sur nos amis. Ils nous parlèrent de leurs travaux en temps de paix et surtout de l'un d'eux qui serait achevé au cours de cette guerre et ici : ils avaient mis au point, ensemble, le produit capable d'exterminer mouches, moustiques et autres vecteurs de tant de maladies. Ils expérimentaient, depuis leur arrivée dans les services anti-palustres de l'Institut Pasteur de Tunis, l'invention qui serait une collaboration américano-franco-tunisienne.

Ils nous dirent aussi comment ils avaient eu la chance de se retrouver à un congrès médical à New York. Depuis leurs études communes, ils ne s'étaient pas revus. Leur amitié d'autrefois, interrompue par l'éloignement – Ladgel vivait au Caire –, s'était resserrée lorsqu'ils avaient découvert s'intéresser tous deux aux fièvres récurrentes des pays chauds. Le temps d'un dîner en tête à tête, et ces pourfendeurs de mouches étaient partenaires au sein de la Darmon Corporation & Co dont Saül, le père de David, était encore, à cette époque, le président.

Leurs moments de détente, ces deux célibataires les passaient souvent ensemble et je devinais qu'ils avaient dû mener assez joyeuse vie, les conquêtes féminines n'ayant certainement pas manqué à ces beaux hommes. Ce n'était pas dit, bien sûr, mais cela me parut évident. Il leur échappait, parfois, un début de phrase qu'ils stoppaient net en parlant d'autre chose. Je compris aussi que leurs recherches et réalisations commerciales qui en découlaient les avaient enrichis. Je n'avais aucune notion de ce que pouvait être une fortune américaine, mais à leur générosité, je voyais, pour parler comme ma mère, qu'ils ne comptaient pas. Ils nous offraient ce voyage et nous proposaient de nous acheter tout ce qui nous plaisait dans les souks. Nous en étions arrivées à ne plus dire, devant un tapis, une poterie ou un bijou « comme c'est beau ! » pour ne pas refuser un « le voulez-vous ? ». La seule chose que nous nous serions, peut-être, permises d'accepter eût été une paire de chaussures. Mais ils ne surent jamais que les kilomètres que nous parcourions à pied nous obligeaient à rafler tout ce qui nous tombait sous la main de journaux et de magazines dans les halls d'hôtels. Et combien de semelles intérieures, tendant à combler les trous des extérieures, nous causaient à la fois de soucis et de fous rires. Notre inquiétude, mitigée d'humour, était d'avoir à nous déchausser avant de pénétrer dans la Grande Mosquée de Sidi Oqba. Que penseraient nos amis, si élégants en civil, de ces souliers identiquement tapissés de papier imprimé ? Et des reprises – nombreuses – de nos bas ? Par chance, on nous prévint, lorsque nous allâmes demander notre permis de visite et un guide, qu'il était inutile de nous munir de babouches. Il nous suffirait de longer le revers des nattes, relevées par les gardiens devant nos pas, afin d'éviter de souiller l'endroit où les croyants marchent pieds nus.

David et Ladgel ne parurent guère remarquer notre soulagement. Bien que… Je me méfiais. Ils devaient avoir ce que ma mère appelle le coup d'œil américain, sans qu'elle et moi n'ayons jamais su vraiment ce que cela veut dire. Je croisais souvent les regards de nos amis qui laissaient deviner intérêt, sympathie et aussi quelque chose en plus que je n'arrivais pas à traduire. Étions-nous pour eux, mes filles et moi, ce qu'Hippolyta qualifiait de « drôle de trio » ?

Je lui avais demandé un jour : « Pourquoi drôle ? » « C'est manière de parler », m'avait-elle répondu. « Ça veut dire aussi : beau, remarquable, rare et tout et tout. » En conclusion, elle entendait me décerner une couronne de laurier. Mais je l'avais poussée à préciser et entendu sur un ton irrité – depuis la guerre ses irritations allaient croissant : « Eh bien quoi ? Vous croyez que ça se voit souvent cette manière de vivre que vous avez ? On vous entend jamais vous bagarrer, jamais même crier ! Vous êtes en quoi, vous trois ? Je dirais en bois si je savais pas qu'y en a pas une qui se jetterait pas à l'eau pour les deux autres. Vous avez vu des choses comme ça, vous, ailleurs que dans l'appartement n° 2 de la Casa Roncaldi ? Moi, c'est la première fois. »

Est-ce ainsi que nous voyaient David, devenu un monsieur important, et son associé, non moins important ? Bien sûr, j'étais toujours l'amie des dimanches soir d'autrefois, sous le figuier. Mais Myriam et Meryem n'étaient plus les petites filles qui venaient nous faire croire qu'un frelon était entré dans leur chambre et tenter ainsi de passer un moment avec nous. Dave et Ladj ne pouvaient s'empêcher de continuer à les regarder avec le même émerveillement que le pauvre Vincent. Et où allions-nous comme ça ? À Kairouan et à l'île de Djerba, bien sûr, et après ? Croyais-je encore au miracle qui avait envoyé ces deux hommes pour mes deux filles ? Une chose en tout cas était évidente : je n'aurais pas été invitée à faire ce voyage sans elles. J'étais ici en qualité de mère. Et cela me suffisait. Je restais dans leur vie, j'avais leur affection. J'étais heureuse.

Certes, Hippolyta n'aurait encore rien compris à mon état d'âme stratosphérique. Devrais-je lui dire, une fois de plus, qu'un homme comme David ne peut hésiter entre une femme aussi peu séduisante que moi et une Myriam si belle ? Elle me répondrait : « Peut-être... mais c'est pas juste, ma pauvre. »

Injuste ? Même pas.

M. P. nous avait décrit avec enthousiasme l'intérieur de la Grande Mosquée de Sidi Oqba, le fondateur de Kairouan. « Vous verrez là, dans une pénombre mystérieuse, la plus belle forêt de colonnes qui soit au monde. Elles viennent des temps anciens – plus de deux mille ans – et sont nées romaines, byzantines ou carthaginoises. Mais le goût, l'harmonie de leur assemblage sont d'une pure et délicieuse poésie arabe. Ne tentez pas de les compter, personne n'y est jamais parvenu. Et la légende assure que l'on sera aveugle avant de savoir combien il y a là de centaines et de centaines de fûts haut dressés en marbre, porphyre ou onyx. »

Nous n'avions rien oublié de tout cela lorsque, mes filles et moi, avons été prises dans l'enchantement d'un clair-obscur sublimant cette offrande de beauté à Dieu. Notre guide nous permit d'absorber la merveilleuse richesse de cette foule altière de pierres, de laisser nos regards plonger dans les profondeurs aux coloris d'or et d'incarnat où la lumière, parfois, semait ici ou là des étoiles. Puis il nous mena, un peu plus loin, devant un faisceau de colonnes de porphyre. Celles-là allaient par paires, et l'espace compris entre elles était étroit.

Le brave homme nous parla d'abord en un murmure de français incertain et, à la demande de Ladgel qui traduisit, en arabe :

– Celui qui a le cœur assez pur pour faire passer son corps entre les deux hauts troncs de pierre rouge, celui-là, le Maître du Royaume, créateur du souffle de vie, le récompensera, le réjouira. Qu'Allah me prive de mes yeux et de ma langue si je ne dis pas la vérité : ceux que Dieu fait assez minces pour qu'une porte ne leur soit pas fermée entre les deux colonnes, ceux-là feront un vœu d'amour et le Très-Haut l'exaucera.

Et nous fûmes tous cinq jaugés par le coup d'œil perspicace du guide qui conclut :

– Je crois que seules la mère et les filles pourront traverser. Vous, les hommes, vos muscles vous donnent force et assurance, remerciez-en le Seigneur, mais ils ne passeront pas là.

Meryem s'élança et se glissa, sans effort, entre les deux piliers.

Ladgel s'était précipité, contournant les paires de colonnes, et l'attendait.

– Avez-vous fait le vœu ? demanda-t-il.

– Oui.

Il lui tendit la main, alors qu'elle sortait à peine d'entre les deux masses de porphyre.

Dans ce lieu mystique [1] entre tous, dans le murmure des prières des croyants accroupis à l'ombre des colonnes, il m'apparut que le souhait de Meryem se mêlait, par ces mains unies, à celui qu'aurait fait Ladgel, s'il l'avait pu. Le même peut-être.

Et je vis Myriam regarder David. Lui demandait-elle ce

1. On visitait encore la salle des prières à cette époque.

qu'elle devait faire ? Il dut lui répondre de ne pas passer entre les deux colonnes, puisqu'elle s'en abstint. S'étaient-ils dit que ce sanctuaire était celui de Ladgel et de Meryem et non le leur ?

Il y eut un temps de silence entre nous. Mais le guide ne pouvait être muet longtemps. Il se tourna vers moi, me murmura :

– Vous, la maman, il faut essayer. Parce que c'est bon aussi pour les rhumatismes, le Seigneur les guérit chez tous ceux qui traversent les deux colonnes.

Ah ! Il m'embêtait celui-là ! Passe encore qu'il me donne l'âge d'être la mère de mes filles – j'aurais dû les avoir entre douze et treize ans – et je voulais bien en paraître plus de trente-deux, mais je n'avais pas de rhumatismes. Et j'avais le droit, moi aussi, de faire un vœu.

Je suis passée. Et je l'ai fait mon souhait.

David et Ladgel m'ont tendu chacun une main au sortir de l'épreuve.

Un autre élan de mon cœur me fit lever les yeux vers les plafonds de la mosquée ouverts au ciel par quelques lucarnes. Aux arceaux des voûtes s'accrochaient de grands lustres tout en godets de cristal et de cuivre. Des colombes et des hirondelles y jouaient à éviter de se brûler les ailes entre ces grappes de petites lumières. Si Dieu était là, parmi les oiseaux, exaucerait-il mon souhait ? Ferait-il de David et de Ladgel les compagnons à vie de mes filles ?

Nous dînions, ce soir-là, sur la terrasse ourlée de bougainvilliers de notre hôtel. La ville s'étendait devant nous. Ses coupoles, ses minarets, ses maisons, tout cela, si blanc dans le soleil, avait viré au rosé, au mauve et bientôt serait bleu.

Myriam et Meryem avaient tiré le meilleur du possible de leurs peu élégants vêtements. Sur de pauvres robes de cretonne fleurie, identiques et cent fois lavées, elles avaient glissé à l'encolure une rose rouge très épanouie, cueillie dans les jardins de notre résidence. Assez stupéfaite, je les avais regardées, au sortir de leur chambre. Il fallait un certain aplomb pour ne pas craindre de traverser ainsi, en paire, une salle à manger pleine de gens aux regards braqués sur elles à la fois si belles et si provocantes, avec ce chou écarlate à leur corsage et leur ruban assorti autour du cou. Leur aisance, leur assurance me confondaient. Où les avaient-elles acquises ? Pas auprès de moi que le contact avec des inconnus effrayait toujours un peu. J'entrevis, ce soir-là, quelles femmes elles allaient être, quelles femmes elles étaient déjà. Et il m'apparut que David et Ladgel pensaient comme moi, subjugués eux aussi.

La nuit était tombée. Nos compagnons, pendant le repas, avaient évoqué la similitude des deux hauts lieux de notre voyage. Ici, Kairouan, la Ville sainte, le sanctuaire de Sidi Oqba, demain l'île de Djerba, et, au village de Guellah, cette Ghriba la Merveilleuse, la plus ancienne des synagogues.

Dans la douceur de l'air, dans l'arôme retrouvé du vrai café, un silence se fit. J'avais le sentiment que mon quatuor était heureux. D'un bonheur grave.

Il n'y avait qu'une petite lampe à l'abat-jour rose sur notre table. Cette faible lumière suffisait pour que puissent irradier le teint clair, transparent de Myriam, celui légèrement doré de Meryem. Elles avaient dû cueillir aussi des pétales de géranium pour aviver leurs lèvres. Elles portaient toujours leurs tresses de cheveux en couronne et leurs longs cils battaient comme de petites ailes d'oiseau.

Savaient-elles, peut-être depuis le premier jour de l'arrivée de David et de Ladgel, l'admiration dont elles étaient l'objet ? Sans doute. Elles étaient plus fines que moi, plus femmes. Pensèrent-elles à séduire aussi autrement ? Elles se lancèrent, tout à coup, brisant le silence, dans un rappel du temps où David vivait Casa Roncaldi et nous rejoignait dans la bicoque de la petite plage de Carthage, au bas des thermes d'Antonin. Myriam racontait et Meryem expliquait, commentait pour Ladgel qui entra ainsi dans nos souvenirs, y fut à l'aise, s'y prélassa.

Elles racontèrent le parcours en train électrique pour gagner la plage et la maison prêtée. Les lattes de bois des sièges qui leur imprimaient des raies rouges là où leurs jupes trop courtes de petites filles laissaient leur chair à nu. C'était, se disaient-elles alors, l'estampille « Vacances ». Joyeuses, elles se regardaient l'une l'autre : « Tu les as, les raies ? », « Je les ai ! »

Elles décrirent aussi le bonheur de la première plongée où elles retrouvaient cette bonne odeur du caoutchouc de leur bonnet de bain associée à celle de la mer. Elles les aspiraient toutes deux avec délices. Elles dirent encore le rat noyé dans la citerne, l'ordre de David de purifier l'eau, et, comme elle n'aurait pas très bon goût bouillie, d'ajouter, en cours de cuisson, du bois de réglisse. Il leur en apportait de tout petits fagots. Transmutation ! Cela faisait de l'or liquide, si beau qu'il ne fallait pas le cacher dans la gargoulette, mais le faire luire dans une bouteille. Et on buvait « l'eau d'or de David. »

Elles dirent enfin ce qu'elles avaient appelé « les noms superbes » qu'elles notaient dans un petit carnet. C'étaient Charlemagne, empereur à la barbe fleurie, Louis XIV, Roi-Soleil, Théodora, impératrice de Byzance, Sénélé à l'épervier d'or, Saladin le Superbe. Ou bien Grand Louvetier du roi, Grand Sénéchal de France, Soliman, prince des djinns, Sémiramis, reine de Babylone, Laurent le Magnifique, et tant et tant d'autres qu'elles s'amusaient – toujours pendant les vacances – à clamer à la mer et au ciel, en courant dans l'eau ou dans le vent comme elles auraient annoncé les invités arrivant à la réception donnée, sur les tapis de sable d'or, par la mer, le ciel et le soleil. Il y avait aussi les noms qu'elles mettaient « en attente », ne sachant pas encore s'ils étaient dignes d'être qualifiés de grands et de beaux. Ainsi Machu Picchu qui les amusait mais ne méritait peut-être pas d'être inscrit dans le carnet. Et un jour... Elles s'en souvenaient bien, c'était à la fin d'août, avec déjà une première petite tempête d'équinoxe. Il leur était, soudain, apparu que les forces de la mer et du ciel devaient s'en soucier peu de tous ces grands beaux noms. Elles s'étaient assises sur la plage pour réfléchir. C'était sûr, la mer pouvait engloutir ce gotha de l'Histoire de l'humanité dans ses hautes vagues et le ciel dans ses vents furieux. Alors ? N'étaient-ils pas plus grands et plus beaux les noms Mer et Ciel ? Elles avaient réfléchi encore et, illuminées soudain s'étaient dit : « Mais le plus beau de tous n'est-il pas celui du Créateur de cette mer et de ce ciel. N'est-il pas Dieu ? »

Je me le rappelais ce petit carnet noir, et les noms qu'elles découvraient, prononçaient plusieurs fois avant de décider s'ils étaient beaux, très beaux ou superbes. De mon père, elles en tenaient quelques-uns, rapportés du séjour à Paris. Mais que celui de Dieu leur soit apparu, tout à coup, dépassant tous les autres, elles ne me l'avaient jamais dit. Et voilà qu'elles le confiaient à David et Ladgel ce soir-là, à Kairouan, sur une terrasse fleurie et sous les étoiles.

Était-ce l'atmosphère mystique de la Grande Mosquée, si présente encore en chacun de nous, qui les avait poussées à parler de ce qu'elles appelaient toujours leur « Privé » ? Et n'allaient-elles pas, bientôt, me confier savoir désormais le chemin qu'il leur fallait prendre ? Avaient-elles, sans que je le sache, eu la révélation de leur croyance l'une et l'autre ? À cet instant, j'entendis Meryem répondre en riant à Ladgel qui avait dû lui poser une question que je n'avais pas écoutée :

– Bien sûr ! Nous n'étions pas toujours d'accord, lorsque nous étions plus jeunes. Et lorsque nous avions beaucoup discuté, celle qui reconnaissait avoir tort devait…

– Non ! intervint Myriam, il faut dire, d'abord, que nous portions toujours des paires de chaussures semblables, mais de tailles différentes, moi du 38, toi du 39.

– Et, conclut Meryem, la pénitence de la perdante était d'échanger ses souliers contre ceux de la gagnante. Pour l'une, c'était trop grand, pour l'autre trop petit. Et cela pendant toute une journée !

– Mais, dit Ladgel en riant, vous vous punissiez donc toutes les deux ?

En riant elles aussi, elles dirent ensemble : « Exactement ! L'honneur était sauf pour celle qui était dans le vrai et le juste, mais nous nous infligions, en effet, une brimade collective pour avoir encore désobéi à Marie qui détestait nos éternelles palabres-compétitions. »

Elles m'accompagnèrent dans ma chambre pour me dire bonsoir, inquiètes tout à coup.

– Marie… oh ! Marie, n'avons-nous pas trop papifié avec David et Ladgel ?

– Marie, ne penses-tu pas que nous les avons barbés avec nos petites histoires ?

– Cela vous contrarierait de leur avoir déplu ?

La couleur de leurs joues s'approcha au plus près de celle des énormes roses de leurs corsages. Et elles répondirent ensemble :

– Beaucoup ! Plus que beaucoup même !

– Je crois, au contraire, petites, que vous les avez intéressés, amusés. Mais vous avez aussi joué avec le feu, en parlant des chaussures échangées. Et s'ils vous avaient demandé, l'un et l'autre, de voir comment cela se passait ? C'est pour le coup qu'il les auraient vues vos semelles intérieures en papier journal.

Nous avions beaucoup ri avant de nous séparer ce soir-là. Elles avaient douze ans, elles étaient encore mes toutes petites et, moi, j'avais retrouvé mes vingt ans… et presque oublié les figuiers de Barbarie, un certain sirop et un certain soir.

Djerba aussi nous avait été décrite par M. P. : « Un voyage, mes enfants, ça se prépare. » J'étais comprise dans les enfants. J'aimais mieux ça que d'être supposée souffrir de rhumatismes ! Vrai, il m'avait irritée ce pauvre vieux guide de la Grande Mosquée de Kairouan.

Bref, il nous fallait savoir que la Ghriba, cette « Merveilleuse », avait été construite sur une pierre du Temple de Salomon détruit par Nabuchodonosor et emportée au moment de la dispersion du royaume de Juda. Les plus anciens rouleaux de la Loi dormaient là, dans leurs étuis d'argent ciselé.

Tête couverte, nous l'avons visité ce haut lieu de la religion israélite, écrin de l'une des plus précieuses torahs du monde.

Dans des senteurs d'encens, dans une ambiance de haute spiritualité, des éclats de lumière colorés par les vitraux faisaient briller l'émail de murs tout en carreaux de faïence.

Il y avait foule. C'était jour de procession. Au sortir de la synagogue, l'air si doux – celui-là même qu'avait respiré Ulysse dans l'île des Lotophages – dissipa les vapeurs d'encens.

Ladgel avisa un fiacre à parasol et le retint pour nous conduire sur une plage dont on nous avait vanté la splendeur. Mais où étaient David et Myriam parmi tant de pèlerins ?

Aussi placide que son vieux cheval, le cocher berbère les attendit avec nous pendant un bon quart d'heure. Enfin, nous les vîmes arriver, se tenant par la main. Et David dit qu'ils avaient eu la chance de pouvoir approcher les rouleaux dans leurs étuis d'argent. Myriam ajouta, les joues roses et les yeux étincelants :

– Il faut l'occasion d'un pèlerinage pour que l'on ait le bonheur de les voir. Si on passe un doigt, une seconde sur eux, le vœu que l'on fait alors sera exaucé.

– L'as-tu fait ? demanda Meryem.

– Nous l'avons fait, tous les deux ! répondit David.

La plage s'étendait, large, longue et dorée au bord d'une mer calme, silencieuse comme si la douceur légendaire de l'air de Djerba l'avait endormie. Niché dans un bouquet de tamaris emplumés de rose, un petit caboulot nous servit des brochettes de mouton encore grésillantes et du *lagmi*, sève de palmier qu'une incision dans l'arbre fait s'écouler. Recueilli et bu le jour même, non alcoolisé encore, il ne grise pas. Et pourtant nous étions ivres. De bonheur, de gratitude. La vie était bien généreuse de nous donner de pareils moments de félicité et d'exaltation à la fois. Ces instants me rappelèrent nos soirées sous le figuier de la Casa Roncaldi et le credo du Dr Nicolle : « Vivez sans cesse dans l'enthousiasme. » J'offris alors à David un autre credo, qu'il ne connaissait pas et que j'avais découvert récemment, celui de Victor Hugo : « L'enthousiasme est le fond de la vraie sagesse. » Il le répéta, ajoutant « comme c'est vrai ! », tout en regardant Myriam. Il se tourna vers moi, pour me remercier, et vite, revint vers ma fille, lui donnant, en quelque sorte, le cadeau que je venais de lui faire, en le redisant encore une fois pour elle, et elle seule.

Nous étions toujours assis sur les bancs du petit caboulot, cernés par les tamaris. Ladgel nous incita à aller sur la plage. Je m'éloignai, prétextant le besoin de marcher. Je devais les laisser seuls, ces deux couples. Eux ne se gênaient nullement, s'ils se regardaient, l'un l'autre, chacun pouvait croire se voir lui-même.

Lorsque je revins de ma promenade solitaire, ils étaient assis sur le sable encore tiède. David tenait la main de Myriam dans la sienne, Ladgel celle de Meryem. Ils ne modifièrent pas leur attitude à mon approche.

Le retour à Tunis ne fut pas attristé par une perspective de séparation. Nous regagnions la même ville et la même Casa Roncaldi.

Dans le train, les deux hommes s'étaient assis en face de nous trois, pour mieux voir celles qu'ils aimaient, ce dont maintenant j'étais sûre. Je ne me sentais plus en trop : ils devaient penser que sans moi ils auraient eu peu de chance de rencontrer Myriam et Meryem. J'avais ma petite place dans leur bonheur. Et ils parlèrent d'eux à nouveau. David dit :

– J'avais promis à ma mère d'aller faire une prière à la Ghriba pour remercier l'Éternel d'avoir épargné ma vie pendant les combats. « Et ne me raconte pas, m'a-t-elle dit, que tu y es allé si tu ne l'as pas fait. Je le saurais. D'ailleurs, tu n'as jamais su ruser convenablement. Promets-moi aussi que tu caresseras les rouleaux de la Loi pour leur demander de te donner une épouse. Il est grand temps. Je me sens vieillir et je veux connaître tes enfants avant de mourir. »

Et Ladgel nous expliqua : « Vous savez que six pèlerinages au sanctuaire de Sidi Oqba en valent un à La Mecque.

Mon père était venu cinq fois à la Grande Mosquée, mais sa santé lui interdit désormais d'y aller encore. Je lui ai promis de le faire à sa place. »

Puis, ils évoquèrent les États-Unis. Opération séduction. Mes filles étaient subjuguées. Cela me rappela une petite enfant de douze ans, n'ayant jamais quitté le boulevard du Montparnasse que pour le Limousin, à qui on vantait le paradis tunisien. Ce fut, sans doute, le moment où je compris le mieux quel avait été le sacrifice de ma mère. Et, en regardant les plaines arides qui entourent Kairouan, je craignis de ne pas savoir être aussi courageuse qu'elle avait su l'être lorsque je l'avais quittée. Apprendrait-elle jamais que j'avais associé son renoncement héroïque à la tristesse qui sourdait de ces landes désertiques où Sidi Oqba décida un jour de voir s'élever sa ville ? Saurait-elle que ce fut à cet instant que je l'ai le plus aimée ?

J'apprenais ce qu'est l'amour en regardant vivre mes filles. Leur différence d'attitude avant et après l'intrusion d'un homme dans leur vie était à peine perceptible pour certains et aveuglante pour moi. Dans leur allégresse d'exister, elles avaient des regards étonnés, semblant tout à coup stupéfaites de ce qui leur arrivait. Elles admiraient le vol d'un oiseau, se penchaient po r respirer le parfum d'une fleur avec le ravissement d'une première fois. La joie dans leurs yeux était telle, qu'elles en paraissaient, par moments, effrayées et, vite, abaissaient leurs paupières pour la dissimuler. Et ce besoin que tous soient heureux autour d'elles ! Elles voulurent aider Selim à parler le français. Elles parvinrent à obtenir de Rosario que la petite Asunción, qui le désirait tant, apprenne à lire et à écrire. Pour moi, elles étaient attentives, affectueuses et me faisaient vivre dans le tourbillon de leur bonheur, où j'étais parfois aussi étonnée qu'elles, souvent aussi joyeuse, aussi émerveillée.

Par quel miracle deux êtres destinés à s'aimer se rencontrent-ils ? C'était la question que je ne cessais de me poser.

Pas elles. Il y avait le bleu du ciel, l'or du soleil, la beauté des fleurs, le parfum du jasmin, comme il y avait l'amour.

Ce fut un doux soir de juin que David et Ladgel vinrent me demander mes filles. En uniforme, avec décorations, ils m'apparurent graves et souriants à la fois. Ils étaient de quinze ans leurs aînés, me rappelèrent-ils. Je répondis que c'était bien ainsi. Ils ajoutèrent qu'ils offriraient une vie fort agréable en Amérique et que leurs familles, prévenues, se réjouissaient de leur choix. J'ajoutai que je m'en réjouissais également.

Restait, tout de même, à demander à Myriam et Meryem si elles voulaient bien... je les appelai. Elles arrivèrent, en deux glissades, comme lorsqu'elles sortaient, jadis, en récréation. Je leur fit part des demandes de David et de Ladgel. Elles dirent alors : « Mais Marie, tu sais bien que c'est oui, oui, oui, et encore oui ! »

On en arriva au programme des réjouissances, après le mariage au consulat des États-Unis. On nous proposa un déjeuner dans le plus grand hôtel de la ville et avec les invités que nous souhaiterions avoir à nos côtés.

Comme nous n'avions toujours que trois chaises et un fauteuil, Myriam et Meryem nous les offrirent et s'assirent, à même les tomettes, aux pieds de leurs futurs époux, nous annonçant qu'elles avaient à nous parler. Elles le firent en leur habituel duo, dont je ne pus, sans tristesse, me dire que c'était certainement l'un des derniers. Et j'entendis :

– Pas question d'aller déjeuner à l'hôtel, cela ne nous convient pas...

– C'est ici, et seulement ici, Casa Roncaldi, dans la maison aux trois jasmins et sous notre cher figuier que nous voulons notre repas de noces.

– Parce que, voyez-vous, ici c'est le seul endroit au monde, à l'exception de Paris, chez les parents de Marie et de la bicoque de la plage de Carthage, où nous avons eu tous nos bonheurs…

– Que nous voulons celui qui se prépare.

– C'est ici que nous avons appris à vivre, à étudier, à aimer les autres, grâce à Marie.

– Si nous vous plaisons, c'est parce que c'est ici que l'on nous a créées une seconde fois, après nos pauvres parents.

– C'est ici qu'un jour nous avons partagé nos trésors : la moitié de la collection de boutons pour chacune, la moitié des éponges aussi, et un *khol-khal* d'argent à l'une et à l'autre.

– Ça, voyez-vous, ces deux partages, c'était pour partager aussi d'où nous venions.

– Et puis, tous ici, nous ont aimées…

– Et nous voulons que, sous le figuier, il y ait tous ceux de la Casa Roncaldi, tous.

– Oui, qu'ils soient là, autour de nous le jour de notre plus grand bonheur depuis…

– Depuis que Marie nous a abritées sous ses ailes.

– Depuis qu'elle nous a donné tant de sourires. Toujours, du matin jusqu'au soir, elle nous souriait. La Casa Roncaldi, c'est la maison des sourires tendres et affectueux de notre Marie.

Que pouvaient-ils répondre, les futurs maîtres de ces deux-là qui savaient ce qu'elles voulaient ?

Ils dirent, gravement, après s'être consultés du regard :

– En effet, ce ne peut être qu'ici.

Et ils étaient émus. Elles en feraient ce qu'elles voudraient mes deux… dessinatrices. Le mot venait de me traverser l'esprit. Il m'apparut qu'elles étaient bien toujours les mêmes, frondeuses adorablement, mais frondeuses, et si ces messieurs médecins, chercheurs, « savants », aurait dit Canario, si ces messieurs donc croyaient, en épousant des jouvencelles, pouvoir les façonner facilement, ils auraient, je crois bien, quelques surprises.

Ça aide d'être des officiers libérateurs de nationalité américaine, et riches de surcroît ! Rosario vit arriver des monceaux de marchandises les plus diverses au point de se croire revenue aux beaux temps d'avant-guerre. Nous eûmes des conférences interminables dans une cuisine désormais presque sans mouches tant l'invention américano-franco-tunisienne était efficace. Mais, pour diminuer des trois quarts ce que voulait nous servir notre propriétaire au déjeuner de noces, il fallut l'intervention de M. P. Lorsqu'il eut dit que même à la Résidence générale il n'avait jamais vu une telle profusion, tout rentra dans l'ordre.

Hippolyta dut aussi se résigner à la simplicité. Mes filles ne voulaient pas d'excès vestimentaire non plus : des robes de piqué de coton blanc et un petit voile court, ressemblant à la faldetta de Victoria Regina. Leur seul luxe fut de tresser leurs longues nattes avec d'odorantes fleurs d'oranger. Et elles exigèrent d'être photographiées devant la grille de la maison, comme autrefois, par David.

Au déjeuner, M. Idriss leva son verre de jus de fruit au bonheur des époux et proposa la création du club des

Filosikos (amis des figues en grec) pour, dit-il : « qu'il nous reste quelque chose après le départ de nos deux divas ». À cet instant, notre figuier, toujours ponctuel, laissa tomber sa première figue-fleur au beau milieu de la table, auprès de la pièce montée, chef-d'œuvre de notre Rosario. Mes filles ont raison de dire qu'un arbre, c'est plus qu'un arbre. Celui-là est notre ami. Je viendrai bavarder avec lui lorsque je serai seule.

Elles sont parties…

Et qui est venu me consoler ? Vincent. Il est arrivé un après-midi où je rêvais, sous notre figuier, tentant de m'imaginer ce que mes petites devaient faire à cette même heure. Il m'a annoncé que sa mère, avec qui il vivait, était morte le mois dernier. Il pensait à quitter une maison désormais trop grande pour lui et se demandait si la Casa Roncaldi n'aurait pas une ou deux pièces à lui louer. J'ai promis de m'en occuper. Il a su les mariages de Myriam et Meryem et m'a avoué qu'il ne serait jamais parvenu à choisir entre elles deux. Je sens qu'il viendra souvent me parler d'elles. Nous soupirerons ensemble sur nos bonheurs perdus. Et je lui recoudrai ses boutons ; la mort de sa mère n'a pas arrangé son aspect, il est de plus en plus désordonné. J'espère pour lui qu'il ne traite pas les copies de ses élèves comme il traite ses vêtements.

Incroyable nouvelle : Canario vit chez Hippolyta ! Elle m'a dit : « Qu'est-ce que vous voulez, moi, j'aime les hommes. J'ai tout de suite plus chaud au cœur quand j'en ai un à la maison. »

Rosario ne sait que dire. Elle navigue entre le plaisir d'être presque débarrassée de son canari chantant et une petite honte. « Parce que, enfin, quel âge ils ont ces deux-là pour roucouler encore ? »

M. P. et M. Idriss ont choisi une attitude neutre. Ils paraissent ne rien voir, même lorsqu'ils découvrent Canario se prélassant dans un fauteuil d'osier sous le figuier, cigare aux lèvres. Apporté, le cigare, par une Hippolyta plus froufroutante que jamais.

Vincent est venu me demander d'adopter la jeune chatte rousse de sa mère, Carotte V. Il m'a dit : « C'est curieux, elle ne s'habitue pas à moi. Elle vit sur le fauteuil de sa pauvre maîtresse. Elle mange à peine. Je crains qu'elle ne nous couve une neurasthénie. »

J'ai gardé Carotte. Nous faisons très bon ménage. Elle a un appétit d'ogresse et n'a pas hésité une seconde à considérer que mon lit est le sien. Elle dort en son milieu. Encore un avatar de cette couche à mauvaise réputation, d'après Hippolyta et M. P. À voir Carotte s'y prélasser, s'y étirer, y ronronner, je me demande si cet animal n'est pas la réincarnation d'une odalisque de grande tente ou d'une hétaïre de haut vol.

Pauvre Vincent, même une chatte ne veut pas de lui.

À me relire, tant d'années après avoir tenu ce journal, je sais qu'elles avaient raison, celles qui me traitaient d'enfant qui en adopte deux autres. J'avais ouvert mes bras en leur prêtant plus d'envergure qu'ils n'avaient. Et pourtant, ça a marché ! Cela dépend de quoi la réussite d'une enfance ? L'impression de sécurité passe-t-elle avant la tendresse ? Mais, comme dit si joliment Doigts-de-Fée, je leur ai aussi « caressé le cœur » à mes filles.

Plus âgée, plus expérimentée surtout, peut-être aurais-je eu peur et vu les dangers qui me guettaient. Merci, mon Dieu, de m'avoir conduite là où je *devais* aller alors que je n'avais pas encore vingt ans.

Pendant cinquante années, j'ai reçu, toutes les semaines, une longue lettre de mes filles. J'ai écrit sur chaque enveloppe, à l'encre rouge, la date d'envoi et les sujets traités. Ainsi, lorsque j'ai eu envie de revivre un certain moment de leur nouvelle existence, je le trouvais facilement.

Tantôt ce fut l'une qui raconta, tantôt l'autre. Elles ne vivaient pas ensemble, au début, mais se voyaient chaque jour. J'ai pu les imaginer se disant : « Ça, c'est à toi d'en informer Marie, ceci c'est à moi de le faire. »

Je viens de relire le premier récit de Myriam, son arrivée aux États-Unis :

« Pour les Darmon, voyage de noces = voyage dans la famille. À part une trop courte semaine passée seuls David et moi à Nantucket où nous possédons une si grande villa qu'il y tiendrait deux Casa Roncaldi, excursions diverses dans New York chez les oncles, les tantes, les cousins et, comme eût dit Rosario, les cousins des cousins.

Ainsi, tout d'abord, merveilleux séjour dans cette jolie île où vivaient les pêcheurs de baleines. En secret, je te le dis, chère Marie, je préfère notre Méditerranée à l'océan. Mais David vaut bien que l'on oublie la petite plage de Carthage devant les thermes d'Antonin ou la grande de la Marsa. Pour résumer, je l'aime, il m'aime, peu importe le décor de notre amour.

Donc, après huit jours de grand bonheur dont je me souviendrai jusqu'à l'heure de ma mort, plongée dans le clan Darmon & Co.

En premier lieu : ma belle-mère, Mrs. veuve Saül Darmon. C'est une dame importante. Elle s'occupe de quantité d'œuvres charitables. Cela nécessite une secrétaire à demeure qui, en réalité, fait tout le travail et la mère de David n'a plus qu'à présider, et présider encore. J'ai vite senti qu'on a des vues sur moi, quant à ces présidences. J'ai fait la bête pour me garder encore quelques semaines de tête-à-tête avec David. Mais tu ne vas pas croire que, comme Blanche de Castille avec le pauvre roi Saint Louis, elle nous empêche toute vie intime. Non, elle nous fiche la paix. Imagine-la, petite, nerveuse, autoritaire. Toujours agitée, elle a quand même pris le temps de me jauger. Et elle m'a dit :

"Jolie. Très jolie... mais les hanches étroites, hum !"

Facile à traduire : celle-là, qui est la femme de mon fils, où aura-t-elle la place de mettre mes *petits-enfants ?*

À part ce souci – pour elle, pas pour moi – gentille et très généreuse. Elle a interpellé David :

"Tu sais que je n'aime pas les bijoux sur les vieilles peaux. Fais-moi souvenir de donner à cette petite quelques belles pièces.

– Je lui en offrirai. Garde les tiennes, maman.

– Et pourquoi ? Elles dorment dans des coffres, il est temps de leur faire prendre l'air. Je me demande si mes perles ne sont pas mortes d'ennui et de langueur là-dedans."

Je les ai ces perles. Tu te souviens de ce portrait, dans notre beau livre sur Versailles, de Marie Mancini ? Elle porte au cou des "coquillages" comme disait Saint Louis de la taille de noisettes. J'ai les mêmes. On ne croirait pas qu'une fabrique de lessives et autres détergents puisse faire naître d'aussi belles choses.

J'ai vu aujourd'hui le musée Saül Darmon et, entre deux Claude Monet, devine quoi ? La boîte aux œufs de notre M. P. ! J'ai demandé au conservateur de me la photographier, flanquée ainsi à droite et à gauche de deux semblables œuvres du Maître à des heures différentes de la journée. J'ai l'intention de l'envoyer au professeur intitulée : Œuf d'autruche pondu entre deux meules de foin. *J'espère qu'il ne s'évanouira pas de saisissement, de contentement, de gratitude. Et moi, tu te demandes, chère Marie, si je ne tombe pas dans les pommes à découvrir cette caverne d'Ali Baba que sont les trésors Darmon ? Non, tu m'as fait la tête solide et Rebecca peut dormir tranquille, je les lui ferai solides aussi ses petits-enfants.*

Si tu avais vu avec quel empressement et quelle déférence le monsieur conservateur du Musée a accédé à ma demande, soucieux de savoir sous quel angle je voulais la photographie. J'ai dit, impassible, du moins je le crois, « je veux surtout que l'on voit bien l'œuf ». Je m'amuse beaucoup à apprendre à être une dame, et une dame américaine et riche de surcroît. C'est vraiment une tribu ces Darmon. Il y a quelques jours, j'ai vu un plein paquet d'oncles, de tantes, de cousins venus à Carnegie Hall, pour entendre le cousin Samuel jouer du Ravel. En formation serrée, le clan était là au complet. Après le concert, on m'a présentée à l'artiste. Tous attendaient la réaction de l'homme le plus célèbre de la famille devant la dernière acquisition d'une épouse Darmon. On m'avait dit d'écouter avec respect, et, surtout, de me taire.

J'ai eu bien raison de n'en rien faire. J'ai dit à Sam que j'avais entendu son interprétation du Concerto nº 24 de Mozart, devant Carthage, allongée sur le sable, face à la mer.

"S'est-elle tue ? m'a-t-il demandé.

– Bien sûr, mon cousin, elle a écouté, elle aussi, médusée que l'on ose couvrir sa voix."

Au dîner, voyant que j'avais paru intéresser ce monsieur qui parle peu et vit dans son monde de notes, on m'avait placée à côté de lui. Il m'a appris qu'il compose aussi et que, peut-être, si le sujet l'inspire, il m'écrira Une Tunisoise à New York. *Je dois dire que ma cote dans la tribu est montée de quelques points.*

Et maintenant, ma Marie chérie, je vais t'apprendre une

chose qui va te faire tomber par terre : Hippolyta me manque. Pas celle de « Ah ! Les sentiments ! », mais la couturière qui communiait avec les grands maîtres de Paris. Vu le budget que l'on m'accorde, je peux choisir ce que je veux. Mais quel choix faire ? Pour compliquer ce souci, la sœur aînée de David a décidé de me "rendre le service de m'initier à l'élégance". Portrait de la dame : grande belle femme brune, méprisante à croire que le mot mépris fait partie de son blason. Parce qu'elle est viscountess. Elle a épousé Lord Shelley de Beauchamp. Le viscount, lui, est rétréci comme si on l'avait lessivé plusieurs fois et laissé trop sécher ensuite. Il faut dire qu'il doit tout son luxe aux lessives Darmon. Elles l'ont redoré. Pour oublier qu'il n'est que le mari de la richissime Beryl (elle s'appelait, primitivement, Bethsabée, mais l'a oublié depuis longtemps), il boit. Il sait rester imperturbable, très droit, raide même, mais j'ai l'impression que si je le bouscule un tout petit peu, il va tomber. Il m'a fait de la peine – il détesterait le savoir – parce que, en plus, il n'a pas aidé à donner des petits viscounts à la famille. Le regard de Rebecca posé sur lui le lui rappelle constamment. Alors, il boit encore plus.

David a deux autres frères : Élie qui est un cancérologue célèbre, Isaac un avocat non moins célèbre. Je ne les connais pas encore, ils n'habitent pas New York. Il y a aussi une autre sœur : Hepsiba. C'est une scientifique. Sans doute, pour ne pas avoir l'air de snober ceux avec qui elle travaille aux laboratoires Darmon, elle s'habille comme ne le tolérerait pas à sa femme de chambre la viscountess. Je me demande si elle m'a vue lorsqu'on m'a présentée à elle. Qui voit-elle ? On ne le saura peut-être jamais. Elle a un sourire rêveur, délicieux d'ailleurs, d'ange qui se serait égaré dans la Darmon & Co.

Elle est célibataire. Avec sa petite taille, ses cheveux très courts et ses talons plats, elle semble une enfant perdue parmi des géants. Si un jour, elle m'aperçoit, je crois que c'est elle que j'aimerai le plus.

Donc, sa majesté Beryl ex-Bethsabée a décidé de m'apprendre à m'habiller. Je fais traîner les choses. J'attends que Meryem ait un moment à me consacrer. Elle tient compagnie à son beau-père qui est souffrant. Ladgel n'a pas eu à le lui demander, elle est très attirée par ce vieux monsieur qui l'a d'emblée adoptée. Dès qu'elle pourra penser aux fanfreluches, nous nous procurerons tous les magazines de la terre et nous choisirons notre nouveau style. Je ne me suis acheté que des chaussures. Six paires d'un coup ! Verdict de ma belle-sœur : "Mais voyons, mon enfant, on ne se chausse que sur mesure ! Et seulement après avoir choisi robes et ensembles. Donnez tout ça et attendez de savoir comment vous habiller."

Donner six paires de chaussures neuves ! Elle est folle la viscountess.

J'ai décidé d'aller souvent au musée Saül Darmon pour tenter de me faire une opinion sur mon beau-père que j'aurais tant voulu connaître. J'imagine qu'en voyant ces tableaux qu'il a choisis, certainement sur des coups de cœur, j'aurai une petite idée de l'homme. Et je ne peux pas m'empêcher de penser que celui qui a fait accrocher la boîte à œufs de notre cher M. P. entre deux meules de foin de Claude Monet aurait sûrement été un délicieux père pour moi.

Parlons maintenant de mon installation à New York. Eh bien, chère Marie, il y a ici des appartements plus grands que les plus grandes maisons de Tunis. Le nôtre, c'est-à-dire celui de Rebecca, je n'en ai pas encore tout vu. C'est un peu comme les poupées russes, il y a plusieurs appartements dans un seul. Et voici lesquels. D'abord celui de ma belle-mère, bien sûr, puis le nôtre à David et à moi, et celui d'Hepsiba, et des frères qui sont partis, et des domestiques. Quelle affaire ! Il faudrait des patins à roulettes pour aller d'un bout à l'autre de ce "pied-à-terre" sur Park Avenue. Mais David veut que nous ayons notre chez-nous, alors que sa mère veut nous garder. Je me demande qui va gagner. Ça va être très intéressant ce combat singulier. Je n'attache pas beaucoup d'importance au résultat, nous ne sommes pas mal ici et puis, rien ne me fera oublier nos deux petits lits derrière un paravent Casa Roncaldi où nous avions le cœur au chaud. Merci encore, bien chère Marie, pour tout ce que tu nous as donné.

C'est amusant de "ne pas compter" comme dit ta maman, et de s'acheter six paires de chaussures d'un coup, c'est merveilleux d'avoir un mari qui vous aime et que vous aimez, mais cela ne me fera jamais oublier notre autrefois.

À propos, petite anecdote. Hier, au restaurant où je dînais avec David (je m'étais quand même acheté une robe de soie noire, et avec mes perles grosseur noisette, je n'étais pas mal), bref nous dînions. Arrive une belle dame qui s'arrête à notre table. Présentations. Œil de verre jeté sur moi, regard charmant octroyé à David. Et l'élégante New-Yorkaise passe.

Je dis à mon mari : "Elle ressemble, ne trouves-tu pas, à cette jeune fille au chapeau de paille rouge garni de cerises. Elle était venue voir un film de Tarzan avec nous."

Il a paru tomber du 68e étage de la Darmon & Co.

"Une jeune fille ? Un chapeau avec quoi ?

– Des cerises. Et elle avait aussi des gants blancs."

Il semble qu'il l'ait complètement oubliée et ses cerises avec, pauvre jeune femme. Pauvre Tarzan aussi. Il paraît, j'ai appris ça ici, qu'à force de jouer à l'ami des singes dans la jungle, Johnny Weissmuller s'est tout à fait cru le fils de la guenon Kala et on a dû l'enfermer. »

J'ai relu aussi la première lettre de Meryem :

« *Après une petite semaine à Long Island – la Darmon & Co se passe difficilement de ses présidents et vice-présidents – retour à New York, et visite à M. Abdallah, le père de Ladgel.*

Malgré la fort belle position de son fils, mon beau-père n'a jamais voulu quitter le quartier pauvre où il s'est installé jadis à son arrivée ici. Il a travaillé comme ouvrier dans une usine d'automobiles. Veuf, non remarié, il a élevé son fils tout seul, encouragé toutefois par des professeurs séduits par l'intelligence de Ladgel et qui lui ont fait obtenir des bourses.

M. Abdallah cite son Coran : "Il faut rechercher le savoir dans le temps et l'espace, du berceau jusqu'à la tombe et jusqu'en Chine s'il le faut." Il ajoute avoir préféré les États-Unis, la Chine ne le tentait pas, m'a-t-il dit avec un clin d'œil.

Il est très pieux. J'ai longuement bavardé avec lui pendant plusieurs après-midi. Je lui ai dit tout ce que tu avais fait pour Myriam et moi, j'ai évoqué aussi la Grande Mosquée de Kairouan et les colonnes jumelles de porphyre... Et, hier, Ladgel et moi, nous avons été mariés religieusement. M. Abdallah en a pleuré de bonheur, et je crois bien que nous étions aussi au bord des larmes mon merveilleux mari et moi. Je te dirai plus tard, comment j'en suis arrivée à désirer retrouver la foi de mes parents, ou celle de mes ancêtres en tout cas. Je te dirai, plus tard aussi, quelle lumière m'a soudain éclairée.

Mais je suis encore trop émue par ce bienfait divin pour t'en parler plus. Pardonne-moi, très chère Marie.

J'ai un vrai père en M. Abdallah et il me semble qu'il l'a toujours été. Nous nous regardons, nous nous sourions et nous nous comprenons. Ladgel nous contemple avec de l'attendrissement dans l'œil. Étais-je sotte de ne pas avoir remarqué, dans le sanctuaire de Sidi Oqba, qu'il était si croyant.

Mon mari travaille beaucoup. Comme tous les Américains. Mais nous avons nos week-ends à nous et je visite New York. Nous chaussons en conséquence de drôles de souliers plats en toile et à semelles de caoutchouc, et nous marchons, nous marchons, puis nous buvons des gallons de thé.

Nous nous aimons tant ! Je vois cette ville à travers des lunettes magiques, tout me paraît beau, même ce qui ne l'est pas trop. Une confidence au passage : pas de comparaison entre l'océan et la Méditerranée, mais chut. »

Relu aujourd'hui le récit de l'un de leurs voyages en France. Celui qui leur fit découvrir la Normandie, les plages du débarquement et Bayeux.

« *Tu ne devineras jamais, chère Marie, le choc que nous a donné la tapisserie de la reine Mathilde. Nous nous sommes regardées, Myriam et moi, et nos yeux se sont dit : voilà ce que nous devons faire,* notre *tapisserie à nous, celle de Carthage ! Nous allons broder la deuxième vie du roi Louis IX en Tunisie qui fait partie de notre légende familiale à toutes deux. Nos maris nous ont dévisagées un peu inquiets. Nous nous sommes contentées de leur dire : "Nous vous expliquerons tout pendant le déjeuner à Port-en-Bessin." Et là, devant des soles meunières absolument royales, tête et queue dépassant de nos assiettes, nous avons parlé de notre projet, avec commentaires pour Ladgel qui n'était pas au courant du feuilleton d'un été.*

"Si ça vous amuse", nous ont-ils dit.

Tu penses si ça nous amuse ! Certes, nous ne ferons pas les soixante-dix mètres de l'ouvrage de la reine Mathilde, peut-être seulement quinze ou vingt, nous ne pouvons pas savoir encore. Il nous faut trouver un dessinateur. À la rigueur, nous serions capables de faire un chien, sans plus. À propos, il en faut un dans la tapisserie. Peut-être un pauvre bâtard qui se sera pris d'affection pour Saint Louis ? Nous verrons, nous devons nous concentrer sur le projet. Myriam a eu l'idée de retourner au musée et de demander si le conservateur pouvait nous recevoir. Ce fut une conservatrice. Connaissait-elle un peintre local qui pourrait nous illustrer, dans le style de la tapisserie de Bayeux, une histoire que nous lui raconterions ? Apparemment, les conservatrices ne s'étonnent de rien. Celle-là a consulté son fichier et nous a dit : "Le musée travaille avec un réparateur de tableaux qui pourra, peut-être, vous satisfaire."

Il nous a satisfaites. Et même, il en a paru enchanté. Nos maris ont versé des arrhes pour conclure l'affaire, et nous devons, dès notre retour aux U.S.A., envoyer le récit que Myriam fit, Casa Roncaldi sur la machine à écrire laissée par David en échange de la boîte à œufs. Pour le coup, nous allons immortaliser le séjour-purgatoire de Saint Louis devant Carthage pour cause d'intolérance. »

Agrément d'avoir ces lettres numérotées et classées par sujet : j'ai les suites de certains récits, comme si je lisais un livre.

« Le projet sur canevas fait vingt-huit mètres de long sur

un mètre de hauteur. Animaux et personnages sont ainsi très détaillés. Notre peintre a fait un beau travail qui mérite récompense. (Nous l'avons invité à passer une semaine à New York – voyage sur L'Île-de-France *– il n'en revient pas encore. Nous pensons qu'il racontera cette aventure à ses enfants et petits-enfants.) Ce qui nous a beaucoup plu, dans sa composition, c'est qu'il a, à la manière italienne, fait voler par-ci, par-là, quelques fleurs sur fond de ciel. Des jasmins, bien sûr, et des violettes et des anémones. À notre demande, Saint Louis est souvent vu sous son figuier, lorsqu'il ne cueille pas les dattes de son palmier. Bref, c'est un enchantement. »*

Et j'ai en mains, une lettre datée de neuf ans et demi plus tard :

« Finie ! Finie enfin notre tapisserie de Carthage !

Nous y avons travaillé près de dix ans, tous les après-midi. Si nos aiguilles furent diligentes, cela n'empêcha pas nos conversations. Au contraire. Entre les petits trous du canevas que nous comblions de laine et de soie – plus de cent coloris ! – s'immiscèrent les événements de nos vies familiales durant cette décade. Aux noms du roi Saint Louis et de toute la tribu des Porte-Quelque chose se mêlèrent ceux de David, Ladgel et des enfants : Nathaniel, Élie, Isaac, Sarah-Marie Darmon et Abdallah, dit Abd pour le différencier de son grand-père, Hamid et Malika-Marie Nafi. Dans ces millions de points ils furent tous. Il fut tissé, notre chef-d'œuvre, de nos joies et de nos peines. Nous ne pourrons oublier les beaux poils roux de Porte-Chaud et les plumes de Porte-Rose humidifiés de nos larmes pendant la scarlatine de Sarah-Marie, ou la pleurésie de Malika et le ralentissement de notre travail dans le concert de toux de six enfants coquelucheux.

Et c'est fini !

Nathaniel et Abd vont avoir dix ans à trois mois d'intervalle. Sarah-Marie et Malika-Marie en auront six en septembre et les deux, que nous appelons du milieu, *et qui sont pratiquement jumeaux à une semaine près, Élie et Hamid approchent de leurs quatre ans.*

Reste à savoir où nous allons exposer notre tapisserie de Carthage et les vingt-huit mètres de la deuxième vie de Saint Louis ! »

Vincent, qui me voit sous le figuier, de la fenêtre de son studio, est venu me rejoindre. Nous sommes dimanche. Les derniers membres du Club des Filosikos, lui et moi, ont évoqué, une fois de plus, avec tristesse, les manquants : M. Idriss que sa fille est venue nous enlever, trouvant plus commode de veiller sur son père s'il habite avec elle dans sa villa de Sidi Bou-Saïd. M. P. était déjà parti, à l'époque, il y a bien trente ans de ça, pour, disait-il, « aller mourir à Giverny ». Quant à mon père, arrivé ici à la mort de ma mère, après avoir occupé l'appartement de notre cher professeur, il repose dans ce cimetière dont Chateaubriand a écrit dans *Les Aventures du dernier Abencérage* : « Lorsqu'on sort de Tunis, par la porte qui conduit aux ruines de Carthage, on trouve un cimetière : sous un palmier, dans un coin de ce cimetière, on m'a montré un tombeau qu'on appelle le tombeau du dernier Abencérage. Il n'a rien de remarquable ; la pierre sépulcrale en est toute unie : seulement, d'après une coutume des Maures, on a creusé, au milieu de cette pierre un léger enfoncement avec le ciseau. L'eau de pluie se rassemble au fond de cette coupe funèbre et sert, dans un climat brûlant, à désaltérer l'oiseau du ciel. »

J'ai fait faire une tombe semblable à mon père. C'est là que je serai aussi un jour.

Et j'allais oublier Hippolyta, qui a suivi de près son Canario. « Ah ! Les sentiments ! » nous manque ainsi que ses petites chansons du matin, à l'heure où elle ouvrait ses volets.

J'ai bavardé avec Vincent, comme nous le faisons si souvent lui et moi depuis que nous sommes à la retraite tous deux, depuis... vingt-cinq ans, déjà ! Dans cette Tunisie indépendante – et qui a si bien su se décoloniser sans heurts – dès 1956, nous avons continué à enseigner dans les lycées français. Il ne nous est jamais venu à l'esprit et au cœur l'idée de quitter ce pays que nous adorons et où nous sommes si à l'aise. Un soir, Vincent regardant les étoiles m'a dit : « Vous ne trouvez pas, Marie, qu'elles sont plus belles encore depuis qu'elles étincellent dans le ciel d'un pays libéré ? » C'était vrai. À croire que tous les anges avaient aussi allumé des cierges là-haut pour fêter la victoire de la Tunisie.

La Casa Roncaldi n'est plus ce qu'elle était. À part nous deux, seuls « étrangers » à y habiter, tous les autres appartements sont occupés par les quatre filles d'Asunción, leur mari, leur marmaille. La petite Espagnole de jadis a hérité de la maison et de son figuier à la mort de Rosario. L'enfant à qui Myriam et Meryem apprenaient à rougir ses lèvres avec des pétales de géranium est devenue une imposante matrone, reine incontestée en son royaume. Peut-être ne se souvient-elle plus du temps où elle ramassait du liège sur les plages pour s'acheter un morceau de pain à croquer avec du poulpe.

Ça piaille, ça chahute, ça se dispute souvent dans le patio. M. P. n'aurait pas aimé ça du tout.

Nous regardions jouer les descendants d'Asunción. Les enfants auront été le charme de nos vies. Et j'ai dit tout à coup : « Dans le fond, Vincent, ce sont eux qui auront rempli à ras bord nos existences… et il me semble que vous et moi, à leur contact, nous serons restés enfants aussi. »

Il m'a répondu : « Le Christ ne nous demande pas de rester enfant, mais de le devenir[1]. »

Nous nous sommes tus, méditant, dans les cris et les rires du petit monde qui nous entoure.

Hamadi Ben Tami, fils de Selim, trouve toujours une excuse pour venir me voir, « en passant », dit-il. Peu après son entrée chez moi, son orangeade en main, j'entends :

– Puisque je suis là, prenons donc cette tension fantaisiste.

Après avoir aussi écouté mon cœur, il écoute encore les bruits de la cour et me demande s'ils ne me fatiguent pas.

– Non, entendre les enfants est mon oxygène.

– Dormez-vous assez, oum Marie ?

J'aime qu'il m'appelle ainsi : mère Marie. J'ai beaucoup d'affection pour ce petit… Non, cet homme maintenant. J'aurais voulu avoir un fils comme lui, beau, intelligent, généreux et tendre. Il est excellent médecin, d'après ses

1. Hegel.

pairs. Il m'aura donné du bonheur. De l'aîné de mon mendiant au bouquet de jasmin et à l'ombrelle japonaise, nous avons fait, Vincent et moi, aidés par l'argent de Myriam et Meryem, un praticien de qualité. Il a fait ses études à l'école de médecine de Montpellier. Nous espérons avoir autant de succès avec Nono, petite-fille d'Asunción, qui nous paraît pleine de promesses. Elle est très douée et notre rêve est d'en faire une enseignante. Passionnée d'histoire, elle nous épuise tant nous devons raconter, raconter encore, jusqu'à ce que sa mère vienne la chercher et nous apporter deux verres d'orgeat en nous disant :

– Elle vous a encore fatigués ! Et quand elle arrive chez nous, c'est elle qui se fatigue à expliquer à ses frères et sœurs tout ce que vous lui avez appris. Dites, c'est pas mauvais pour sa tête, tout ça ? Des fois, je pense que ça doit déborder dans sa cervelle et ça me soucie, même qu'un soir, son front il était si chaud que j'ai dû lui mettre une compresse vinaigrée dessus. Vous allez me la rendre trop savante.

Avant de m'endormir ce soir-là, en pensant à tout ça, je me répétai la parole du Coran : « Le sang des martyrs est moins précieux que l'encre des savants », ce qui m'a conduite à évoquer Canario, ami et admirateur des savants. Il est mort un matin le pauvre vieux canari, dans son fauteuil d'osier sous le figuier. Sa dernière pensée a-t-elle été pour Hippolyta ou pour ses poulpes ? Je parierais pour les poulpes tapis dans leurs gargoulettes cassées. Puis j'en suis revenue aux enfants de la cour de la Casa Roncaldi : sur Cristobal, petit-fils d'Asunción, nous fondons aussi de grands espoirs. Il a fait, à la craie, sur les murs de la maison, diverses interprétations de notre figuier qui nous paraissent géniales. Et il n'a que douze ans ! Nous devons avoir l'air, le « papifiant » et moi, de deux maquignons évaluant les qualités des poulains qui gambadent autour d'eux.

J'ai reparlé à Vincent de cette lettre de Meryem sur la naissance, ou la re-naissance, de sa foi. Il est resté un moment silencieux avant de me demander :

– Et Myriam, n'a-t-elle entendu aucun appel ?

– Ne vous ai-je jamais raconté sa réaction à la découverte de la Shoah ?

– Vous ne me dites pas tout, bien que nous ayons à ce jour, cinquante ans d'amitié.

– Dès qu'aux U.S.A. on a su le génocide de six millions de Juifs, Rebecca Darmon a réuni toute sa tribu et elle lui a dit, à peu près : « Grâce à ce pays qui nous a recueillis, aimés, enrichis, de grands malheurs nous ont été épargnés. Nous ne serons jamais assez américains de cœur et d'esprit, nous n'aurons jamais assez de reconnaissance envers les États-Unis. Mais après cette catastrophe, la plus effroyable subie depuis les temps les plus reculés, le crime le plus monstrueux dans la mémoire de l'humanité, nous devons raffermir notre foi. À l'avenir, je veux que, dans notre famille, nous soyons plus respectueux de la croyance et de l'exercice de la religion de nos ancêtres. » Et lorsque fut créé l'État d'Israël, en 1948, elle obligea tous les siens à aider au maximum l'essor de ce qu'elle appela « le refuge », en expliquant : « Si l'Éternel permettait une autre horreur historique, les nôtres sauraient où aller se mettre à l'abri. »

– Et qu'en pensait Myriam ?

– Elle m'a dit que depuis la collaboration de Vichy avec les nazis, elle était vulnérable, angoissée. J'ignorais alors qu'elle avait, pendant l'occupation de la Tunisie, beaucoup parlé avec ses professeurs d'hébreu de l'Alliance israélite. Je sais, maintenant que déjà, à ce moment-là, elle éprouvait le besoin de croire et de prier. Je sais aussi qu'elle obéit de grand cœur à sa belle-mère.

– Leurs croyances respectives ne les ont pas séparées, Meryem et elle ?

– Au contraire ! C'était là, comme elles disaient depuis leur enfance, leur *Privé*.

Cette conversation m'a amenée à penser à ce 15 août à La Goulette où je passais mes vacances avec mon père qui s'étonnait qu'on y fêtât la Sainte Vierge.

– Je croyais qu'en pays musulman, il n'y avait pas ce genre de procession.

– C'est l'exception. À La Goulette-Vieille, les pêcheurs siciliens sont nombreux, et depuis des temps et des temps la fête de Marie est admise. Nous allons voir défiler son effigie superbe, ruisselante de dorures et de pierreries, à croire que toutes les étoiles de Tunisie se sont réfugiées dans son manteau.

– C'est ta fête aussi.

Puis, après quelques instants de silence, mon père ajouta : « Où en es-tu ? »

Je me souviens d'avoir, longtemps, fixé la Madone, à en avoir mal aux yeux, avant de répondre : « Je ne sais pas. Je suis un cas un peu particulier, fille d'une mère très catholique et mère moi-même d'une musulmane et d'une juive. Alors ? »

Bousculés dans la foule, nous étions allés nous asseoir à la terrasse d'un petit café continuer notre conversation. Et j'ai dit :

– Tu sais, papa, je crois que si on ne nous donne pas, dès le début, notre religion, si nous n'avons pas le cœur plein d'elle, dès la petite enfance, il me semble que faire un choix, plus tard, est difficile.

– Tu penses que nous avons eu tort ta mère et moi ?

– Non. Puisque j'ai fait comme vous avec Myriam et Meryem et qu'elles ont choisi, elles.

– Ce fut l'amour qui leur a montré le chemin, ne crois-tu pas ?

– Voilà qui est plus beau que tout : être conduites à Dieu par ceux qu'elles aiment et qui partagent leur vie !

J'aime relire les comptes rendus des réunions d'enfants Darmon et Nafi qui adoraient être ensemble.

Il y avait les samedis chez Myriam et les dimanches chez Meryem. Lorsque je m'étais demandé ce que pensaient nurses et misses venues d'Angleterre, de cette tour de Babel où l'on parle arabe, hébreu, français et américain, Myriam m'avait dit : « Ces dames savent qu'heureusement elles sont là pour apprendre le bon, le vrai anglais distingué aux enfants. »

Et comment ces presbytériennes du fin fond de leurs vieilles traditions devaient-elles juger les fêtes célébrées, Roch Hachana, Yom Kippour, Souccot, Hanouka, Pourim et Pessah ? Et Ramadan, Aïd al-Fitr et Aïd al-Kébir ?

Les enfants, eux, étaient heureux ensemble. Ils savaient qu'ils étaient invités par les uns à assister aux fêtes des autres. Ils regardaient, écoutaient, respectaient. Myriam et Meryem veillaient à ces respects mutuels. Mais, au-delà, il y avait les réjouissances et ils les vivaient en harmonie et dans l'enthousiasme.

J'appelle toujours mes chats Carotte. J'en suis à Carotte VIII, bien que les poils roux se fassent de plus en plus rares sur les descendants de Carotte V. Chose curieuse, celle-ci, l'actuelle, s'est prise d'affection pour Vincent. Il en est ravi, émerveillé même. Et j'ai revu dans le bleu de ses yeux, un instant ébloui, cette extase d'autrefois lorsqu'il admirait mes filles. Il a dit :

– Mais elle m'aime, Marie ! Elle m'aime !

J'en étais heureuse pour lui. J'ai ajouté :

– À nos âges, ces petites choses ont leur importance.

– Mais Marie, c'est très important, l'amour d'une bête !

À cet instant, la sonnerie du téléphone a retenti. Vincent m'a vue pâlir.

– Voulez-vous, Marie, que je réponde ?

J'ai refusé. Il faut que je cesse de trembler à chaque appel. Il faut que j'arrive, quand je prends l'écouteur, à oublier cette voix que je n'avais pas reconnue tout d'abord, ce cri, ces gémissements et ce « Venez, Marie, venez, nous avons besoin de vous ». Puis, une autre voix, celle de Nathaniel, l'aîné de Myriam, avait dit :

– Mon père et oncle Ladgel ont été victimes d'un accident d'avion.

J'avais pu articuler :

– Ils sont blessés ?

– Non, morts, perdus en mer où l'appareil a disparu. Il faut que vous veniez, Marie, elles vous réclament toutes deux. Je vais vous envoyer notre autre avion. Pourrez-vous être prête demain ?

Aujourd'hui, une voix très gaie, celle de Myriam, m'annonce que son neveu, le cardiologue, vient à Tunis, appelé en consultation et qu'il passera me dire un petit bonjour. Je dois me souvenir de lui, je l'ai vu, me dit-elle, à New York lorsque j'y suis venue.

Je me rappelle en effet ce grand monsieur brun, qui plante tout droit son regard dans le vôtre et vous donne la certitude de se trouver en face de l'un de ces êtres ne vous voulant que du bien.

– Oui, Myriam, je me souviens de lui. Je n'ajoute pas : « Encore un qui "en passant" va prendre ma tension, ausculter mon cœur et faire un rapport à mes deux filles sur mon état de santé. » Il bat irrégulièrement encore ce matin, mon pauvre cœur. Il bat de travers depuis la mort de David. Il m'a empêchée de voir New York où j'ai eu ma première crise d'angine de poitrine, dans le salon de Rebecca. Lorsque je suis revenue Casa Roncaldi, Hippolyta m'a dit : « Et pourquoi on n'en a qu'un de cœur, avec deux on serait plus tranquille ! Ça, c'est encore "une faute d'orthographe de Dieu", comme vous dites. » Doigts-de-Fée, la dernière année de sa vie, oubliait souvent sa fatigue pour prendre soin de moi. Lorsque je la remerciais, elle me disait que j'étais la seule à avoir pensé à lui apporter une bouteille de mousseux à l'annonce de la pendaison du Duce et du suicide du Führer.

Après le coup de téléphone de Myriam, assise sous notre figuier, les enfants étaient en classe et tout était calme, je m'offris le rappel du mariage de Nathaniel – fils aîné de Myriam et David – et de Malika-Marie, dernière enfant de Ladgel et Meryem. On nomme, dans la famille Darmon, très férue d'opéras, cette union *La Forza del destino*, bien que l'on soit d'accord pour dire que le livret de l'œuvre de Verdi n'a rien à voir avec la romance Darmon-Nafi.

Donc, Nat et Malika ne s'étaient pas revus depuis leur sortie d'université, l'un de Yale, l'autre de Princeton. Et les voilà se retrouvant aux obsèques de Rebecca, la doyenne du clan.

Malika-Marie, qui peut se traduire par Princesse-Marie, était en retard. Elle l'est toujours depuis son enfance. Elle a éternellement quelque chose d'urgent à faire au moment où il y a urgence à faire autre chose. En l'occurrence, l'heure des obsèques d'une personnalité new-yorkaise qui se trouve être sa grand-mère, menée à sa dernière demeure avec faste et solennité. Elle arriva en courant le long d'une file impressionnante de limousines noires, alors que tous montaient en voiture. Elle bouscula Nat qui en perdit ses lunettes que Samuel écrasa, bousculé, lui aussi. Se rejoignant à l'entrée de la synagogue, Malika prit le bras de Nat pour l'aider à se diriger – il est myope – mais, furieux, il la repoussa, ne la voyant d'ailleurs que dans un brouillard. Il lui marmonna qu'elle n'avait pas changé et que la famille devrait se cotiser pour lui semer des horloges, pendules et réveils partout où elle passe. Revenus à Park Avenue où les attendait un lunch, sa vue récupérée, il découvrit Malika. Ce qu'il voulait encore lui dire de désagréable lui resta dans le gosier lorsqu'elle planta son célèbre regard vert de bourgeon naissant, droit dans ses yeux munis d'une autre paire de lunettes.

À l'arrêt devant son amie d'enfance, Nat fut si subjugué qu'il ne trouva rien d'autre à lui dire que :

– Dis donc, tu as changé toi, depuis notre dernière partie de mah-jong !

– Tu triches toujours ?

– Toujours ! Et qu'est-ce que tu deviens ? Moi, je dirige l'affaire que j'ai créée : la Darmon Motion Pictures. Je fais des films. Sans nous, les Juifs, la mythologie américaine serait encore dans les limbes. Si tu veux faire du cinéma, je t'engage tout de suite avec un beau contrat.

Ils l'ont fait, ce contrat, mais de mariage. Ils ont eu une fille, Mary, qui vient de sortir aussi de Princeton et qui est scénariste chez son père. Malika, elle, a pris la succession de sa belle-mère et préside, préside... On ne m'a pas dit si les organisateurs des inaugurations, célébrations de quelque chose ou simplement les réunions qu'elle honore de sa présence, ne s'arrachent pas les cheveux en l'attendant.

Ce qui alimente, paraît-il, les conversations dans les salons de Beverly Hills, ce sont les joutes constantes entre la *viscountess* voulant faire oublier qu'elle est juive, et Malika-Marie, adorant raconter dans les salons les plus huppés, qu'elle est la petite-fille d'un pêcheur d'éponges de Sfax et d'un ouvrier des usines Oldsmobil, tous deux arabes, alors que son mari est juif. Elle est persuadée que cela donne, aux célèbres bijoux qu'elle porte, un éclat tout particulier.

Vincent est venu me rejoindre sous le figuier où je relisais une lettre de Myriam. Il ne me demande jamais d'être mis au courant de ce que m'ont écrit mes filles, mais je sais qu'il ne se lasse pas d'entendre parler d'elles. Pour ne pas en avoir l'air, hier, il s'efforçait de découvrir une figue oubliée.

– N'insistez pas, les oiseaux ont mangé les dernières, il n'y a pas un seul fruit dans l'arbre… écoutez plutôt ce que je suis en train de relire à propos de Rebecca Darmon deux jours avant sa mort :

« Nous étions tous dans le grand salon à attendre, en silence, que le médecin sorte de sa chambre et nous donne de ses nouvelles. Il nous a rejoints enfin et a dit ne pas tenir à ce que nous entrions chez sa malade, elle était trop affaiblie. Puis, se tournant vers moi, il a ajouté : "Sauf vous, Mme David. Votre belle-mère vous demande avec insistance. Je vous autorise cinq minutes, pas plus."

J'ai trouvé Rebecca les yeux fixés sur le grand Chagall qui fait face à son lit. Des personnages, en lévitation dans un ciel bleu, paraissaient l'hypnotiser. Comme le temps s'écoulait sans qu'elle s'aperçoive de ma présence, j'ai murmuré : "Me voici, mère." Elle a tourné vers moi ses yeux noirs, encore si beaux et brillants de fièvre et m'a dit : "Sais-tu, ma fille, combien Saül a payé ce tableau ? Une fortune, parce qu'il le voulait, lui et pas un autre. Il avait décidé de l'accrocher là pour voir en s'éveillant et en s'endormant cet homme et cette femme flottant dans les airs. Il me disait : 'C'est toi et moi. Toi, là en blanc et moi, ici avec ce drôle de chapeau… et ce soleil, qui brille tant, c'est l'or de notre fortune…' Approche, Myriam, que je te dise ce que j'attends de toi : je veux que tu leur répètes à tous quand je ne serai plus là pour le faire, que c'est assez, qu'il faut que ça s'arrête… donne-moi un peu à boire, ma fille… oui, c'est déjà trop, beaucoup trop. Nous sommes trop riches et l'Éternel nous punira."

Que voulait-elle dire ? Délirait-elle ? Mais elle continuait : "Promets-moi que tu empêcheras David d'en faire plus… ce n'est pas bon pour nous Juifs tout ça… Jure-moi que tu le feras."

J'ai juré. Et je l'ai quittée alors qu'elle fermait les yeux pour me congédier.

La famille au complet attendait, voulait savoir. J'ai dit, en pleurant, que Rebecca n'avait plus sa tête et m'avait parlé du grand Chagall. Mais dès que je me suis retrouvée seule avec David, je lui ai tout raconté et j'ai demandé :

– Mais pourquoi est-ce à moi qu'elle a voulu dire ça ?

David, pour la première fois, m'a alors parlé de la conviction de sa mère que la fortune des Darmon grossissait trop et trop vite. Elle en était à la fois fière et effrayée. Elle disait souvent : "C'est trop, Saül, l'Éternel nous punira." Alors, elle s'était jetée dans les œuvres charitables – en en créant au besoin – trouvant préférable de donner, de son plein gré, ce que Dieu se chargerait de lui prendre pour le donner à des plus démunis, par on ne savait quelle punition divine.

J'ai insisté :

– Mais, encore une fois, David, pourquoi me charger, moi, de ça ?

Et sais-tu ce que mon mari m'a répondu ? Non, tu ne trouveras pas ! Il m'a dit, en m'embrassant :

– Peut-être sait-elle ce que Marie t'a appris : les perles ne sont que des coquillages et les pierres précieuses des cailloux. »

Vincent souriait.

Il m'a dit :

– Racontez-moi donc un peu le vieil Arabe, le beau-père de Meryem. Je le vois mal appelant sa belle-fille à son lit de mort pour lui faire la même recommandation, il ne semble pas avoir fait fortune, lui.

– Meryem m'écrivait moins, à cette époque elle s'occupait beaucoup du vieux monsieur très mal portant… Je sais qu'ils priaient ensemble et elle n'aimait pas trop m'en parler ; sans doute mes… hésitations religieuses la troublaient-elles ?

J'ai classé aujourd'hui les lettres de Nathaniel. Il m'a beaucoup écrit aussi. Plus exactement, il m'a faxé plusieurs missives. Avec ce nouveau système, je ne pourrai plus enrichir la collection de timbres du petit Cristobal, mais la rapidité de ce courrier tient du conte de fées.

La première lettre de Nat raconte l'installation de sa mère et de sa belle-mère chez lui, à Beverly Hills, près de Los Angeles :

« C'est le seul moyen, en les réunissant, d'atténuer un peu leur chagrin. Lorsque je leur ai parlé de ce projet, j'ai enfin vu un éclair de joie dans leurs yeux qui n'ont fait que pleurer depuis la disparition de leurs deux maris. Malika a découvert que la maison voisine de la nôtre allait être mise en vente. Elle a vue sur les jardins de celle construite, autrefois, par Harold Lloyd et peut être transformée en deux villas jumelles, réunies – c'est l'idée de ma femme – par un grand salon commun où, enfin, la tapisserie de Carthage trouvera sa place. Ainsi, chacune aura son cher Privé tout en ayant une pièce appartenant à elles deux. Elle pourront y lire, coudre, bavarder et y recevoir leurs enfants. »

Second fax, l'année suivante :

« Nous sommes fiers de notre travail ! Si vous voyiez, Marie, La Deuxième Vie du roi Louis IX de France devant Carthage *sur nos murs ! C'est superbe. Cela fait tout le tour de la pièce, on croit vivre aux côtés du roi, de ses deux filles, et de tous les Porte-Quelque chose. Le magazine* Architectural Digest, *qui ne s'intéresse qu'aux plus belles réalisations immobilières, en a déjà entendu parler et veut faire un reportage photographique. Hurlements de nos deux mères : "On ne va tout de même pas publier à des centaines de milliers d'exemplaires, peut-être des millions, notre légende familiale !" »*

J'ai offert à Cristobal le tableau noir de mes filles lorsqu'elles étaient enfants, et une boîte de craies de couleurs différentes : bleu, rose jaune, vert et blanc. J'ai été remerciée par le même regard extasié qu'ont eu, jadis, Myriam et Meryem en découvrant mon petit appartement qui allait être le leur.

Pour ne pas avoir à choisir, parce qu'il les aime toutes, ces craies, Cristobal me dit qu'il fermera les yeux avant d'en prendre une pour les dessins de sa journée.

– Mais les choses que tu feras auront plusieurs couleurs ?

– Non. Pas forcément.

– Comment ça ?

– Je ne sais pas, je ne sais pas dire.

Puis il a pris, les yeux fermés, une craie dans la boîte. C'était une bleue.

– Je vais vous faire un bouquet de jasmins parce que je suis bien content pour le tableau noir.

– C'est blanc, le jasmin, Cristobal.

– Vous croyez ? Ça peut être bleu aussi.

– Le soir ?

– Le soir… ou pas le soir.

J'ai mon bouquet de jasmins bleus. Il est un peu étrange. Cet enfant voit des choses que nous ne voyons pas. Vincent qui nous rejoignait me dit : « Ce doit être ça, le génie… même en herbe ! »

Et nous avons parlé peinture. J'ai évoqué le musée Saül Darmon. Nous nous sommes demandé quelle serait la réaction de notre Cristobal lâché dedans.

– Vous ai-je dit, Vincent, que c'est dans ces salles, parmi tant de chefs-d'œuvre, que se donne la réception en l'honneur de la bar-mitsva de chaque enfant Darmon ? C'est une belle idée et qui doit réjouir celui qui a amassé ces trésors. Il a même peut-être ri le jour où une petite-cousine de quatre ans, après avoir bien regardé un bronze de Giacometti, est allée au buffet remplir une assiette de douceurs et l'a déposée au pied de l'un des longs et si maigres personnages de l'artiste en disant : « Il doit avoir très faim, le pauvre ! »

Le cardiologue annoncé par Myriam est arrivé pendant que le Dr Hamadi Ben Tami était à mon chevet. Le fils de mon cher Selim était tout ému de cette rencontre. Les deux hommes ont parlé de mon cœur et m'ont rassurée, bien sûr. Mais ce qui m'a fait plus de bien que leurs pilules, c'est d'avoir entendu le professeur me faire l'éloge de son jeune confrère et me dire que je ne pourrais être en de meilleures mains. Suite et fin de l'histoire d'une ombrelle japonaise en papier huilé décoré de chrysanthèmes.

Deuxième lettre de Nat sous le titre, écrit en rouge par moi : « Doléances » :

« *Un temps, chère Marie, tout a bien été. Ma mère et ma belle-mère ne se lassaient pas de regarder les jardins qui avaient appartenu à Harold Lloyd et de se rappeler les films vus en Tunisie avec vous. Leur salon commun, avec les animaux amis d'enfance de Porte-Joie à Porte-Rose, en passant par Porte-Chaud, les ravissait. Elles en oubliaient presque que c'était elles qui l'avaient faite, cette tapisserie, et elles s'émerveillaient. Mais vous les connaissez, elles vont toujours de l'avant. Arriva un matin où elles partirent en exploration de leur maison à la nôtre. Elles traversèrent notre parc commun. Dès cet instant, tout bascula.*

Chère Marie, vous savez que je les adore, mais elle me tuent ! Leurs brèves excursions chez moi ont pris dès lors de l'importance. Leur toilette et leurs prières finies, si elles nous voient partir, Malika, pour sa partie de golf, moi à Hollywood, elles rappliquent. Et croyez-moi, c'est alors l'inquisition pour notre personnel. Elles furètent partout, vérifient les livres de dépenses et passent l'inspection des réfrigérateurs, de l'épicerie et de la cave. À notre retour, le chœur antique s'élance : "Est-ce que tu te rends compte, Nat, que l'on consomme chez toi cent œufs, CENT ! par semaine et, s'il y a réception : le double ? C'est impensable, c'est au-delà des mots. Quand nous nous souvenons, Meryem et moi, que nous en avions, lorsque tout allait bien, deux par personne et par jour et, souvent, en fin de mois, un seul pour tout dîner ! Et le beurre ? Sais-tu que votre chef en exige deux kilos par jour ? Où on a vu ça ? C'est du cholestérol à tuer une école primaire entière. Et les cigares ? Tu sais combien (nous avons compté) il t'en barbote par jour, ton maître d'hôtel ? Au moins quatre ! Quatre qui te viennent directement de La Havane avec tes initiales en doré sur la bague. Et nous savons, d'expérience, que ceux qui aiment les cigares aiment souvent aussi les cigarières… enfin, nous nous comprenons, et nous ne sommes pas sûres, ta belle-mère et moi, qu'il ne se passe pas ici de drôles de choses quand vous n'êtes pas là, Malika et toi, et que nous, nous dormons avec nos boules Quies dans les oreilles pour faire nos huit heures tranquilles. Mais nous avons décidé de veiller tous les samedis soir où vous allez à droite et à gauche et de surprendre ceux qui se moquent de vous. De plus, nous ne savons pas encore, et vous non plus, mais nous le saurons, combien de litres d'eau de Cologne et de parfums de Guerlain, envoyés de Paris, disparaissent dès leur arrivée ici. Tu as trop tendance à oublier, mon fils, malgré les films que tu produis et qui devraient t'instruire, qu'il y a des gangs de toutes sortes." Bref, Marie, c'est à devenir fou. Notre maître d'hôtel, chez nous depuis des années, nous a donné son congé. Et Malika a dû supplier notre chef de nous accorder encore une chance. Mais nous savons qu'il a déjà contacté Barbra Streisand. »

Autre lettre, quinze jours plus tard, toujours sous la rubrique « Doléances » :

« *Voilà bien autre chose ! Une journaliste de* People, *à propos de la sortie de mon dernier film, a fait un reportage sur moi. Mes deux terribles ont trouvé le moyen d'être – par hasard ! – dans les jardins au moment où le reporter arrivait. Que lui ont-elles dit, je l'ignore, mais le journal veut faire aussi un article sur elles et je tremble à la pensée de ce qu'elles vont raconter.* »

J'ai envoyé un fax à Nat : celui d'une poule qui défend ses poussins :

« *N'êtes-vous pas trop sévère avec elles ? Elle ont été parfaites toute leur vie d'épouse et de mère, et elles ont, maintenant, soixante-dix ans. Vous devriez, je crois, leur passer quelques petits travers. Au demeurant, ne disent-elles pas un peu la vérité ? N'êtes-vous pas, Malika-Marie et vous, trop occupés pour savoir ce qui se passe chez vous ? Leur ardeur à surveiller trop vos domestiques doit découler, dès lors que tous leurs enfants – à part vous – sont partis, de trop de loisirs. Mais elles viennent de m'apprendre, sans doute le savez-vous, qu'elles vont entreprendre leur seconde œuvre maîtresse : la réalisation d'une colombe de la paix tout en boutons d'uniformes militaires. J'espère que cela les occupera un certain temps dont votre personnel pourra profiter pour recouvrer une certaine liberté…* »

Réponse de Nat :

« *Tant mieux si elles sont occupées, et par n'importe quoi, hormis l'organisation de ma maison !*

Je vous raconte l'entretien avec la journaliste de People *avec qui elles avaient pris rendez-vous. J'ai reçu le projet d'article qui nécessite mon accord avant publication. Et voilà ce qu'elles ont dit, en duo, comme toujours : "Nous sommes très heureuses de vous rencontrer, madame, nous n'avons jamais encore approché un grand reporter, nous sommes très intéressées par votre façon de travailler et nous désirerions vous poser quelques questions sur votre métier qui nous paraît passionnant."*

(Ici, interrogatoire de la journaliste qui devait être assez étonnée, malgré tout ce qu'elle a dû voir et entendre au cours de sa carrière.)

Puis, prise en mains de l'interview par nos deux duettistes :

– Tout d'abord, nos origines :

Myriam : Je suis la fille d'un pauvre petit tailleur et d'une spécialiste en boutonnières d'uniformes militaires, juifs tous deux.

Meryem : Et moi, celle d'un pêcheur d'éponges et d'une femme de ménage d'école, arabes tous deux. Nées l'une et l'autre à Tunis. Vous voyez où c'est ? Oui ? Ce qu'il y a d'intéressant dans notre cas, c'est notre indéfectible amitié depuis l'enfance. Nous pensons être un bel exemple à donner au moment où s'entre-tuent Palestiniens et Israéliens. Et, chose plus rare encore, le fils de l'une a épousé la fille de l'autre. Notre fils et gendre est peut-être le seul cinéaste d'Hollywood à avoir une mère juive et une belle-mère arabe. Quant à leur fille, Mary, elle a donc une granny *de chaque confession, qu'elle adore très également. Graduée* cum laude *de Princeton, il y a peu, elle est scénariste chez son père à la Darmon Motion Pictures. Voyez-vous, en Europe, il y a ces familles titrées, à blasons, à traditions. Nous, d'Afrique puis d'Amérique, nous avons une belle légende qui nous a portées tout autant. Venez la voir. Elle est visible. Vous pourrez la photographier – ce que nous avons refusé à beaucoup de vos confrères – mais que nous vous faisons l'honneur de vous montrer.*

(Elles sont passées alors des jardins où elles prenaient le thé, tout en regardant l'ex-maison d'Harold Lloyd, dans le grand salon commun. Et là, elles ont dit à la journaliste) :

– Sachez, d'abord, que nous fûmes, nous deux, recueillies par un ange qui avait pris l'apparence d'une institutrice d'école primaire. Il avait de grandes ailes, cet ange, peut-être même était-ce un archange ? Bref, il nous abrita, au chaud de son cœur et de ses plumes. Et parce qu'il faut aussi rêver, dans la vie, et que les anges le savent, il offrit la belle histoire que vous voyez là, sur ce mur, aux deux misérables orphelines pour qu'elles puissent s'envoler, elles aussi, et rêver avec lui. Savez-vous qui était Saint Louis ? C'était le roi de France, Louis IX. Il est là, en train de vivre une deuxième existence dans le paradis terrestre tunisien avant de gagner l'autre. Nous vous donnerons un récit de son aventure pour que vous puissiez sous-titrer les photos que vous allez prendre. Pourquoi tenons-nous tant à cette histoire ? Parce qu'elle fut pour nous prémonitoire : les deux petites filles recueillies par Saint Louis devinrent demoiselles et aimèrent les princes qui les emmenèrent dans leurs royaumes. Tout comme nous, recueillies par notre ange et qui aimèrent aussi des princes – les U.S.A. en ont également – qui nous conduisirent ici. Alors, comme la reine Mathilde a brodé le récit de la conquête de l'Angleterre par les Normands, nous avons brodé celui qui nous prédisait notre conquête de l'Amérique… par l'amour. »

J'ai reçu ce matin un fax de Mary :

« Mon père m'avait, chère Marie, chargée de surveiller – sans me faire voir ! – ce qui se passait chez mes grands-mères pendant l'interview de la journaliste de People. *J'ai tout entendu. En un éclair, j'ai vu ce que je pouvais en tirer : un film ! Un film surprenant retraçant l'existence de Myriam et Meryem entre la vie réelle et le rêve de la tapisserie.*

Certes, on a déjà mêlé le jeu d'acteurs à des dessins animés, mais jamais encore à l'animation d'une tapisserie aussi superbe et inattendue que celle-là.

J'ai besoin, pour préparer mon scénario, de votre collaboration. Je sais que vous avez votre journal et les lettres que pendant tant d'années, mes adorables grands-mères vous ont adressées. Puis-je arriver demain dans le Falcon de la Darmon Motion Pictures ? Nous passerons des heures délicieuses, sous le figuier, à concocter le déroulement de l'histoire.

Chère Marie, je suis celle qui devait faire ce film. Qui d'autre, à Hollywood est à la fois juive et arabe ? Personne. Il était écrit que ce serait moi qui écrirais le scénario du rapprochement des deux peuples dont je suis issue. Et avec qui d'autre pourrais-je le faire, sinon avec celle qui est à l'origine de tout dans notre famille ?

Donc, j'arrive... »

Lettre signée de Myriam et Meryem.

« *Vous avez bien travaillé Mary et vous, chère Marie. Nat est content. Nous voyons que le film s'annonce bien à l'humeur stratosphérique de notre fils. Il ne nous a fait aucun reproche depuis au moins une semaine. Et pourtant, nous lui avons signalé que son jardinier-chef revend des fruits de son verger à un restaurant de Beverly Hills. Il s'est contenté de rire en nous disant qu'il se doutait bien de quelque chose de ce genre, mais que le pauvre type a six enfants qui doivent lui coûter cher. Nous n'avons pas les mêmes principes Nat et nous, aussi lui avons-nous suggéré de payer les études de cette marmaille et de garder ses poires et ses fraises. Il était, c'est sûr, toujours dans sa bonne période, parce qu'il a beaucoup ri en nous apprenant que nous sommes des innocentes qui n'ont pas compris qu'il les finance, ces études, et que cela n'empêche pas le commerce illicite des produits de son verger.*

Pour en revenir au film, Mary a dû refaire et refaire son travail, non seulement elle a une patience hors concours, mais elle est du bâtiment et sait qu'un scénario ne voit vraiment le jour qu'au bout de vingt à trente versions – quand ce n'est pas plus ! Son maître en littérature est ce Truman Capote dont nous vous avons envoyé quelques livres. Elle dit que dans tous ses essais, pendant son temps à Princeton, elle s'est félicitée d'avoir fait sien l'un des préceptes du romancier : "Je crois plus aux ciseaux qu'au crayon", et qu'ainsi elle n'a jamais bousillé la perfection d'un texte par une phrase inutile, ni plus tard, une séquence de film par une trop longue réplique d'un personnage. Quand elle a dit : "Ça traîne, ça traîne, le spectateur va décoller", elle coupe, elle coupe. Il arrive que nous lui disions "laisses-en un peu tout de même !" Et elle nous répond : "Regardez un film d'il y a vingt ou trente ans et un autre d'aujourd'hui, et comparez." Nous, on compare, mais on n'ose pas lui dire qu'on préfère parfois notre vieux cinéma d'il y a... Hé ! oui, d'il y a déjà plus de cinquante ans ! Nous espérons que dans Myriam, Meryem et Marie, *nous aurons toutes les trois quelques bonnes répliques, même un peu longuettes, nous avons des choses à dire nous deux, les vieilles.*

Terminée notre Colombe de la paix ! Et voilà comment elle est faite. Vous vous souvenez des khol-khals *de la mère de Meryem qui les tenait de sa grand-mère et peut-être de plus haut dans la famille. Nous les avons fait fondre. Sentimentalement, ça nous plaît que l'oiseau ait sa base sur ces anneaux de chevilles, qui pesaient bien cinq cents grammes chacun. Cette plaque d'argent a été découpée en forme de colombe et, sur ce support, nous avons assemblé environ deux cents boutons d'uniformes militaires, témoins de quelques siècles de guerre et d'un peu de paix. Le mélange des métaux, dorés ou argentés, donne un effet de plumage très réussi. Pour la* final touch, *comme on dit ici, nous avons offert au bec de notre colombe un rameau d'olivier en petites émeraudes. La paix n'a pas de prix.*

Il y avait hier chez Nat et Malika une soirée pour fêter la sortie du dernier film de la Darmon Motion Pictures avant Myriam, Meryem et Marie. *Nous étions conviées à ce que nous appelons, nous deux, les couscous de caviar, parce qu'il y a, sur les buffets, autant de petits œufs d'esturgeon dans la plus énorme des coupes taillées dans de la glace, que de grains de semoule dans un couscoussier. Des kilos de caviar, sans mentir. Dommage que nous n'aimions pas ça.*

Revenues chez nous, nous nous sommes assises dans notre salon devant le feu, sous notre colombe posée sur le manteau de pierre de la belle cheminée normande. Et nous avons réfléchi à ce propos d'Einstein qui nous plaît tant depuis que Mary nous l'a révélé : « Dieu ne joue pas aux dés. » Donc tout a été prévu : notre belle histoire fut, comme on dit maintenant, programmée par Lui. Mais sûrement pas pour que nous continuions à assister à des couscous de caviar. Ce n'est pas la vraie vie, ça ! Il est temps pour nous de faire quelque chose de cette existence superbe que Dieu – qu'on l'appelle Allah, Yahvé l'Éternel ou le Seigneur – nous a octroyée. On nous a parlé d'un village, en Israël, il s'appelle Neve Shalom-Wahat al-Salam, ce qui veut dire Oasis de la Paix en hébreu et en arabe. C'est le modèle expérimental d'une cohabitation pacifique entre Palestiniens et Israéliens. Pourquoi n'irions-nous pas là-bas offrir notre aide ? Nous avons bon pied, bon œil et deux œufs à la coque, comme autrefois, suffisent à notre bonheur... et surtout sans caviar avec ! Parce qu'il paraît qu'on a inventé l'œuf à la coque au caviar. Bref, ma chère Marie, dès le film de notre vie à toutes les trois sur les écrans du monde entier, nous partons, incognito, pour Israël. Nous n'en avons pas encore informé Nat. Il voudra, bien sûr, nous proposer l'un de ses avions Falcon 900 et quelque dont il est si fier, mais cela ne nous convient pas. Nous voulons aller là-bas dans notre simplicité retrouvée... ou notre innocence de jadis. Ah ! cela aurait été la joie complète si tu avais pu te joindre à nous. Nous sommes sûres que les programmes d'études de l'École de la Paix[1] *t'auraient fort intéressée. Mais nous te raconterons tout ça. Nous nous arrêterons à Tunis à notre retour. »*

1. *Le Mariage de la Paix*, d'Evi Guggenheim Shbeta et Eyas Shbeta.

J'ai répondu à Myriam et Meryem.

« *Vous m'avez, mes chéries, souhaité mes quatre-vingt-deux ans aujourd'hui avec des voix si jeunes ! Je me suis crue revenue au temps jadis où vous pénétriez dans ma chambre au petit matin, avec sur le plateau, mon café au lait magique et les croissants que vous étiez allées chercher à notre chère Pâtisserie Royale, en l'honneur de mon anniversaire.*

Rien de tout cela, rien de ce que nous avons vécu ensemble ne s'effacera jamais. Quelle belle chose que la mémoire, on ouvre un tiroir et tout se déverse. Et quel bon coup de téléphone d'au moins une heure vous m'avez donné ! Nous avons ri et bavardé, et ri encore, comme autrefois. Et ne croyez pas, lorsque je ne serai plus là, que cela va cesser. Vous continuerez à me parler, je vous entendrai et vous me connaissez si bien que vous n'aurez aucune peine à "entendre" ce que je vous répondrai. J'ai souvent de longues conversations avec mes parents, à haute voix, comme s'ils étaient là, à côté de moi. Vous m'avez demandé un jour pourquoi je n'ai pas ramené le corps de ma mère jusqu'à ce beau cimetière dont a parlé Chateaubriand, et où repose mon père dans le chant des oiseaux. Ma mère aimait trop son Paris, ses rues, ses bruits, ses odeurs, elle m'est sûrement reconnaissante de l'avoir laissée en terre parisienne. Donc, vous continuerez à me faire la conversation, comme je le fais avec mes disparus. Un jour, Vincent est arrivé alors que je m'entretenais avec ma grand-mère, celle du musée du Louvre. Il n'a pas été surpris. Il m'a avoué en faire autant, surtout avec des personnages historiques. Il m'a raconté avoir lu récemment dans une biographie d'Abd el-Kader que celui-ci avait dit : "Le sabre est le serviteur du roseau à écrire." Il a alors apostrophé le Commandeur des Croyants : "Mon cher Émir, savez-vous que Napoléon Ier a dit, lui aussi : Le sabre est toujours vaincu par l'esprit ? Dommage que vous ne vous soyez pas rencontrés, vous vous seriez compris."

Il a aussi réglé son compte à Kipling : "Vous avez, cher Maître, eu tort de dire que l'Orient est l'Orient et l'Occident est l'Occident et jamais ces deux mondes ne parviendront à se comprendre", notre vieil ami M. Idriss m'approuverait.

Mary, lorsque nous avons travaillé ensemble au scénario, m'a demandé, pour éclairer mon personnage dans le film, où j'en étais de mes croyances. Elle l'a fait avec simplicité et franchise. Je lui ai répondu : "Nulle part et partout." Et c'est vrai. Je prie aussi bien dans une petite chapelle, un temple, une mosquée ou une synagogue. Alors, mes chéries, je ne peux pas choisir, Dieu le fera pour moi, l'heure venue. »

Il est minuit à New York, six heures du matin à Tunis. Cristobal est déjà auprès de Marie qui est couchée, très affaiblie. L'enfant a fermé les yeux et pris une craie, au hasard, comme il le fait toujours. Elle est rose. Marie lui demande ce qu'il va dessiner.

– Je ne sais pas encore, mademoiselle.

– Ouvre la fenêtre, il me semble que je respirerai mieux.

– Il y a beaucoup de vent, mademoiselle.

– J'aime le vent, Cristobal.

Le téléphone sonne.

– Vous voulez que je réponde, mademoiselle ?

– Oui. Mais ne dis pas que je suis… fatiguée.

L'enfant prend le récepteur, écoute et annonce :

– Une dame qui s'appelle Mary veut vous parler.

– Dis que je dors.

Cristobal obéit, écoute encore et répète :

– Elle dit que vous avez le prix avec le film et que je dois vous expliquer, quand vous vous réveillerez, qu'il y avait plein de bravos et que tout le monde était debout pour applaudir… Je peux fermer la fenêtre, mademoiselle ?

Il entre de la poussière, vous allez tousser. Il entre des feuilles des arbres aussi et… une fleur… non, c'est une plume, une plume rose.

– Oh ! donne-la-moi. Mets-la dans ma main. Et dessine, j'aime te voir dessiner.

L'enfant dessine, sur le tableau noir, des petites plumes roses, semblables à celle qu'il vient de mettre dans la main de Marie. Et il en dessine tant que cela forme une aile. Une aile d'ange ?

Marie sourit.

Son dernier sourire.

20 heures, le 11 septembre 2001.

Myriam et Meryem, revenues de leur séjour en Palestine et en Israël, et avant d'y repartir, sont dans leur salon de Beverly Hills, devant la télévision.

Depuis que Serena, la jeune Mexicaine qui veille sur elles, les a réveillées ce matin dans l'affolement, elles ont les yeux rivés sur l'anéantissement des deux tours du World Trade Center de New York.

Elles n'ont pas pris le temps de s'habiller. Elles sont encore en robe de chambre, l'une en vert pâle, l'autre en bleu ciel. Et la longue natte de cheveux blancs, tressés pour la nuit, se balance dans leur dos pendant qu'elles vont et viennent sans quitter l'écran des yeux, parce qu'on ne peut pas rester tranquillement assise en voyant ÇA.

Les entoure tout le petit peuple de la tapisserie de Carthage : Saint Louis, Freesiane, Jasmine, les princes Rachid et Mardochée, Porte-Joie, Porte-Chaud, Porte-Rose, Porte-Bonheur et Porte-Habit. Ils assistent à cette hécatombe de trois mille morts qui va faire basculer le monde.

C'est pour eux, en les embrassant d'un regard incrédule, qu'elles disent, l'une et l'autre :

– C'est pas possible !

Puis elles se taisent. Longtemps après, Myriam ajoute :

– Tu sais à quoi je pense ?

– Oui.

– Dis-le.

– Non, toi, d'abord.

Mais, ensemble, les yeux humides, elles murmurent :

– Non ! pas maintenant, pas nos petites joutes devant ÇA !

– Je pensais, dit Meryem, un peu plus tard, qu'heureusement David et Ladgel ne l'auront pas vu, ÇA.

– Et Marie non plus, ajoute Myriam... Marie qui ne voyait, la pauvre, le mal nulle part.

Alors, se prenant par les épaules, elles vont toutes deux vers la cheminée normande. Son manteau de vieilles pierres de taille – dont elles ont toujours dit qu'elles étaient de la couleur de leur cher lait condensé sucré Nestlé – est le domaine de la Colombe de la Paix en boutons d'uniformes militaires du monde entier.

Les lampes que Serena vient d'allumer font étinceler la petite branche d'olivier que tient le bec de l'oiseau. Myriam et Meryem la regardent en soupirant :

– Tu crois que désormais il n'y aura plus jamais la paix ?

– Je ne sais pas, j'ai peur.

– Moi non plus, je ne sais pas, et j'ai peur aussi.

– Mais tu te souviens de ce que recommandait Marie ?

– Je m'en souviens.

Et elles disent, ensemble, les yeux pleins de larmes : « À égalité de doute, pourquoi choisir le doute noir [1] ? »

1. *Post-scriptum de ma vie*, Victor Hugo, éditions Ides et Calendes.

DU MÊME AUTEUR

Aux Éditions Albin Michel

LES GENS DE L'ÉTÉ

Aux Éditions Robert Laffont

LA FONTAINE ROUGE
1. Simon
2. Francisca
3. Olivier

LA TRAVERSÉE DE FIORA VALENCOURT

LA REINERIE

LA ROSE AMÈRE

COMME UNE SOIE BYZANTINE

LA DENTELLIÈRE D'ALENÇON

JUDITH ROSE

COULEURS DE PARADIS

DANS UN GRAND VENT DE FLEURS

UN GOÛT DE BONHEUR ET DE MIEL SAUVAGE

LA JEUNE AMANTE

BAL AU PALAIS DARELLI

LA JEUNE FILLE ET LA CITADELLE

QUATRE SAISONS PARMI LES FLEURS

FABULEUSES DENTELLES, en collaboration avec Ghislaine Schoeller

Aux Éditions Flammarion

LES JARDINS DE VANDIÈRES

Composition IGS
Impression : Imprimerie Floch, mai 2007
Éditions Albin Michel
22, rue Huyghens, 75014 Paris
www.albin-michel.fr

ISBN : 978-2-226-17945-6
N° d'édition : 25244 – N° d'impression : 68248
Dépôt légal : juin 2007
Imprimé en France.